古典詩歌研究彙刊

第四輯

龔鵬程 主編

第 11 冊

王建詩歌研究

謝 明 輝 著

國家圖書館出版品預行編目資料

王建詩歌研究／謝明輝 著 -- 初版 -- 台北縣永和市：花木蘭
文化出版社，2008〔民 97〕

序 2+ 目 4+192 面；17×24 公分
（古典詩歌研究彙刊 第四輯；第 11 冊）

ISBN　978-986-6657-41-2（精裝）
1.（唐）王建　2. 唐詩　3. 詩評

851.4415　　　　　　　　　　　　　　　97012102

ISBN - 978-986-6657-41-2

9 789866 657412

古典詩歌研究彙刊
第四輯　第十一冊　　　　　　ISBN：978-986-6657-41-2

王建詩歌研究

作　　者　謝明輝
主　　編　龔鵬程
總 編 輯　杜潔祥
出　　版　花木蘭文化出版社
發 行 所　花木蘭文化出版社
發 行 人　高小娟
聯絡地址　台北縣永和市中正路五九五號七樓之三
　　　　　電話：02-2923-1455／傳真：02-2923-1452
電子信箱　sut81518@ms59.hinet.net
初　　版　2008 年 9 月
定　　價　第四輯 20 冊（精裝）新台幣 28,000 元　　版權所有・請勿翻印

王建詩歌研究

謝明輝 著

作者簡介

謝明輝，台灣台南市人。海軍中尉預官退伍（護國近四年）。現為國立中山大學中文所博士候選人，曾任國立海洋科技大學、私立東方技術學院兼任國文講師，現任國立中山大學中文系、國立臺南大學國語文學系、私立長榮大學通識教育中心兼任國文講師。專著有《國學與現代生活》及《小明教授奮鬥日記——從軍生活》等書，並發表〈解析〈馬詩二十三首〉〉〈姓名學與儒家精神〉〈《歲寒堂詩話》的三個問題〉〈談孔子解《易》的現代意義〉……等十餘篇學術論文。研究方向為唐詩學、山水詩、旅遊文學、周易、姓名學等領域。

提　　要

　　王建是中唐寫實派詩人之一，與好友張籍並稱「張王樂府」。本書（約十二萬字）分九章來研究王建詩歌，從生涯與創作、中唐時代背景、內涵探究、形式體製分析、與張籍詩做比較、最後再以史的角度，對王建在詩史上的地位做一爬梳。王建生平可分三個時期：三十歲前之游學生活、三十一歲至四十四歲南從軍經歷及六十幾歲之官場生涯。他的宮詞百首和樂府詩，最為後人熟悉。樂府詩大都產生於第二從軍經歷時期，而宮詞則產生於第三官場生涯時期。在他流傳後世的 525首詩作中，或揭露上層階級之奢淫；或反映下層各行各業勞動人民之苦怨；或宮中及民間游藝民俗之展示；內容取材，反映社會民生疾苦，語言質樸，風格清削俚俗，富有極高思想意義。王建在中唐求新求變的時代潮流下，王建在偶言詞體創建、宮詞百首創作以及樂府句式之求變，皆對後世產生很大的影響。王建〈宮中三臺〉等十首詞，以二六言及六言句式的創作，使後代馮延巳及胡儼等作家皆有倣效。宮詞百首也對後代如花蕊夫人也產生極大影響。我們認為王建在詩歌史上有繼承、有創建、有補充，他的詩歌價值是不應當被埋沒的。

目

次

自　序

　　《王建詩歌研究》是我在學術上初試啼聲之作，受東海大學李建崑教授所指導的碩士論文，只不過當時（2003 年）未受各界注意。碩士畢業後，隨即展開文人之漂泊生涯，兼職於各大專院校，主要講授大一國文之通識課程。投入教學工作後，仍不忘修改碩論並發表於《國文天地》《長榮大學學報》及《台南大學學報》等刊物中。2006年 6 月，我出版了第一本關於在大學教學心得的書籍——《國學與現代生活》（台北：秀威資訊）。此書中關於唐詩的部份內容，其功力是我在寫《王建詩歌研究》時，所練就出來的基本底子。第二本書《小明教授奮鬥日記——從軍生活》也將於今年（2008）五月出版。

　　學術研究之路我持續地走著，在就讀國立中山大學博士班期間，仍發表多篇學術論文，除了大學學報外，我也參加兩屆兩岸中山學術研討會，宣讀兩篇學術論文，學術能量累積不輟。在撰寫博士論文期間（由簡錦松教授指導），出版社主動找我出版碩論，深覺相當榮幸，這是我第三本書。

　　文學研究大致說來，約有下列數端：文獻學方法、二重及三重證據法、鑒賞批評法、社會歷史學方法、傳記研究法、比較文學法、注重作家心理、注重作品本體及注重讀者接受。雖有如此繁多之方法名目，然在落實具體文學研究上，總難面面俱到，單用上述任何一種方

法切入詩歌研究，其結論恐有片面性之嫌。因此本論文儘可能將各種方法運用上。其思維歷程是：研讀王建詩歌文本→分類歸納詩人生平、中唐背景概述、內涵主題、形式技巧、詩人比較、詩史評價→史料運用，如別集、總集、筆記小說、詩文評、詩話、史書、傳記年譜、類書、方志等書籍。→價值呈現及成果發表。

　　關於本書的研究價值簡述如下：

一、對王建其人之三個人生階段的系統性論述。

二、從王建詩歌文本歸納出中唐時代背景，並以詩句作爲論述標題。

三、王建創建偶言之詞體形式，補充文學史上的內容。

四、王建在樂府詩句式之求變，從宋人郭茂倩《樂府詩集》中挖掘，具體製表分析。

五、研討王建詩用韻之獨特，實際分析文本，得出大量促收韻及轉韻新氣象之結論。

　　本書約十二萬字，是在前人辛苦的研究成果基礎上，再加上本人粗淺的學識涵養而完成。這座王建詩歌大廈，在許多學者「汗滴禾下土」積瓦堆沙之艱困下，已鞏固了地基，如今我才放上一塊小小紅磚，偉大的建築正要開始。從版本、內容題材到形式技巧，都還有發展空間，不同研究方法，自有不同之精彩結論。

　　本書得以出版，其功勞須感謝花木蘭文化出版社之美意，其來信云：「本彙刊殷切期盼能得　先生大作之參與，俾共成美事，佳惠士林。」沈潛多日，面世之機已臨，故不自量力，欣然獻醜，自忖誤失必多，尚祈賜教。

謝明輝序於台南如非齋

2008/1/1

第一章　緒　論

一、研究動機

　　筆者對古典詩興趣相當濃厚。詩的語言精煉，在短短的篇幅中，能傳達出詩人內心無限之思想和情意。王國維稱一代有一代之文學，把詩歌列為唐朝的代表文學。明清二代，又屢有尊唐或宗宋之喜惡，故唐詩和宋詩可說是中國詩歌的二大高峰，唐詩似酒，令人陶醉；宋詩如茶，發人深思。兩者相較，各有擅場。於是筆者在此兩大境地，徘徊徬徨。在碩一修習李師建崑所開設「唐詩專題研究」課程之後，即確定把研究目標鎖定唐代詩歌領域中。在唐代四個時期中，筆者偏愛中唐詩人，因中唐時期的詩人特色在求新求變，與本人深好《周易》「窮則變，變則通」之人生哲理不謀而合。而眾多中唐詩人中又以王建為最少學者研究。每每外系友朋問起我的論文題目，只要提及王建其人，僅少數人聽聞過，且一知半解。最為大眾熟知的王建，是從唐詩三百首〈新嫁娘詞〉或百首宮詞而來。所以提昇王建之文學知名度，是寫作本論文的重要目標。更幸運的是，李師建崑正著手《王建詩歌校注》之工作，以吾師嚴謹治學態度，故能對論文有盡善盡美的要求。

二、研究現況

　　研究王建而取得豐碩成果，首推大陸學者遲乃鵬。《王建年譜》

爲其碩士論文。後來他又持續研究，發表相關論文（包括版本問題），
集結成冊出書，訂名《王建研究叢稿》，這些現成材料，對於筆者寫
作時，有很大的啓發。而其他關於王建的研究資料，大都爲零星單篇
論文，或著重於宮詞，或論述張王樂府之概況。著重宮詞方面，有傅
滿倉〈論王建宮詞的價值〉、劉玉紅〈王建宮詞與唐代宮廷游藝習俗〉、
丘良任〈論宮詞〉；而論述樂府，有陳節〈中唐民俗氛圍中的王建樂
府〉、朱炯遠〈論張王樂府中的唱和現象〉、日本學者赤井益久〈張王
樂府論〉。尚有一些王建相關資料，皆散見於各種文學史、文學理論
等書籍中。再者《虞初志》云：「王建作崔少玄傳」。〔註1〕王建是否
著有小說，不在本論文討論之列。

　　王建的研究資料少，有其好處，亦有壞處。好處是研究論文大有
發展空間，可發前人所未發，提昇論文價值。壞處是資料少，在提出
論點的舉證上，很難有揮灑餘地。

三、研究方法

　　王建流傳後世詩作有 525 首，我們以上海中華書局所編印《王建
詩集》爲研究文本，〔註2〕以最基礎的文本鑽研，才能發掘最根本的
問題，也才能順利解決文學史上一些棘手的問題。例如，在詞體演進
過程中，學者多論述白居易及劉禹錫 357 句式的奇言詞體，〔註3〕但

〔註1〕 北京市：中國書店出版，1986 年 8 月第 1 版
〔註2〕 1959 年 7 月第 1 版。詩集前言提到版本情況：「這個印本是根據南宋
　　　 陳解元書籍鋪刻本作爲底本加以斷句排印的，在排印前，我們曾以
　　　 汲古閣本、席氏唐百家詩本、全唐詩、清代中葉胡氏谷園刊本互校，
　　　 對宋本作了必要的補正，並加注說明。」，頁 7。詩集共分十卷，卷
　　　 一至卷三前半爲樂府，卷三後半至卷四爲古風，卷五至卷八爲律詩，
　　　 卷九爲絕句，卷十宮詞一百首。行文中若引用《王建詩集》文本，
　　　 均於詩句後註明卷次及頁數。
〔註3〕 劉大杰《中國文學發展史》稱云：「劉禹錫和白居易是詞體文學的有
　　　 力推動者。」並舉劉禹錫和白居易〈憶江南〉爲例，而提出：「詞要
　　　 到這時候，才能離開詩獨立起來，成爲一種韻文的新體裁。」雖有
　　　 提到王建，卻只提到：「王建是以作宮詞出名的，他現存調笑令四首，

26 言或 6 言句式之偶言詞體卻忽略不談，而在本論文有詳細論證及分析，可作爲詞學研究之一項補充。

　　我的研究方法乃採用史書（《唐才子傳校箋》）、墓誌銘、文集、筆記小說（《唐語林校證》等書）等材料之佐證，以支持論點之完善。如本論文第三章第一節，引用周勛初《唐語林校證》卷三 322 條所言有關懿宗迎佛骨之事：「懿宗迎佛骨，自鳳翔至內，禮儀盛於郊祀。中出一道，夾以連索，不得輒有犯者。……宰相以下，施財不可勝計。百姓競爲浮圖，以至失業。」〔註4〕說明佛教影響中唐經濟問題。

　　研究一位詩人的方向，我認爲，應從內而外做整體性的探究，先從詩人生平開始，再推之中唐時代背景和文化思潮與王建詩的內在聯繫，利用王建詩文本和《唐才子傳》、唐筆記小說及歷代詩話及《唐詩彙評》等資料互爲印證。我們藉用遲乃鵬《王建年譜》之研究成果，看看是否能依人生年齡分爲幾個階段？以清晰明白王建生平。其次，王建的眾多友朋中，是否有什麼觀念影響他樂府詩創作？在王建詩所反映的政經背景中，我們以文本詩句爲標題，清楚勾勒中唐時代背景的概況。王建詩是否受到當時的文化思潮的影響？他的創作心理又與文化思潮間的關係爲何？諸如此類的問題，皆在二三章的外圍環境中做深入的討論。

　　在第四及五章王建詩內涵之探究中，從思想、諷諭、生活情調、和婦女及民俗等五大主題來考察，我們關注《易經》思想對王建生活有何影響？有戰場經歷的王建會在詩中透露的是反戰或戀戰立功的思想？在生活中他又有何思想在指導？他是以何種表現手法來突顯諷諭之旨？在婦女關懷中，王建除了對那些婦女表達過同情之外，是否還有稱頌？這種專對女性投以愛憐目光的觀念，又是從何

其作風與他的宮詞相同。」此屬泛論，應細加分析才行。頁 551，台北：華正書局，民國 80 年 7 月。
〔註4〕〔宋〕王讜撰，周勛初校證，《唐語林校證》，頁 215，北京：中華書局，1987 年 7 月。

而來？如果我們從王建詩文本或友人酬答詩作來尋求答案，應不失為一條方便捷徑。例如，王建十七歲所作〈邯鄲主人〉詩云：「爐邊酒家女，遺我湘綺被。合成雙鳳花，宛轉不相離。」（卷三，頁 22）是否可推論：王建少年對酒家女動情是王建大量婦女生活詩作之重要因素？再者〈荊南贈別李肇著作轉韻詩〉：「主人開宴席，禮數無形跡，醉笑或顛吟，發談皆損益。」（卷四，頁 26）其中「損益」何解？透露何種思想？這些皆需借助其他文本或資料來探討，本文以《易經》卦名來分析。

再如宋人胡仔《苕溪漁隱叢話》後集卷十四所說：「予閱王建宮詞，選其佳者，亦自少得，只世所膾者數詞而已。」〔註5〕提出宮詞無價值論。而在文學史上主此說者，大有人在。《中國古代文學理論辭典》云：「唐詩人王建寫有《宮詞》一百首，也是反映宮女愁怨的詩，但有不少是渲染帝王侈靡生活的，藝術上多無可取之處。」〔註6〕學者所主張宮詞無價值，是以狹小眼界看宮詞，抑是草草評論了事？本論文在四五章內涵分析中，即從諷諭、婦女和民俗等三大主題作探討，期以更寬廣的視野深入宮詞之神秘世界。

清人管世銘《讀雪山房唐詩序例》云：「樂府古詞，陳陳相因，易于取厭。張文昌、王仲初創為新制，文今意古，言淺諷深，頗合三百篇興、觀、群、怨之旨。」〔註7〕提出樂府古詞，創為新制。所謂的新制所指為何？我們將以《樂府詩集》為底本，〔註8〕從收錄的 51 首樂府詩來作考察，製表分析王建在句式上的求新求變。在詞體的創

〔註 5〕〔宋〕胡仔撰，《苕溪漁隱叢話》，頁 107，台北市：木鐸出版社，民國 71 年 7 月 1 版。

〔註 6〕參趙則誠等主編《中國古代文學理論辭典》，頁 318，吉林文史出版社，1985 年 7 月 1 版。

〔註 7〕郭紹虞編選、富壽蓀校點，《清詩話續編》下，頁 1549，上海：上海古籍出版社，1983 年 12 月第 1 版。

〔註 8〕〔宋〕郭茂倩編《樂府詩集》，北京：中華書局，1979 年 11 月第 1 版，1998 年重印。

造部份，雖無學者論及，然從《全唐五代詞》和《千家詞》選本考察，計收王建詞十首，若就詞體形式及內容作分析，是否具特別之處？後代是否有作家傚效？

清人毛先舒《詩辨坻》卷第三云：「文昌樂府與仲初齊名。」〔註9〕王建和張籍樂府詩並稱「張王樂府」，可見他們的詩風很相近，他們二人出生貧困家世，際遇多蹇，官小職卑，同窗好友十年，多有詩作來往，所以張王二人詩歌比較，也值得探究。我們將分三大方面來作比較：風雅觀念、風格、表現手法，主要是引用歷代詩話和張王二人詩作做比較說明，揭示他們的同多於異，諸如風雅觀念相同、古質和天然清削風格相同，對比、託物喻意、卒章顯其志和敘述等表現手法也相同。不過，他們也有些微差異之處，如明人王世貞《藝苑卮言》卷四：「樂府之所貴者，事與情而已。張籍善言情，王建善徵事，而境皆不佳。」〔註10〕王氏比較王張之異，是否正確？若非正論，差異又何在？以詩例分析說明，對此問題的解答，或有助益。

在王建詩評價中，我們將補充王建在文學史上的地位。歷代學者對於王建在文學史的地位，皆著意於樂府詩和宮詞上。如宋人許顗《彥周詩話》云：「張籍、王建，樂府宮詞皆傑出，所不能追逐李、杜者，氣不勝耳。」〔註11〕《滄浪詩話·詩評》云：「大曆後，劉夢得之絕句，張籍、王建之樂府，我所深取耳。」〔註12〕即使如此，亦有學者對此頗有微詞。如胡應麟《詩藪》說：「張籍王建樂府詩，頗趨平淡，稍到天成。而材質有限，兼時代壓之不能高古。」又說：「張王樂府，卑賤相矜。」〔註13〕宋濂說：「元白近乎輕俗，張王過

〔註9〕郭紹虞編選、富壽蓀校點，《清詩話續編》下，頁49。
〔註10〕丁福保輯，《歷代詩話續編》，頁1015，北京：中華書局，1983年8月第1版，2001年重印。
〔註11〕〔清〕何文煥輯，《歷代詩話》，頁385，北京：中華書局，1981年4月第1版，2001年重印。
〔註12〕〔清〕何文煥輯，《歷代詩話》，頁697。
〔註13〕參《詩藪》外篇卷1，頁135，內篇卷1，頁13。

於浮豔。」〔註14〕沈德潛說:「王仲初樂府,專以口齒利便勝人,雅非貴品。」〔註15〕《中國古代文學理論辭典》亦云:「唐詩人王建寫有《宮詞》一百首,也是反映宮女愁怨的詩,但有不少是渲染帝王侈靡生活的,藝術上多無可取之處」。〔註16〕以上諸書所評,僅作局部爬梳,缺乏系統且全面之析論。

在唐代樂府詩的發展上,王建樂府詩是否學習杜甫,且與元白新樂府詩是否有所關聯?而宮詞百首流傳乃是促成王建在文學史上佔有一席之地之主因,然其價值是否真如歐陽修《六一詩話》云:「王建《宮詞》一百首,多言唐宮禁中事,皆史傳小說所不載者,往往見於其詩」〔註17〕僅具史料價值而已?在宋以後又造成何種流行?在詩體之外,詞體的句式和內涵是否有所創新和開拓?而自中唐後,此種創新詞體是否有人倣效?

王建在詞體建構上,歷來學者有所忽略,若從《全唐五代詞》和《千家詞》等總集考察,相信必有意外收穫。而借助明人葉苔山、陶石貴及李九我等輯《歷代宮詞》之運用及詩話資料之參證,對於王建在宮詞上的地位之確立,亦有所發明。

四、預期成果

一、用心真誠對待王建詩歌文本,五百二十五首的詩作中務須反覆誦記,期能有重大發現。

（一）文學史稱王建有大量關懷婦女之作,卻未分析其原因。從文本詩句「爐邊酒家女,遺我湘綺被。合成雙鳳花,宛轉不相離。」由早期王建在一次豔遇中,酒家女送他精美

〔註14〕參《歷代詩詞論叢》,頁46,〈宋濂答章秀才論詩書〉
〔註15〕參王夫之等撰:《清詩話》,頁 538,上海:上海古籍出版社,1999年6月第1版。
〔註16〕參趙則誠等主編《中國古代文學理論辭典》,頁 318,長春:吉林文史出版社,1985年7月1版。
〔註17〕〔清〕何文煥輯,《歷代詩話》,頁268。

的棉被，給他溫暖。此應可推論王建存有婦女意識之可能性。

（二）王建對《易經》的研究甚深，可從他生活中的行為考察。
〈貧居〉：「近來身不健，時就六壬占。」（卷五，頁 41）
占卜之行為，即是對《易經》思想的實踐。〈別李贊侍御〉：
「講易工夫尋已聖，說詩門戶別來情」（卷六，頁 57），《易
經》本是儒家重要典籍，此可從側面說明王建的儒家基
因，亦可作為其提倡風雅精神的其中一項佐證。

二、以民俗和婦女兩大主題剖析王建詩的內容。

用新鮮主題式的分類，對王建詩歌研究有莫大幫助。本論文集中
對王建詩中之民俗和婦女二主題作深入探討。藉由王建詩歌，我們可
一窺唐代宮女和各行業婦女之生活，以及貴族人民之休閒遊樂生活，
相當有趣！

三、王建的求變心理，應可由具體的句式分析。

李肇《國史補》云：「元和已後，文筆學奇於韓愈，學澀於樊宗
師。歌行則學流蕩於張籍，詩章則學矯激於孟郊，學淺切於白居易，
學淫靡於元稹，俱名『元和體』。」〔註 18〕說明元和時代的詩人，各
極其變。而王建正處其中，他的求變表現何在？筆者由《樂府詩集》
中，比對分析王建與其他詩人樂府句式之變化。如辛延年、孟郊、鮑
溶等詩人作五言句式的〈羽林行〉，而僅王建作七言句式。

四、王建在結句會突然韻轉，此正為詩歌高潮所在，令人讀之，
發人深省，餘味猶存。《石園詩話》云：「王仲初……歌行諸結句，尤
有餘蘊。」我們以《詩韻集成》作為查韻的工具書，試從韻轉的角度
切入，發現結句韻轉之處，即是情緒轉折之處。本文提出八首詩例剖
析，如〈傷鄰家鸚鵡詞〉結句由「阮」韻轉為「青」韻。先寫鸚鵡發
出咽啞而哀怨之聲，傳達遭受悲慘之命運。

〔註 18〕《唐語林校證》282 條，頁 187。

　　五、王建詞的創建與貢獻。

　　唐詩和宋詞是中國文學上的兩種體裁，在宋詞的成就上，中唐的王建亦有所貢獻，在內容上，走出初唐詞宮中游樂之題材；在形式上，建立偶言句式的詞體，影響後世詞家之創作。

　　六、在詩話批評中，總以張籍樂府勝王建，但若加以宮詞百首詩之創建，作一整體考量，二人文學史地位，實難分高下，故不應埋沒王建的貢獻。

　　此六點關於王建的深入研究，有補充，有創建。本論文對於王建各方面的分析探討，已明顯看出，中唐王建在文學史上的地位，的確值得我們重視和肯定。

第二章　析論王建三個人生階段

　　王建是中唐著名的詩人。可是兩《唐書》皆無爲王建立傳，關於他的生平資料很少，事跡毫無系統地散見於《唐詩記事》、《唐才子傳》和《全唐詩》采錄《唐詩英華》所編寫的王建小傳，以致世人對王建其人及其在文學史上的貢獻就相對的缺乏認識。若欲探求王建其人及其與中唐詩人間之互動情形，非先對王建之生平全貌作一鳥瞰式的觀察不可。

　　近人傅璇琮和遲乃鵬兩位學者對王建生平問題作過比較詳細之研究。元人辛文房《唐才子傳》雖曾爲王建立傳，不過，內容仍有舛誤，傅先生《唐才子傳校箋》對此一問題進行分析，以還其原貌。〔註1〕遲乃鵬亦針對王建生涯問題作探討。他搜集相關資料，按年排比，寫成《王建年譜》。其間引證考索，頗有創見之處。〔註2〕雖

〔註1〕 例如，辛文房說「大曆十年丁澤榜第二人及第」，認爲王建在大曆十年中進士。傅先生認爲可疑，引用張籍詩及白居易〈與元九書〉等史料，考證出當時王建只是十歲或七歲孩童，如何能成進士。詳見傅璇琮主編《唐才子傳校箋》第二冊（北京：中華書局，2000 年重印），頁 151。

〔註2〕 例如，他考證說「……《唐才子傳》、《全唐詩》王建小傳謂王建出爲陝州司馬後，方『從軍塞上』，大誤。……所謂王建卜居原上，在時間上不是出爲陝州司馬後，而是罷殿中侍御史後；在地點上亦不在咸陽，而在鄠縣紫閣峰下。」他分別舉張籍〈寄王六侍御〉、〈贈王侍御〉、〈寄紫閣隱者〉及賈島〈王侍御南原庄〉諸詩佐證。詳見

—9—

然上述兩位學者對王建其人已考之甚詳，畢竟他們所呈現的內容皆是條列式，一是對《唐才子傳》條列式的考證，一是按年排比，用考證方法，以條列式呈現出來。其優點在於舉證詳實，材料可信，不過其主要目的在於論證，而較少討論王建作品之思想內容。

另外，譚優學〈王建行年考〉一文亦對王建其人有所考論，文中按年編排，考證王建一生重要事蹟，並於文末試爲王建新傳，譚氏方法亦如傅、遲二人，且重撰之新傳中，認爲宮詞文學價值不高，實爲主觀之論，有待商榷。〔註3〕卞孝萱、喬長阜〈王建的生平與創作〉〔註4〕一文以「有路不得行」、「從軍秣馬十三年」、「官冷似前資」及「詩歌的思想內容和藝術特色」等四節討論王建其人及其詩，雖採主題式論述，然第四節應可專文討論，免於橫生枝節。

故本文在前人研究成果上，化零爲整，作有系統之論述，以主題式的呈現來瞭解王建其人及其詩，此方法可補前人之不足，亦爲本文價值所在。以下試就王建「三十歲前之游學生活」、「三十一歲至四十四歲之從軍經歷」和「四十五歲以後至六十幾歲之官場生涯」等三個人生階段說明之。

第一節　三十歲前之游學生活

王建，字仲初。行六，唐京兆府渭南縣人〔註5〕（今陝西省渭南縣〔註6〕）。生於唐代宗大曆五年庚戌（770），卒於唐文宗大和三年己

遲乃鵬《王建研究叢稿》（四川：巴蜀書社，1997年5月），頁3。

〔註3〕詳見譚優學《唐詩人行年考》（續編）（成都：巴蜀書社，1987年8月），頁103～131。關於宮詞價值，本文第四節亦有說明。

〔註4〕詳見卞孝萱、喬長阜〈王建的生平與創作〉，《貴州大學學報》，1987年第3期，頁35～39。

〔註5〕關於王建的出生地，辛文房《唐才子傳》說他「穎川人」，但經傅璇琮及遲乃鵬等學者考證，認爲有可疑。遲乃鵬先生經由姚合詩考證，應爲渭南縣人。詳見遲乃鵬《王建研究叢稿》，頁3。

〔註6〕本文古地名後，所加附之現代地名，請參青山定雄《讀史方輿紀要索引中國歷代地名要覽》（台北：洪氏出版社，1975年）。

酉（829），享年約六十幾歲。

八歲時的王建常隨童子到外公家游戲。王建〈送韋處士老舅〉詩云：「憶昨痴小年，不知有經籍。常隨童子游，多向外家劇。」〔註7〕說明他有個快樂的童年時期，而且沒有讀經籍的壓力。如一般少年一樣，王建此時既頑皮又聰明。王建〈送韋處士老舅〉又云：「偷花入鄰里，弄筆書牆壁。照水學梳頭，應門未穿幘。人前賞文性，梨果蒙不惜，賦字詠新泉，探題得幽石。」（卷四）強調他少年時頑皮淘氣、聰明早慧，且在文學上很有天賦，能賦詩探題，表現極高之才華。

王建在十四歲（德宗建中四年，783）時，因兩河用兵，京師一帶遭涇原兵之兵變及朱泚叛亂，王建一家無法在故鄉渭南縣生活，於是離開他的家鄉關輔，移居至河北道邢州（今河北省邢臺縣）龍岡縣鵲山南之鶴嶺下龍騰溪旁。

十七歲時（德宗貞元二年，786）在邢州認識他一生中最誠摯之友──張籍，蘊積十年之同窗生活，故張籍有首回憶他們年輕時深切情誼之詩。張籍在〈逢王建有贈〉中提到：「年狀皆齊初有髭，鵲山漳水每追隨。」鵲山和漳水即在今河北省邢臺縣之地，此二地應為王建和張籍初識及多次相聚之所。〔註8〕由於二人關係密切，故作詩觀念亦互為影響，以致後世將其並稱「張王樂府」。在此有必要對張王二人作一扼要論述，因其與中唐樂府詩之發展有密切關聯。

張籍同王建的交游，可分為兩個時期。前一個時期是游學河北時期，時間約從貞元二年至貞元十一年，同窗十年。後一個時期是在入京銓選後，時間從元和七年歲末至大和二年。他們兩人因在創作理念上相同，而且每逢會面時，論學談心，同床而眠，二人之感情匪淺。張籍〈登城寄王建〉詩回憶與王建好友相聚之樂：「十年為道侶，幾處共柴扉。」所謂的「道侶」應指在詩歌的創作理念上是志同道合。

〔註7〕本文所採用版本為（唐）王建著《王建詩集》（上海：中華書局，1959年7月）。

〔註8〕見遲乃鵬《王建研究論稿》，頁12。

又他們的際遇相似，貧苦度日，所任官職不高，再加上年齡相仿，故兩人自然成爲好友。

而張籍的「道」所指爲何呢？應指儒家關懷社會民生疾苦之道。王建〈送張籍歸江東〉有提到：

> 清泉澣塵緇，靈藥釋昏狂。君詩發大雅，正氣迴我腸。復令五彩姿，潔白歸天常。昔歲同講道，青襟在師傍。出處兩相因，如彼衣與裳。行行成歸此，離我適咸陽。失意未還家，馬蹄盡四方。訪余詠新文，不倦道路長。僮僕懷昔念，亦如還故鄉。相親惜晝夜，寢息不異床。猶將在遠道，忽忽起思量。黃金未爲罍，無以抱酒漿。所念俱貧賤，安得相發揚。迴車遠歸省，舊宅江南廟。歸鄉非得意，但貴情義彰。五月天氣熱，波濤毒於湯。慎勿多飲酒，藥膳願自強。（卷四，頁28）

「君詩發大雅，正氣迴我腸。」說明王建很欣賞張籍詩中的大雅之道，而且深深地影響王建之創作內容。起首「清泉」以下八句謂王建相當欣賞張籍富有雅道正氣之詩歌，並點出兩人具有同窗之特殊情誼。「出處」以下十二句則藉由昔日好友張籍之離別而遊走四方，如今卻不惜道路之遠遙而來探訪。尤其是「相親惜晝夜，寢息不異床」兩句，表達同床長談之深厚情誼。「猶將」十句則說明兩人同是貧賤出身，又有同窗之誼，在人生境遇上亦不甚如意；縱然如此，但兩人仍以情義相待，此等情感實屬難得。最後四句提醒張籍在炎熱五月天裏，飲酒應適量，並注意身子之照料。

正因二人在創作意識相同，遂於其樂府詩中透現出來。從張王樂府中的唱和現象可以觀察出二人創作是相互影響。所謂「唱和」一詞，據白居易〈和答詩十首并序〉云：「繼成十章，亦不下三千言。其間所見同者固不能自異，異者亦不能強同。同者謂之和，異者謂之答。」〔註9〕似指立意與對方相同爲和，而立意迴異則爲答。二人在樂府中

〔註9〕見《全唐詩》，第十三冊（北京：中華書局，1996年1月），頁4680。

的唱和詩歌可分為兩大類：同題唱和及異題唱和。同題唱和有八組，分別是 1〈寄遠曲〉、2〈促促詞〉、3〈思遠人〉、4〈北邙行〉5〈涼州詞〉、6〈別鶴〉、7〈烏棲曲〉、8〈望遠人〉等。異題唱和則為 9〈寄衣曲〉、〈送衣曲〉、10〈猛虎行〉、〈射虎詞〉、11〈古釵嘆〉、〈開池得古釵〉、〈失釵怨〉、12〈野老歌〉、〈水夫謠〉、13〈別離曲〉、〈贈離曲〉、14〈車遙遙〉、〈遠將歸〉、15〈湘江曲〉、〈湖南曲〉、〈荊門行〉計七組；兩大類和答詩總計為十五組。〔註10〕

　　除上述二人創作樂府詩之共同趨向外，由張王交往之諸詩篇什亦可看出其間深厚之關係。張王交往詩總共有二十首，其中張寄王詩有十四首，王寄張有六首。〔註11〕在這些作品中約可分為兩類：一是討論研究詩藝、一是感念深切情誼。從他們交往詩可看出二人具有共同思想基礎，時常切磋詩藝，不覺同床而眠，關係之密切，實耐人尋味。今製一表如下，〔註12〕以清眉目：

張　王　交　往　詩　一　覽　表		
內容　對象	一、討論研究詩藝	二、感憶深切情誼
王建寫給張籍	1.〈送張籍歸江東〉：「訪余詠新文，不倦道路長。」（卷297，頁3367）	1.〈酬張十八病中寄詩〉：「見君綢繆思，慰我寂寞情。」（卷297，頁3373） 2.〈洛中張籍新居〉：「自君移到無多日，牆上人名滿綠苔。」（卷300，頁3411） 3.〈揚州尋張籍不見〉：「別後知君在楚城，揚州寺裏覓君名。西江水闊吳山遠，卻打船頭向北行。」（卷301，頁3430） 4.〈留別張廣文〉：「謝恩新入鳳皇城，亂定相逢合眼明。千萬求方好將息，杏花寒食的同行。」（卷301，頁3432）

〔註10〕見朱炯遠〈論張王樂府中的唱和現象〉，《上海大學學報》第 4 卷第 5 期，1997 年 10 月，頁 33。
〔註11〕見吳汝煜主編《唐五代人交往詩索引》「張籍、王建」條，（上海：上海古籍出版社，1993 年 5 月），頁 101，頁 276。
〔註12〕筆者僅列詩中具代表性詩句於表中，欲求整晰可於《全唐詩》（北京：中華書局，1960 年版）中查詢，我把卷數及頁碼附於詩句後，以便查考。

		5. 〈寄廣文張博士〉:「春明門外作卑官,病友經年不得看。莫道長安近于日,昇天卻易到城難。」(卷 301,頁 3437)
張籍寫給王建	1. 〈逢王建有贈〉:「使君座下朝聽易,處士庭中夜會詩。新作句成相借問,閒求義盡共尋思。」(卷 385,頁 4335) 2. 〈贈別王侍御赴任陝州司馬〉:「更和詩篇名最出,時傾杯酒戶常齊。」(卷 385,頁 4341) 3. 〈喜王六同宿〉:「十八年來恨別離,唯同一宿詠新詩。更相借問詩中語,共說如今勝舊時。」(卷 386,頁 4351)	1. 〈登城寄王秘書建〉:「十年爲道侶,幾處共柴扉。」(卷 384,頁 4313) 2. 〈寄昭應王中丞〉:「獨憑藤書案,空懸竹酒鉤。春風石甕寺,作意共君遊。」(卷 384,頁 4315) 3. 〈使至藍谿驛寄太常王丞〉:「水沒荒橋路,鴉啼古驛樓。君今在城闕,肯見此中愁。」(卷 384,頁 4318) 4. 〈贈太常王建藤杖筍鞋〉:「以此持相贈,君應愜素懷。」(卷 384,頁 4320) 5. 〈贈王秘書〉:「自領開司了無事,得來君處喜相留。」(卷 385,頁 4331) 6. 〈贈王秘書〉:「獨從書閣歸時晚,春水渠邊看柳條。」(卷 385,頁 4334) 7. 〈酬秘書王丞見寄〉:「相看頭白來城闕,卻憶漳溪舊往還。」(卷 385,頁 4332) 8. 〈書懷寄王秘書〉:「賴君同在京城住,每到花前免獨遊。」(卷 385,頁 4333) 9. 〈賀秘書王丞南郊攝將軍〉:「共喜與君逢此日,病中無計得隨行。」(卷 385,頁 4340) 10. 〈寄王六侍御〉:「洞庭已置新居處,歸去安期與作鄰。」(卷 385,頁 4342) 11. 〈贈王建〉:「白君去後交遊少,東野亡來篋笥貧。賴有白頭王建在,眼前猶見詠詩人。」(卷 386,頁 4360)

同年(德宗貞元二年),他離開了邢州龍岡縣,往南方的鄴縣游歷,將銅臺路上雨中賞花的孤獨游樂情懷,表現於卷九〈看石楠花〉詩中。約當此年,又認識趙侍御。〔註13〕在途經邯鄲投宿時,有位酒家女送他一床繡有雙鳳花的華麗棉被,短暫的相遇又要匆匆離別,遂遺憾寫下〈邯鄲主人〉(卷三,頁 22),詩云:「遠客無主人,

---

〔註13〕本文所列之官名性質及尊卑,均參考任爽著《唐朝典章制度》,第五章〈職官制度〉(長春:吉林文史出版社,2001 年),頁 244～279。

夜投邯鄲市。飛蛾繞殘燭，半夜人醉起。壚邊酒家女，遺我湘綺被。合成雙鳳花，宛轉不相離。」此爲王建青年時期一次浪漫之邂逅，酒家女對他的殷殷真情，令王建難以忘懷（此情可能埋下其未來關注婦女生活之創作因子）。並於當地登高賞菊，又作〈九日登叢台〉以抒懷。

在二十歲時（德宗貞元五年，789）游學貝州（今河北省清河縣），寫有〈宋氏五女〉一詩，反映王建早年即有關心女子之意識。「五女誓終養，貞孝內自持」讚揚少女一生不嫁，而終養父母至死之孝行，可垂範後世。

自安史之亂後，王建所居的河北道邢州一帶，即爲藩鎮所盤據。由於戰事頻仍，促使他常離鄉出游，因此更加深他與其弟之間之淳厚情感。他分別在十八歲和二十歲時創作〈別曲〉和〈留別舍弟〉二首詩。在〈別曲〉詩中：「馬頭對哭各東西，天邊柳絮無根蒂。」（卷九，頁 81）說明自己猶如天邊無根蒂之柳絮，隨風飄蕩，到處流浪，今天聚，明天即要離別。在〈留別舍弟〉詩中亦云：

> 孤賤相長育，未曾爲遠遊。誰不重歡愛，晨昏闕珍羞。出門念衣單，草木當窮秋。非疾有憂歎，實爲人子尤。世情本難合，對面隔山丘。況復干戈地，懦夫何所投。與爾俱長成，尚爲溝壑憂。豈非輕歲月，少小不勤修。從今鮮思量，勉力謀善猷。但得成爾身，衣食寧我求。固合受此訓，墮慢爲身羞。歲暮當歸來，慎莫懷遠遊。（卷四，頁 31）

前八句說明與其弟從小孤苦貧賤，相依爲命。因衣食不足，又爲兄長，故需出外奔波以求衣食溫飽。「世情」以下十句感嘆世事難測，無法盡如人意，兄弟二人在干戈之地中成長，蹉跎美好之年輕歲月，缺乏勤奮向學之機會。故如今應當互相勉勵以實現自我之人生理想。「衣食」以下六句則叮嚀其弟安身修德，自己則遠赴他鄉以求衣食之供應，年底自會歸來，勿與兄長一樣還要到處奔波。此詩可看出他與胞弟間之深切關懷。

　　王建在青年時期對功名可說是興趣缺缺，無意驅騁於名場。在王建寫給崔群的兩首詩即可看出。在〈山中寄及第故人〉中所云：

　　長長南山松，短短北澗楊。俱承日月照，幸免斤斧傷。去年與子別，誠言暫還鄉。如何棄我去，天路忽騰驤。誰謂有雙目，識貌不識腸。豈知心內乖，著我薜蘿裳。尋君向前事，不歎今異翔。往往空室中，寱寐說珪璋。十年居此溪，松桂日蒼蒼。自從無傷人，山中不輝光。盡棄所留藥，亦焚舊草堂。還君誓巳書，歸我學仙方。既爲參與辰，各願不相望。始終名利途，慎勿罹咎殃。（卷四，頁28）

起首四句以世外的松楊不被斤斧砍傷爲喻，說明自己寧與山水爲伍，享受其間之自在逍遙，如此可避免名利之羈絆與牽累。「去年」以下十句則譴責友人崔群在取得功名後，卻遺忘與老友之約定，並感歎眞心友朋難尋，所謂「識貌不識腸，豈知心內乖」。最後四句發出對名利深痛惡絕之憤怒口氣，並對崔群畫清界限，兩人關係形同天上之參與辰星，各走各的陽關道。在〈題崔秀才里居〉又云：「自知名出休呈卷，愛去人家遠處居。時復打門無別事，鋪頭來索買殘書。」（卷九，頁82），說明王建樂與山水爲鄰，嚮往無拘無束之生活，對於名利一點也不熱衷。

　　王建除對其弟及其摯友張籍表達深厚情感之外，他還將大曆十才子之一之李益尊爲詩歌之偶像。如其在〈寄李益少監兼送張實遊幽州〉所云：

　　大雅廢巳久，人倫失其常。天若不生君，誰復爲文綱。迷者得道路，溺者遇舟航。國風人巳變，山澤增輝光。星辰有其位，豈合離帝傍。賢人既遐征，鳳鳥安來翔。少小慕高名，所念隔山岡。集卷新紙封，每讀常焚香。古來難自達，取鑑在賢良。未爲知音故，徒恨名不彰。諒無金石堅，性命豈能長。常恐一世中，不上君子堂。偉哉清河子，少年志堅強。篋中有素文，千里求發揚。自顧音韻乖，無因合宮商。幸君達精誠，爲我求迴章。（〈本集卷四，頁29〉）

李益少監一職，是指祕書少監。李益因詩才頗具盛名，而受憲宗所召賜。據《唐才子傳校箋》稱：「憲宗雅聞其名，召爲祕書少監，集賢殿學士。」〔註14〕又其詩具有雅正特色，故得天子喜愛。同書又云：「每一篇就，樂工賂求之，被之雅樂，供奉天子。」〔註15〕唐末張爲《詩人主客圖》亦稱李益云：「清奇雅正主。」所以，李益保持唐代詩歌純正血統──典雅的美學理想的傳人。〔註16〕故王建於此詩中對李益表達了極高欽佩之意，「天若不生君，誰復爲文綱」。在推崇他在文學上之極高地位的同時，結四句「自顧音韻乖，無因合宮商。幸君達精誠，爲我求迴章」亦感念他在音韻和宮商方面上之不吝賜教。

綜上所述，王建自小家境貧困，與弟感情甚深。常因戰亂而游歷在外謀食。而友朋之間，與張籍認識最早，也最爲要好。且其心中對李益之雅淳詩歌才華相當崇拜。個性頑蒙又不勤奮向學（〈勵學卷四〉），喜交正道之友而輕功名利祿（〈求友卷四〉）。對於生死及生命間的關懷有相當的體悟，認爲萬物間的變化皆因人心的移轉（〈喻時卷四〉）。其中〈送薛曼應舉〉、〈送人〉以及〈聞故人自征戍回〉等詩，對於友朋鼓勵勸慰之自然流露，細膩眞性，音韻協暢，時而躍然於紙上，堪爲友情送別之佳作。

第二節　三十一歲至四十四歲之幕府從軍經歷

由於王建無法回避「愛仙無藥住溪貧」（卷六，頁57）之生活現實壓迫下，他不得不「脫下山衣事漢臣」（〈從軍後寄山中友人〉卷六，頁 57）。三十一歲的王建於德宗貞元十六年庚辰（800）開始了他人生第二個重要階段—「從軍走馬十三年」（〈別楊校書〉卷九，頁79）

〔註14〕參傅璇琮主編《唐才子傳校箋》（北京：中華書局，1987 年 5 月），頁101。

〔註15〕參《唐才子傳校箋》，頁98。

〔註16〕參蔣寅《大曆詩人研究·上編》（北京：中華書局，1995 年 8 月），頁404。

之軍旅生涯。此後三年，他在幽州（今河北省北京市）劉濟幕下做事。直到貞元十九年（803）寒冷冬季才隨劉濟北征，這也是王建唯一的一次參戰經驗。在北征期間，王建目睹戰爭之殘酷，他便以敏銳的觀察力和悲天憫人之胸懷，忠實記錄「照見三堆兩堆骨」、「邊風割面天欲明」（〈關山月〉卷二，頁 9）、「夜來山下哭」（〈塞上〉卷五，頁 50）以及「相逢白髮生」（〈塞上逢故人〉卷五，頁 39）等慘烈無情之戰爭境況。由於此次的親身經歷，他真正體會征戍之苦。故在凱旋南歸之途中，他寫了〈遠征歸〉一詩，透露反戰思想。詩云：

> 萬里發遼陽，處處問家鄉。迴車不淹轍，雨雪滿衣裳。行
> 見日月疾，坐思道路長。但令不征戍，暗鏡生重光。（卷三，
> 頁 23）

雖然此次戰役得勝，但交戰過程中之折磨和困苦是常人所無法體會，尤在雨雪霏霏之寒冬行軍，遙遙的路途中，時光是這麼迅速地飛逝，但戰爭爲何還不快結束呢？「道路長」之行軍疲癱，已使他有「不征戍」的奢想，可是這能做得到嗎？

隔年（貞元二十年，804），在他三十五歲時，王建出使淮南。沿路走過定州（今河北省定州市）、汴州（今河南省開封市）而至揚州（今江蘇省揚州市），而在第二年春（貞元二十一年，805）運糧任務完成，回幽州交差。由於他少年時期爲謀食而初次在外游學，內心自然存有新奇有趣之感受。然久居異地之後，對於離別則容易感傷。他說：「近來多怨別，不與少年同」（〈汴路水驛〉卷五，頁 40）少年時期離家鄉在外，有種清新奇特之感，但日子久了後，總有倦鳥歸巢的心理。〈行見月〉說：「家人見月望我歸，正是道上思家時。」（卷二，頁 12）《管錐編》評曰：「此類乃從『妾』、『我』一邊，擬想『君』、『家人』彼方，又非兩頭分、雙管齊下也。」[註17] 從「家人」和「我」兩方互爲設想，以加深思鄉之情切。而〈夜看揚州市〉一詩：「夜市千燈照碧雲，高樓紅袖客紛紛。如今不似昇平日，猶自笙歌徹夜聞。」

〔註17〕見錢鍾書著《管錐編》（北京：中華書局，1979 年 8 月），頁 70。

表面雖詠夜市千燈之燦麗美景，但諷刺意味濃厚，實寫此地人民不知戰亂之可怖，仍歡喜徹夜笙歌享樂的繁榮景象。

王建在運糧途中有感於水夫牽船之痛苦生活，遂作〈水運行〉（卷一，頁 8）及〈水夫謠〉（卷二，頁 10）二詩。詩中提及水夫辛勤運糧，就連狂風暴雨的惡劣環境下仍要趕工，不為自己的口腹，為的是要供應邊地的士卒們。側面描寫戰爭帶給人民的痛苦折磨，亦為主事者提出建言，應在邊地開闢稻田以解決水夫運糧之辛苦。

王建在四十二歲時（憲宗元和六年，811），奉命出使江陵。在這次任務中，他同樣以詩人關懷之筆描繪當地歌伎之特殊遭遇。如〈觀蠻伎〉詩所說：「欲說昭君斂翠蛾，清聲委曲怨于歌。誰家年少春風裏，拋與金錢唱好多。」（卷九，頁 77）描寫歌伎所展現之精湛歌舞，受到年少客人之拋與金錢讚賞。而歌聲所透露出的悲怨似乎在告訴世人，她們的遭遇和生活的艱難。關懷下層人民的有〈南中〉詩云：「獨有求珠客，年年入海行。」（卷五，頁 40）寫開採珠寶的工人們，為了皇宮貴冑的身上所享受的華麗裝飾品，每年都要冒著生命危險到深不可測的海中工作。又〈北邙行〉（卷一，頁 2）諷刺達官貴人的驕奢淫侈。

在投入於劉濟幕府後，王建準備大展長才。這時期他寫了很多的樂府詩，反映社會下層各行各業之民生疾苦，李調元《雨村詩話》稱其云：「王建、張籍樂府，何曾一字險怪，而讀之人情人理，與漢、魏樂府並傳。」〔註18〕強調王建樂府詩在反映現實民情上，頗具漢魏精神。而且，他在人生之創業中遇到一位重要貴人，創造他人生第三個官場生涯時期。這位貴人位高權重，權傾一時，在王建赴京銓選期間曾給予極大的照顧。他就是檢校之尚書官——田弘正。王建在〈留別田尚書〉云：「擬報平生未殺身，難離門館起居頻。不看匣裏釵頭古，猶戀機中錦樣新。一旦甘為漳岸老，全家卻作杜陵人。朝天路在

〔註18〕郭紹虞編選《清詩話續編》，頁 1531。

驪山下，專望紅旗拜舊塵。」（卷七，頁 61）說明王建差點因蔣士則事件而禍及自身，但田弘正寬待王建，不僅未殺他，反而舉薦他到吏部銓選，此舉使得王建由衷地感激。〔註19〕

可是，王建此次的銓選經驗卻不盡理想。約一年後，在四十四歲時，他又再次向田弘正乞求薦書。他說：「長安寄食半年餘，重向人邊乞薦書」（〈歸山莊〉卷九，頁 81）。對於上次的銓選失敗，他寫詩抒發。如〈路中上田尚書〉所云：「去婦何詞見六親，手中刀尺不如人。可憐池閣秋風夜，愁綠嬌紅一遍新。」（卷九，頁 76）他把上次銓選失利後之情形比喻成被丈夫休棄之可憐婦人，自嘆織布之技不如他人，有失嫁為人妻之基本責任，哪有顏面去見六親呢？暗指天賦才能不如他人。可是王建並未挫傷其鬥志，反而愈挫愈勇。所以最後一句「愁綠嬌紅一遍新」則鼓勵自己捲土重來，東山再起。

王建幕府從軍生涯是從貞元十六年（三十一歲）在幽州劉濟幕府；約元和六年（811）到元和三年在山南東道節度使于頔幕府；約元和四、五年到元和七年左右（四十四歲）在魏博田季安、田懷諫、田弘正幕府。這正好是「五侯三任」、「十三年」。〔註20〕可能王建在最後一任的田弘正幕府內，表現良好，所以長官田弘正為他推薦銓選。第一次雖然失敗，但第二次就順利地謀上生平第一個官職——昭應丞。

第三節　四十五歲至六十幾歲之官場生涯

此後他在任官期間寫了很多關於昭應（今陝西省臨潼縣）的事情。昭應縣在長安京城附近，華清宮的北面，而且緊靠驪山。王建所任之縣丞職務，雖是個小官，但頗感榮耀。王建說：「喜得近京城，官卑意亦榮。」（〈歸昭應留別城中〉卷五，頁 42），王建比同僚年長許多，在思想和經歷自然有所差異。他很謙虛，說自己「計拙偷閒住」

〔註19〕見遲乃鵬《王建研究論稿》，頁 37。

〔註20〕請參吳險峰〈王建幕府生涯考辨〉（湖北：《湖北大學成人教育學院學報》，19 卷 2 期，2001 年 4 月），頁 61～62。

（〈歸昭應留別城中〉卷五，頁 42）、「自知身上拙」（〈初到昭應呈同僚〉卷五，頁 43）、「癡頑終日羨人閑」（〈昭應官舍〉卷七，頁 58）。他對這次能親近大自然相當滿意，他說「卻喜因官得近山」（〈昭應官舍〉卷七，頁 58）。由於官小事少離山近，再加上自稱「白髮吏」，此時他的生活態度似乎有著佛學之影子。他說：「同官若容許，長借老僧房。」（〈初到昭應呈同僚〉卷五，頁 43）、「眇身多病唯親藥，空院無錢不要關。」（〈昭應官舍〉卷五，頁 49）「空院」指的是官舍斜對面的寺院。〔註21〕王建把寺院當作是他身心安頓之所，無論心悠閒還是身疲病，他都想往那裏頭去尋求他的生命智慧。

　　王建難得在長安城附近任官，他便把握機會把一些較少為平民百姓所知的事情寫了出來，如〈送宮人入道〉所云：「休梳叢鬢洗紅妝，頭戴芙蓉出未央。弟子抄將歌遍疊，宮人分散舞衣裳。問師初得經中字，入靜猶燒內裏香。發願蓬萊見王母，卻歸人世施仙方。」（卷七，頁 64）唐代皇帝的德政之一就是把宮人放出宮外，還其自由身，還她們基本的人權。而出宮後的宮女，或任其嫁配，或放歸還家，或入道修行。〔註22〕王建此詩即在反映宮女出未央宮前之梳妝打扮，頭戴芙蓉之雀悅心情，再寫其他宮女之歌舞送行，最後再寫歡喜入道的情形。

　　做了三年多的昭應丞的官職後，王建在四十八歲時（元和十二年，817）被授為太府寺丞。〔註23〕太府丞是太府寺的官屬。主要是掌管一些財貨、廩藏、貿易，總京都四市、左右藏、常平七署等職務。

〔註21〕為何空院指寺院？茲抄錄〈昭應官舍〉全詩即可明白：「癡頑終日羨人閑。卻喜因官得近山。斜對寺樓分寂寂。遠從溪路借潺潺。眇身多病唯親藥。空院無錢不要關。文案把來看未會。雖（一作須）書一字甚慚顏。」其中第三句說「斜對寺樓」。見《王建詩集》，頁 58。

〔註22〕見鄭華達〈唐代宮人釋放問題初探〉所援引于肅宗〈放宮人詔〉和《南部新書》等文獻資料，收於錢伯城主編《中華文史論叢第五十三輯》（上海：上海古籍出版社，1994 年 6 月），頁 148。

〔註23〕見遲乃鵬《王建研究論稿》，頁 59。

〔註24〕階級仍屬小官，但事務卻增多，大都關於市井小民之事。在〈初授太府丞言懷〉詩云：「除書亦下屬微班，喚作官曹便不閒。檢案事多關市井，聽人言志在雲山。病童喚著唯行慢，老馬鞭多轉放頑。此去仙宮無一里，遙看松樹眾家攀。」（卷八，頁66）與前任昭應丞之官職比較起來，這個官不大，但所管之事卻複雜的多。「檢案事多」二句謂：為什麼檢閱老百姓的案件後，他們皆有嚮往雲山的志向呢？恐怕是人民的生活不甚如意且痛苦所致。「病童喚著唯行慢」以下四句話鋒一轉，言己在赴任太府丞崗位之路途艱困，因帶著病童而行路緩慢，老馬又冥頑不靈。遠望不遠的京城，貴人們都爭著向高位依附呢！詩中隱含著關注百姓疾苦之憫人情懷。

在王建五十歲（憲宗元和十四年，819）時，政治上發生韓愈抗佛大事。該年正月，韓愈上憲宗〈論佛骨表〉，極力反對憲宗恭迎佛骨一事，可是結果卻不如人意，韓愈因而獲罪，由刑部侍郎貶為潮州刺史。王建有感於此，以〈送遷客〉（卷九，頁83）一詩來鼓勵韓愈。詩云：「萬里潮州一逐臣，悠悠青草海邊春。天涯莫道無回日，上嶺還逢向北人。」雖然被放逐貶官到偏遠的潮州（今廣東省潮安縣）去，然此非禍事。若從另一角度來看，那兒天高皇帝遠，且風景清麗，不僅有青草相伴又可看海，豈非一椿福事呢？勿須哀嘆無法調回京城，你不是就碰到向北回歸的官人嗎？後句安慰韓愈回京之期可待。過一年後（穆宗長慶元年，821），韓愈果真榮升為兵部侍郎。〔註25〕故王建有〈寄上韓愈侍郎〉詩祝賀之。詩云：「重登太學領儒流，學浪詞鋒壓九州。……見向雲泉求住處，若無知薦一生休。」〔註26〕（卷六，頁52）

〔註24〕《舊唐書・職官志》云：「掌邦國財貨，總市師四市。平準、左右藏、常平八署之官屬，舉其綱目，修其職務，少卿為之貳，以二法平物：一曰度量，二曰權衡。凡四方之貢賦，百官之俸秩，謹其出納而為之節制焉。……丞四人，從六品上。」，頁1889，北京：中華書局。

〔註25〕見遲乃鵬《王建研究論稿》，頁69。

〔註26〕見吳文治編《韓愈資料彙編・王建》（台北：學海出版社，民國73

王建請求韓愈爲其推薦入官，並推崇韓愈爲儒流之領袖，可看出王建也在此儒流之列。王建曾在五十五歲時，與張籍一同到韓愈居處拜訪。而韓愈因有〈玩月喜張十八員外以王六秘書至〉詩贈之。〔註27〕由此可見，王建和韓愈兩人之交情匪淺。

　　王建是個懂得報恩的人，恩人田弘正曾二度爲他寫薦書參加吏部銓選，因而得以進入官場服務，一展抱負。故每當田弘正出征勝利，或加官晉爵，即作詩以賀之，可見王建乃爲重情至性之人。如田弘正在陽谷打敗了李師道，王建即寫〈寄賀田侍中東平功成〉祝賀他打了勝仗，詩中極盡歌功頌德之能事。詩云：

> 使回高品滿城傳，親見沂公在陣前。百里旗幡衝即斷，兩重衣甲射皆穿。探知點檢兵應怯，算得新移柵未堅。營被數驚乘勢破，將經頻敗遂生全。密招殘寇防人覺，遙斬元兇恐自專。首讓諸軍無敢近，功歸部曲不爭先。開通州縣斜連海，交割山河直到燕。戰馬散驅還逐草，肉牛齊散卻耕田。府中獨拜將軍貴，門下兼分宰相權。唐史上頭功第一，春風雙節好朝天。（卷四，頁24）

王建在詩中對沂公田弘正在陣前，奮勇殺敵的英明神武的氣概描寫格外生動，「百里旗幡衝即斷」誇其神威，而「兩重衣甲射皆穿」讚其神技。接著「功歸部曲不爭先」佩服沂公功成不居之高尚，又「唐史上頭功第一」稱揚他的戰功是唐史上第一等。此外，有兩套祝賀田弘正的組詩也很特別，如〈田侍中歸鎮八首〉、〈朝天詞十首寄上魏博田侍中〉等。因爲以組詩形式贈與友人，費時又費力，而王建用心創作，顯示其對田弘正之推崇。「初從戰地來無物，唯奏新添十八州」、「對時先奏牙門將，次第天恩與節旄」諸句，皆是對田弘正的讚揚。此又可見王建對恩人田弘正知遇之恩，相當感激。

　　做了四年多的太府寺丞後，因職務條件符合資格，而於憲宗元和

　　年4月版），頁1。

〔註27〕見遲乃鵬《王建研究論稿》，頁79。

十五年（820）轉爲秘書郎。〔註28〕白居易有〈授王建秘書郎制〉和〈寄王秘書〉等詩文贈之。好友張籍亦有〈贈王秘書〉和〈書懷寄王秘書〉二詩贈之。

　　長慶二年七月（822），〔註29〕王建在五十三歲時，任太常寺丞。〔註30〕好友張籍出使江陵時，購得藤杖和竹鞋等紀念品，在回歸京師後，以之贈王建。

　　在大和二年（828）秋，王建五十九歲出任陝州司馬，臨行時，張籍〈贈王司馬赴陝州〉、白居易〈送陝州王司馬建赴任〉、姚合〈贈王建司馬〉、劉禹錫〈送王司馬之陝州〉均有詩相贈（以上見《全唐詩》卷385、449、497、359）。

　　自陝州司馬解任歸後，卜居咸陽原上，〔註31〕在此地他寫了〈原上新居十三首〉（卷五，頁45），對當時的生活作了一些描述。而他的兄弟也多四散，渺無音訊。從此組律詩的內容看，我們可以了解他生活的一些狀況。王建在此新居過著較爲困苦的生活，依靠耕地和賣樹維生。如第五首云：「借牛耕地晚，賣樹納錢遲。」他也常有窮困和病痛的經驗，如「終日憂衣食，何由脫此身。」（卷五，頁45）及「鎖茶藤篋密，曝藥竹床新，老病應隨業，因緣不離身。」（卷五，頁46）

　　王建對於生活又有另一番深刻的認識，他在生活中處處顯露出佛道超脫的思想，缺乏壯年時期建功立業之奮進精神，如「甘分長如此，無名在聖朝。」又〈村居閒事〉云：「時過無心求富貴，身閒不夢見

〔註28〕見白居易《白氏長慶集》中〈授王建秘書郎制〉一文，其云：「敕太府丞王建：太府丞與秘書郎，品秩同而祿稟一，今所轉移者，欲職得宜而才適用也。」說明王建調職的原因是「職得宜而才適用」。

〔註29〕斷定 822 年爲王建之官太常丞，乃依傅璇琮之考證，再往前推三年約 820 年則爲秘書郎。請參傅璇琮主編《唐才子傳校箋》，頁153。

〔註30〕（後晉）劉昫等撰《舊唐書・職官志》：「太常寺太常卿之職，掌邦國禮樂，郊廟、社稷之事，以八署分而理。……丞二人，從五品上。」（北京：中華書局，1975 年 5 月），頁1872。

〔註31〕《唐才子傳校箋》，頁158。

公卿。」（卷七，頁 61），生病時，他「訪僧求賤藥」，認爲「老病應
隨業，因緣不離身」。（卷五，頁 46），業和因緣是佛教思想的兩個重
要觀念，〔註32〕強調人世的因緣果報。雖然了解這個道理，但仍「無
計出諸塵」（卷五，頁 46），終究無法跳脫人世之牽羈。而於平時就
注重道家的養生之術，他「鎖茶藤篋密，曝藥竹床新。」（卷五，頁
45），過著煮藥沏茶之休閒生活。他學道目的是爲了消解煩惱，他在
〈新修道居〉云：「世間無所入，學道處新成……若得離煩惱，焚香
過一生。」（卷五，頁 47），此時由於貧病交加而煩惱於焉產生。實
際上，他所說的「焚香過一生」，大概不超過七十歲。〔註33〕

　　王建的官場生涯共經歷昭應丞（從七品上）、太府寺丞（從六品
上）、秘書郎（從六品上）、太常寺丞（從五品下）以及陝州司馬（從
五品下）等五個官銜。

結　論

　　綜上所述，王建人生可分三個重要階段：三十歲前之游學生活、
三十一歲至四十四歲之從軍經歷和四十五歲以後至六十幾歲之官場
生涯。

　　在人生第一時期中，王建家境貧困，必須至外地謀求衣食，生性
調皮可愛，在游學中認識張籍，奠定創作大雅觀念樂府詩的基礎。又
在一次旅游中，碰到一次豔遇，酒女送他雙鳳被，此有可能是導致王
建關心婦女生活之重要因素。在從軍的第二時期，幾乎所有的樂府詩
都在此時期產生。他親歷戰場，目睹血骨之恐怖場面，寫了相當多的

〔註32〕吾人的一切善惡思想行爲，都叫做『業』。『因』是指主要的原因，
　　　　如種子，『緣』是指次要的助緣，如水土陽光等等，由此因緣和合，
　　　　便生出穀米來。詳見余金城主編《佛學辭典》（台北：五洲出版社，
　　　　民國 85 年），頁 376，頁 221。
〔註33〕若依其五十九歲擔任陝州司馬推算，四年一任，爲六十三歲，唐才
　　　　子傳說：「數年後歸，卜居咸陽原上。」數年後，不知何年，若以三
　　　　年推算，則王建應在六十六歲卜居原上。

戰爭詩。他和平民很接近，在大雅觀念驅使下，關懷下層各行各業勞動人民，以詩經比興手法，創作許多社會詩，委婉道得人心中事。故（清）何世璂《燃鐙記聞》稱揚王建云：「不襲前人樂府之貌，而能得其神者，乃眞樂府也。」〔註34〕對王建樂府詩推崇備至。第三時期，王建經由薦舉，得以進入長安，謀得卑小官職（從七品下至從五品上）。不過，很幸運地，王建藉由同宗王守澄透露宮廷秘聞，創作聞名的大型七絕組詩〈宮詞〉百首。

　　王建一生走過路線如下：

　　第一階段：從出生地渭南縣（今陝西省渭南縣）→邢州（今河北省邢台市）→貝州（今河北省清河縣）→洺州（今河北省永年縣）→魏州（今河北省大名縣）→磁州（今河北省磁縣）→相州（今河南省安陽市）。

　　第二階段：幽州（今河北省北京市）→定州（今河北省定州市）→汴州（今河南省開封市）→揚州（今江蘇省揚州市）→江陵（今湖北省江陵市）→襄州（今湖北省襄樊市）→魏州（今河北省大名縣）。

　　第三階段：京兆府（今陝西省西安市）→洛陽（今河南省洛陽市）→陝州（今河南省三門峽市）→咸陽（今陝西省咸陽市）。

　　以上透過主題式的人生探究，應可使吾人對王建其人及其詩有更進一步之認識。

────────────

〔註34〕引自王夫之等撰《清詩話》（上海：上海古籍出版社，1999 年 6 月），頁 121。

第三章　王建詩之形成背景

　　劉勰《文心雕龍‧時序篇》云：「文變染乎世情，興廢繫於時序。」
〔註1〕提出政經情勢與時代文學環境，是影響詩人文學作品的重要因素。所謂「世情」是指時代之社會情況，它會影響文學之流變。王建之文學活動主要集中於中唐德宗、憲宗、穆宗和敬宗等四個時期，〔註2〕此階段無論在政治、宗教或文化上都有極大變化；而這些變化都可從王建詩作探求出來。此章分兩節，首節為政經背景，其中，宗教本屬文化範疇，然據王建詩中所涉及之宗教皆反映中唐之經濟問題，故列於首節討論。而第二節為文化背景，主要分析元和文學方面之影響。透過王建詩文本的切入，以對照中唐時代背景，試圖從更全面角度來看王建詩歌，此正有助於我們對其詩之內涵有更深一層的把握。

第一節　王建詩之政經背景

一、邊頭州縣盡胡兵——吐蕃叨擾，遠邊不安

　　唐代面臨突厥、吐蕃、回鶻、雲南等外族侵擾的壓力甚大。《新唐書‧二一五卷上‧四夷傳總序略》云：「唐興，蠻夷更盛衰，嘗與

〔註1〕　參周振甫注《文心雕龍注釋》（台北：里仁書局，民國 83 年 7 月再
　　　　版），頁 686。
〔註2〕　因為王建於貞元（德宗）十六年從軍幽州，經由元和（憲宗）、長慶
　　　　（穆宗）至寶歷（敬宗）時期，有大量樂府詩和宮詞之創作。

中國抗衡者有四：突厥、吐蕃、回鶻、雲南是也。」〔註3〕至中唐時期，安史之亂爆發後，隴西、河右皆被吐蕃所佔據，此時外族中就以吐蕃勢力爲最強。《唐會要・壹佰・大食條》略云：「貞元二年與吐蕃與勁敵。」德宗即採「統戰策略」，聯合次要敵人以攻擊主要敵人，也就是聯合回紇、雲南、大食和天竺等外族來打擊吐蕃。《資治通鑑》卷二百三十三，唐紀四十九德宗貞元三年九月條略云：「（李泌）對曰：『臣願陛下北和回紇，南通雲南，西結大食、天竺，如此，則吐蕃自困，馬亦易致矣。』」〔註4〕在包圍環攻吐蕃策略之實行過程中，對待吐蕃只能採懷柔政策，以安撫感化之。〔註5〕王建〈涼州行〉反映此一史實相當深刻，詩云：

> 涼州四邊沙皓皓，漢家無人開舊道，邊頭州縣盡胡兵，將軍別築防秋城，萬里人家皆已沒，年年旌節發西京，多來中國收婦女，一半生男爲漢語，蕃人舊日人耕犁，相學如今種禾黍，驅羊亦著錦爲衣，爲惜氈裘防樹時，養蠶繅繭成疋帛，那將繞帳作旌旗，城頭山雞鳴角角，洛陽家家學胡樂。

涼州在今甘肅省武威縣，與西北邊患吐蕃相鄰。這首詩即反映與吐蕃異族習氣互相融合的情形，在融合過程中，蕃人漢化，漢人也蕃化。起首四句寫唐王朝已對蕃兵無能爲力，而以放任自由的態度待之。而胡兵幾乎佔領整個中國邊境州縣，有兵臨城下之威脅。「萬里」以下四句述胡漢交兵，漢軍死傷無數，吐蕃掠奪中國婦女，且所生之半數男孩都會說漢語。「蕃人」以下四句敘胡漢雜居，生活互受影響，昔日胡人本習於驅羊牧馬，融合結果卻使他們發展了農耕、織絹的事業，和漢人學起種禾黍、穿絲綢衣服來了。結四句則記原本喜愛楚、

〔註3〕參宋歐陽修《新唐書・列傳第一百四十上》，頁6023，北京：中華書局。

〔註4〕〔宋〕司馬光編著，〔元〕胡三省音注：《資治通鑑》，頁7502，北京：中華書局，1956年6月第1版。

〔註5〕關於外族盛衰與唐代之關係，可參陳寅恪著《唐代政治史述論稿》，頁130～136，上海：上海古籍出版社，2001年12月4次印刷。

漢舊聲的漢人，現在卻反而受胡人影響，以學習胡人樂曲爲時髦，而沈迷享樂。這樣的融合同化，有助於消滅吐蕃。明人邢昉編《唐風定》評此詩云：「此篇氣骨頓高，諷刺深婉。」〔註6〕末句「洛陽家家學胡樂」，諷意甚明。

王建〈古從軍〉亦反映戍守涼州之唐朝將士與吐蕃征戰之恐慄情況，詩云：

> 漢家（一作「軍」）逐單于，日沒處河曲，浮雲道傍起，行子車下宿，槍城圍鼓角，氈帳依山谷，馬上懸壺漿，刀頭分頰肉，來時高堂上，父母親結束，迴面不見家，風吹破衣服，金瘡在肢節，相與拔箭鏃，聞道西涼州，家家婦人哭。

本詩是借漢朝討征單于之事件，來對照唐朝征伐吐蕃之史實。「刀頭分頰肉」、「金瘡在肢節」、「相與拔箭鏃」諸句，述記戰爭的悚驚畫面；「來時」以下四句，寫戰士出征前，雙親爲其整肅軍裝後，隨即在大風吹襲下行軍之情景。末兩句「聞道西涼州，家家婦人哭」則點出戰爭所帶給家屬生離死別的悲慟。

王建〈涼州行〉和〈古從軍〉二首詩歌反映吐蕃在遠邊叨擾之戰爭情景。

二、當朝自請東南征──藩鎭割據，內亂不斷

貞元、元和年間的中唐時期，政治動亂，藩鎭割據，頻年爭戰，此爲王建所身處之年代，是幸，亦不幸。幸的是他親歷戰場，將戰爭的實況呈現出來，奠立社會寫實詩的地位；不幸的是，他幾度因戰亂而出外奔波求食，生活不穩定。故〈自傷〉詩感歎：「獨自在家常似客，黃昏哭向野田春。」（卷八，頁 69），他詩中有反映貞元和元和時期的內亂概況。

貞元十九年，王建隨劉濟北征。王建於此次戰役展現軍事才華，

〔註 6〕請參《唐詩彙評》，頁 1520。

向劉濟進獻奇策。張籍〈贈王秘書〉詩謂王建「早在山東聲價遠，曾將奇策佐驃姚」即指此事。「驃姚」謂劉濟。關於劉濟北征情況，權德輿於《權載之文集‧故幽州節度使彭城郡王留公墓志》有記載云：「（貞元十九年）林胡率諸部雜種侵淫于檀、薊之北，公親令九國室韋之師以討，飲馬灤河之上，揚旌冷徑之北。戎王棄其國。公署南部落刺史爲王而還。」王建於北征期間，目睹整個戰爭場面之嚴酷，遂作〈關山月〉、〈渡遼水〉、〈塞上〉、〈塞上逢故人〉等詩。〔註7〕〈關山月〉：「凍輪當磧光悠悠，照見三堆兩堆骨」，述戰爭死傷場面之淒悲；〈渡遼水〉：「來時父母知隔生，重著衣裳如送死」，寫戰士出征前，父母已悲觀預知死亡之慘景；〈塞上〉：「漫漫復淒淒，黃沙暮漸迷」，敘在塞上戰爭生活之無助淒迷；〈塞上逢故人〉：「百戰一身在，相逢白髮生」，記長年戰爭所帶給人們的憂慮和無奈，友人相見竟已雙雙爲白髮，所問候的竟是慶幸「一身在」。由王建在貞元北征年間所描述之戰爭無情，令人讀之不禁鼻酸。

　　憲宗元和十二年八月裴度受命爲元帥，東征平蔡州吳元濟之亂，王建有〈東征行〉詩。裴度因受憲宗的信任及肯定，更加強此次東征之信心。王建對此事以詩來描述。詩云：

> 桐柏水西賊星落，梟雛夜飛林木惡，相國刻日波濤清，當朝自請東南征，舍人爲賓侍郎副，曉覺蓬萊欠珮聲，玉階舞蹈謝旌節，生死向前山可穴，同時賜馬並賜衣，御樓看帶弓刀發，馬前猛士三百人，金書左右紅旗新，司庖常膳皆得對，好事將軍封爾身，男兒生殺在手裏，營門老將皆夏死，瞳瞳白日當南山，不立功名終不還。（卷二，頁14）

「桐柏」二句乃王建預言吳元濟即將敗北，雖然裴度出征過程艱辛，但終有平亂之時。「相國」以下數句，指裴度自請討蔡，即使爲國捐軀，也在所不惜。《唐語林校證》記云：

> 吳元濟亂淮西，以宰相裴度爲元帥，召對於內殿，曰：「蔡

〔註7〕論證部分，請參遲乃鵬《王建研究叢稿》，頁24。

賊稱兵，昨晚擇帥甚難。天子用將帥，如造大船以越滄海，其功既多，其成也大……朕今託卿以摧狂寇，可謂一日萬里。」度曰：「臣雖不才，敢以死效命。」〔註8〕

所謂用人不疑，疑人不用。憲宗委重任於裴度，而裴度在感於聖上之愛戴下，願以死效命。故於末句才有「不立功名終不還」之決心。「舍人爲賓」，指以韓愈爲行軍司馬；〔註9〕「侍郎副」，指以刑部侍郎馬總爲宣慰副使；「御樓看帶弓刀發」，指憲宗御通化門送行之事。宋人葛立方亦以是詩爲記裴度出征討蔡之事，其《韻語陽秋》卷十一云：

元和中，討蔡數不利，群臣爭請罷兵，錢徽蕭俛，力請於前；逢吉王涯，力請於後。惟裴度以爲病在心腹，不時去，且爲大患。又自請以身督戰，誓不與賊俱存。王建所謂「桐柏水西賊星落，梟雛夜飛林木惡。相國刻日波濤清，當朝自請東南征」是也。憲宗御通化門，臨遣，賜度通天御帶，發神策騎三百爲節，王建詩所謂「同時賜馬並賜衣，御樓看帶弓刀發。馬前猛士三百人，金書左右紅旗新」是也。〔註10〕

此詩但記出征時事，故當爲出征時作。王建〈東征行〉詩恰可證明討蔡之事，史詩互證，其事可信也。

征了三個多月，於十月隨唐節度使李愬擒吳元濟，淮西平。十一月，李愬進檢校左僕射，爲山南東道節度使，王建作〈贈李愬僕射〉詩二首贈之。詩是指憲宗元和十二年（817）十月十五日，李愬率軍夜襲蔡州吳元濟，《資治通鑑》卷二百四十載云：「時大風雪，旌旗裂，人馬凍死者相望。」〔註11〕與王建「和雪翻營一夜行」所描述的情景雷同。〈贈李愬僕射〉詩二首云：

〔註8〕 參周勛初《唐語林校證》，頁66，北京：中華書局，1997年12月。
〔註9〕 據洪興祖《韓子年譜》，韓愈於元年十一年正月丙戌，以考功郎中、知制誥遷中書舍人；五月癸未，降爲太子右庶子。征蔡時，韓愈乃以太子右庶子爲行軍司馬。王建詩稱其爲"舍人"，蓋其任太子右庶子之前職。
〔註10〕《歷代詩話》，頁572。
〔註11〕 〔宋〕司馬光編著，〔元〕胡三省音注，頁7741。

和雪翻營一夜行，神旗凍定馬無聲。遙看火號連營赤，知
是先鋒已上城。

旗幡四面下營稠，手詔頻來老將憂。每日城南空挑戰，不
知生縛入唐州。

此二首詩讚揚李愬用兵如神、驍勇善戰的天大功勞，王建對李愬「出
其不意，攻其無備」之過人戰略作了形象生動之描繪。前首「遙看」
及二首「每日」二句頌其平吳之策略高明，由「知是」二字看出王
建對李愬的用兵相當欽佩。前首以二十八字盡蔡州之役，寫來有聲
有色，總因從雪夜奇襲四字下筆，故特見警切。〔註12〕而後首「不
知生縛入唐州」句更是激賞他的計高一籌。此次平蔡之亂是以裴度
爲元帥，而李愬爲其手下部將，可是立碑言功卻歸裴度所有，李愬
之功卻遭埋沒。趙璘《因話錄》云：「裴晉公平淮西後，憲宗賜玉帶。」
〔註13〕說明憲宗賜玉帶給裴度以嘉其平淮西之功。丁用晦《芝田錄》
又云：「元和中，有老卒推倒平淮西碑，……卒曰：『乞一言而死，
碑文中有不了語，又擊殺陛下獄卒，所願於旰焰。文中美裴度，不
還李愬之功，是以不平。』」〔註14〕說明有一老卒因李愬之功湮沒而
大抱不平。王建此二首詩算是爲李愬平亂之功做了歷史見證。又另
一首同題之詩中，王建更對李愬破賊平亂之功業，特加激賞讚歎。
他說：「獨破淮西功業大，……殊勳併在一門中。」既然李愬有如此
大的功勞，那麼他的獎賞是什麼呢？《新唐書·李愬傳》：「有詔進
檢校尚書左僕射、山南東道節度使，封涼國公，實封戶五百，賜一
子五品官。」又《資治通鑑》卷二百四十憲宗元和十二年又但記十
一月「戊子，以李愬爲山南東道節度使，賜爵涼國公。」〔註15〕上
引史書說明李愬在此次戰役的獎賞是封爵涼國公。

〔註12〕見《千首唐人絕句》，頁 505。
〔註13〕周勛初《唐語林校證》196 條，頁 126。
〔註14〕周勛初《唐語林校證》827 條，頁 575。
〔註15〕〔宋〕司馬光編著，〔元〕胡三省音注：《資治通鑑》，頁 7745。

　　除了吳元濟之外，李師道之亂亦為當時憲宗內政的棘手問題之一。憲宗詔令田弘正討伐，結果平定內亂。新舊《唐書》皆有詳載：

> 元和十四年正月丙午，田弘正及李師道戰於陽谷，敗之。"
> 又云："二月戊午，師道伏誅。〔註16〕（《新唐書‧憲宗紀》）
> （元和）十三年，王師加兵於鄆。詔弘正與宣武、義成、武寧、橫海等五鎮之師會軍齊進。十一月，弘正自師全師自楊劉渡河築壘，距鄆四十里。師遣大將劉悟率重兵以抗弘正，結壘相望。前後合戰，魏軍大捷。……十四年三月，劉悟以河上之叢倒戈入鄆，斬師道首，詣弘正請降。淄青十二州平。論功加檢校司徒、同中書門下評章事。是年八月，弘正入覲，憲宗待之隆導，對於麟德殿，參佐將校二百餘人皆有頒賜，進加檢校司徒、兼侍中，實封三百戶。〔註17〕（《舊唐書‧田弘正傳》）

王建作〈寄賀田侍中東平功成〉詩對高級將領對平內亂之功加以歌頌，頌揚田弘正親自上陣指揮作戰之神勇無敵，讀之如臨現場，予人興奮血液沸騰之感。其詩云：

> 使回高品滿城傳，親見沂公在陣前，百里旗幡衝即斷，兩重衣甲射皆穿，探知點檢兵應怯，算得新移柵未堅，營被數驚乘勢破，將經頻敗遂生全，密招殘寇防人覺，遙斬元兇恐自專，首讓諸軍無敢近，功歸部曲不爭先，開通州縣斜連海，交割山河直到燕，戰馬散驅還逐草，肉牛齊散卻耕田，府中獨拜將軍貴，門下兼分宰相權，唐史上頭功第一，春風雙節好朝天。（卷三，頁24）

在憲宗元和年間，繼蔡州吳元濟之亂後，李師道又接踵叛變。此次戰役由田弘正披掛上陣，與李師道大戰於陽谷。由於沂公（田弘正）親自於陣前指揮作戰，給予戰士極大鼓舞，士氣大振。戰爭情勢猶如破竹之順，「百里旗幡衝即斷，兩重衣甲射皆穿」，田軍幾乎像隻瘋狂的

〔註16〕（宋）歐陽修撰《新唐書》，頁218，上海市：中華書局，民25年。
〔註17〕（後晉）劉昫撰《舊唐書》，頁3850～3851，上海市：中華書局，民25年。

吼獅，所到之處，如入自家庖廚。象徵軍隊精神之李軍旗幡斷裂了，連戰士所穿以防身的甲衣也被射穿。最後李師道慘敗被伏。王建除了誇揚弘正之神勇威武外，尚述其「功成不居」之美德。「首讓諸軍無敢近，功歸部曲不爭先」即謂此。最後四句美其平亂爲唐史首功，田將軍讀此詩之反應，必如雀躍之得意。

唐王朝自元和十二年平淮西後數年，藩鎮勢力暫時收斂。至長慶元年七月，鎮州亂，殺田弘正，立王廷湊，藩鎮勢力再次囂張。八月，唐王朝以魏博、橫海等五鎮兵討王廷湊。是時，內則「府藏空竭，勢不能支」，外則「皆以乏糧不能進，雖李光顏亦閑壁而已。軍士自采薪蒭，日給不過陳米一勺。」故朝廷多有勸穆宗罷兵者，如白居易即上疏請罷用兵。唐王朝被迫於長慶二年二月甲子，「以廷湊爲成德節度使，軍中將士官爵皆復其舊」（以上均見《資治通鑑》卷二百四十二穆宗長慶二年）。王建亦有詩反映此情況。詩云：

> 新向金階奏罷兵，長安縣里繞池行。喜歡得伴山僧宿，看
> 雪吟詩直到明。

王建詩云「新向金階奏罷兵」即指勸穆宗罷兵王廷湊。〔註18〕王建在此時能如此閒情雅緻，完全是因爲連年內戰不斷，在聞罷兵之消息後，始能「看雪吟詩直到明」。

王建〈射虎行〉反映藩鎮各自爲政，任中央受難而見死不救。其詩云：

> 自去射虎得虎歸，官差射虎得虎遲，獨行以死當虎命，兩
> 人因疑終不定，朝朝暮暮空手回，山下綠苗成道徑，遠立
> 不敢污箭鏃，聞死還來分虎肉，惜留猛虎著深山，射殺恐
> 畏終身閒。（卷二，頁16）

王建藉官差射虎不力之舉，以諷刺德宗、憲宗時藩鎮混戰和諸將討伐叛軍互相推諉，觀望遲延，企圖坐享其成。尤以末兩句最能反映此現象，慨歎當時藩鎮各懷私心，如唐德宗時，朔方節度使李懷光不急攻

〔註18〕以上史事之論述，請參遲乃鵬《王建研究叢稿》，頁74。

朱泚；唐憲宗時，宣武節度副使韓弘不急攻吳元濟，皆養寇自重。范浚《香溪先生文集》評末兩句說：「有如邊將圖偷安，遵養時晦容其姦，翻愁努力盡高鳥，良弓掛壁無由彎。」「留虎」、「容奸」，是亦以「敵」爲己「益之尤」、「益之大」也。〔註19〕有時不殺敵人，是爲了壯大自己。

由王建詩中所反映中唐時期之內亂狀況，大都集中於貞元、元和和長慶年間，著名反叛人物有林胡、吳元濟、李師道等，而王建皆有寫詩祝賀平亂之功將；如裴度、李愬以及田弘正。

三、長承密旨歸家少──宦官坐大，左右朝政

宦官專權是中晚唐政局的主要特徵之一。也可以說，唐代興亡與宦官干政有著密切關係。清人吳廷燮《唐方鎮年表・序錄》分析說：「宦寺特盛，亡唐之原，非方鎮也。」〔註20〕岑仲勉《隋唐史》第三十五節〈宦官之禍〉也持同樣看法：「唐之亡，或云由方鎮，或云由宦官，其實兩者兼有之。然藩帥不恭，河北爲烈，河北失於處置，（僕固）懷恩之攜貳實致之；懷恩得副雍王適，則又因程元振、魚朝恩之沮子儀，推原禍始，方鎮之亂，亦宦官所造成者。」〔註21〕已可見宦官之爲害甚烈。而王建亦有一詩反映此史實，其〈贈王樞密〉云：

> 三朝行坐鎮相隨，今上春宮見小時，脫下御衣先賜著，進來龍馬每教騎，長承密旨歸家少，獨奏邊機出殿遲，自是姓同親向說，九重爭得外人知。

王樞密即王守澄。據《中國歷代官稱辭典》解釋「樞密使」一詞曰：「代宗中期始置樞密使，以宦者爲之，掌承受表奏。」〔註22〕說明樞

〔註19〕可參錢鍾書著《管錐編》之說明，頁218。
〔註20〕〔清〕吳廷燮《唐方鎮年表》，頁2，北京：中華書局，1980年（2003年重印）。
〔註21〕岑仲勉《隋唐史》，頁316，出版年及地不詳。
〔註22〕詳見趙德義、洪興明主編《中國歷代官稱辭典》，頁349，北京：團結出版社，1999年9月。

密使一職是由宦官來擔任，職務是承受皇帝的表奏。與王建詩中所稱：「長承密旨歸家少，獨奏邊機出殿遲。」之情形相同，可見王守澄是宦官。《舊唐書・宦官・王守澄傳》云：「王守澄，元和末宦者。……與中尉馬進潭、梁守謙……等定冊立穆宗皇帝。」〔註23〕當時就連宦官都能冊立穆宗皇帝，由此可知宦官之權重。

宦官制度起源很早，分析歷史上宦官專權的原因，都是和王室貴族的驕侈淫奢有關。在唐代，從武后開始，宦官就逐漸掌握大權，到玄宗，達於鼎盛。肅宗、代宗以後，宦官在唐朝權力逐漸增大，主要是掌握了兵權和勾結藩鎮。像李輔國在肅宗時，稱為皇上父親（尚父），在代宗時，程元振和魚朝恩竟可罷郭子儀之兵權。德宗時，兵權已漸被宦官控制了。而於中唐憲宗以後，幾乎所有的皇帝之廢立，皆由宦官作主。正如錢穆所尖銳提出：

> 唐朝之皇位繼承，自太宗起，便非正常。歷代皇室為求脫穎而出，常勾結宦官、禁軍，以宮廷政變取得皇位。憲宗固然得宦官之力，方能內禪，取得皇位；而憲宗以後，穆宗、文宗、武宗、宣宗、懿宗、僖宗、昭宗，亦無一不是宦官所立，宦官之專權，可見一斑。〔註24〕

其說甚有見地。由此也可得知王建寫〈贈王樞密〉詩，是不敢得罪宦官王守澄。唐人范攄《雲溪友議》卷下提及此事，其云：

> 王建校書為渭南尉，作宮詞。……渭南先值內宮王樞密，盡宗人之分，然彼我不均，後懷輕謗之色，忽因過飲，語及桓靈信任中官，多遭黨錮之罪，而起興廢之事。樞密深憾其譏，詰曰：「吾弟所有《宮詞》，天下皆誦於口，禁掖深邃，何以知之？」建不能對。元公（稹）親承聖旨，令隱其文，朝廷以為孔光不言溫樹，何其慎靜乎！二君將遭奏劾，為詩以讓之，乃脫其禍也，建詩曰：「先朝行坐鎮相

〔註23〕（後晉）劉昫撰《舊唐書》，頁4769。
〔註24〕以上關於宦官之討論，請參見錢穆《國史大綱》第二十九章，頁347
　　　～349，台北：台灣商務印書館，民國57年10月版。

隨，今上春宮見長時。脫下御衣偏得著，進來龍馬每交騎。
常承密旨還家少，獨奏邊機出殿遲。不是當家頻向說，九
重爭遣外人知。」〔註25〕

王建因飲酒過量而語無倫次，談到東漢桓、靈二帝時的黨錮之禍與宦
官為害有關。而同為宦官的王守澄深感受到諷譏，所以反擊說：「皇
宮禁禦森嚴，為何王建老弟能知宮中事而寫成宮詞呢？」因此王建才
趕緊回寫〈贈王樞密〉詩來向他道歉。

四、宗教與經濟問題

（一）玉皇符到下天壇──耽迷道教

唐朝開國君主為唐高祖李淵，既然李姓為唐代國姓，又與道家祖
師爺李耳同姓，因而常被附會道教，故道教在唐代盛行。此所謂「上
之所好，下必甚焉」。就中唐時期朝廷崇道之內容而言，則明顯地由
重視道術轉而更加真摯地求仙。帝王們把現世之失望轉化為來世之幻
想和祈求。另外，這一時期，世風浮靡、世道衰敗更促進精神的頹廢，
統治者也就更加熱衷追求官能上的享樂，並期望把這種生活延續到永
久。〔註26〕中唐憲宗對於道教神仙之說相當執迷。一度下詔道士入皇
殿，詢問神仙得道之法。王建有詩反映此一史實；〈王屋道士赴詔〉
詩云：「玉皇符到下天壇，玳瑁頭簪白角冠。」「玉皇」指唐憲宗；「王
屋道士」，正是憲宗的詔令下達到王屋山後方才赴詔而至京師。《資治
通鑑》卷二百四十唐記五十六‧憲宗元和十三年：「上晚節好神仙，
詔天下求方士。……（元和十三年十月）甲戌，詔泌居興唐觀煉藥。」
〔註27〕其他如「侍女常時教合藥，亦聞私地學求仙」〈贈閻少保〉、「道
士寫將行氣法，家童授與步虛詞」〈贈王處士〉、「修行近日形如鶴，

〔註25〕參周勛初主編《唐人軼事彙編》卷二十，頁 1104～1105，上海：上
　　　　海古籍出版社，1995 年 12 月。
〔註26〕孫昌武《道教與唐代文學》，北京：人民出版社，頁 151，2001 年 3
　　　　月。
〔註27〕〔宋〕司馬光編著，〔元〕胡三省音注：《資治通鑑》，頁 7754。

導引多時骨似綿」〈贈太清盧道士〉、「鋪設暖房迎道士,支分閒院著醫人」〈題元郎中新宅〉諸詩,皆反映中唐耽迷道教的事實。

　　唐代統治階級相當熱衷於煉丹術,就一般心理而言,無非為了強身或長生以充分享受現有的財貴。因煉丹術所需藥物是很貴重又難得,且要有相當的經濟條件始能獲得,所以這種流行主要是在上層社會。據《舊唐書‧李抱真傳》提到這個情況:

> 晚節又好方士,以冀長生有孫季長者,為抱真煉金丹……兆服丹二萬丸,腹堅不食,將死,不知人者數日矣。道士牛洞玄以豬肪谷漆下之,殆盡。病少間,季長復曰:「垂成仙,何自棄也?」益服三千丸,頃之,卒。〔註28〕

李肇《國史補》也聯繫了中唐時期上層統治者之奢華靡侈與服食丹藥之關係,其云:

> 長安風俗:貞元侈於遊宴,其後或侈於書法、圖畫,或侈於博弈,或侈於卜咒,或侈於服食,各有自也。〔註29〕

由於上層社會的享樂自私,自然引起下層勞動人民的不滿。而王建正借此道教沈迷題材,從側面反映了他們因勞動卻得不到成果的痛苦心聲。如〈當窗織〉所呈現的婦女悲嘆:「當窗卻羨青樓娼,十指不動衣盈箱。」其他關於民生之痛苦生活,在本書第五章有專節分析。

(二)萬里潮州一逐臣——篤好佛教

　　中唐時期除了道教為國教,深入百姓生活外,尚有外來佛教之影響。由王建〈送遷客〉一詩可拈出此一佛教在當時之問題。詩云:

> 萬里潮州一逐臣,悠悠青草海邊春,天涯莫道無回日,上嶺還逢向北人。

這裏的潮州逐臣是指韓愈。韓愈因上憲宗〈論佛骨表〉,由刑部侍郎貶為潮州刺史。《資治通鑑》卷二百四十憲宗元和十四年,更謂正月

〔註28〕 (後晉)劉昫撰《舊唐書》,頁 3649。
〔註29〕 見周勛初《唐語林校證》,頁 565,814 條。

「癸巳，貶（韓）愈爲潮州刺史。」〔註30〕張籍亦寫〈送南遷客〉詩
給韓愈云：「去去遠遷客，瘴中衰病身。青山無限路，白首不歸人。
海國戰騎象，蠻州市用銀。」（《全唐詩》卷 384，頁 4304），詩中之
「瘴中」、「海國」正代指潮州。

　　韓愈之寫作思想其實是有受佛教影響，〔註 31〕而且常與佛僧來
往。照理說，韓愈應該是尊佛，然而卻寫〈論佛骨表〉反佛，這裏頭
似有衝突矛盾之處。羅香林〈大顚、惟儼與韓愈、李翱關係考〉解決
了這個問題。其云：

> 當日韓氏所排斥者，大抵皆屬與行家倫理觀念及人生態度
> 相抵觸之佛教儀式或行爲，所謂「教迹」是也。……至於
> 佛教所根據之哲學思想或方法，韓氏實未嘗反對，且嘗與
> 高僧往來，以不得解除煩擾爲憾。〔註32〕

原來韓愈反佛主要是反其儀式，此儀式即所謂「教迹」，外在的表跡
現象。而關於內在之佛理思想或方法，韓愈卻是相當熱愛，在其詩文
中可大略概見。如〈雨中贈孟刑部幾道聯句〉云：「研文較幽玄，呼
博騁雄快。」（《集釋》卷五），又〈薦士〉云：「冥觀動古今，象外逐
幽好。」〔註33〕佛家講求去煩擾，而「幽玄」和「幽好」似指欲逃離
人間名利羈絆，且韓愈亦常與高僧往來，可知佛教的內在哲思影響了
韓愈。然國家經濟已漸爲佛教之外在儀式排場給搞垮，此點正是韓愈
所棄厭。王建〈題柱國寺〉談及佛寺不用繳稅之問題，詩云：

> 皇帝施錢修此院，半居天上半人間，丹梯暗出三重閣，古
> 像斜開一面山，松柏自穿空地少，<u>川原不稅小僧閒</u>，行香
> 天使長相續，早起離城日午還。

唐代幾乎所有的皇帝都篤信佛教，所以佛僧地位就相當高。皇帝重視

〔註30〕〔宋〕司馬光編著，〔元〕胡三省音注：《資治通鑑》，頁 7759。
〔註31〕參李師建崑《韓愈詩探析》，第三章〈韓愈詩形成之背景〉，頁 40，
　　　　師大博論，民國 80 年。1999 年 9 月 9 日修訂版。
〔註32〕參羅香林〈大顚、惟儼與韓愈、李翱關係考〉載《唐代文化史》，頁
　　　　182～183，台北：商務印書館，民國 57 年。
〔註33〕舉證部份可參李師建崑《韓愈詩探析》，頁 43。

佛教之具體作為即表現在佛寺之修繕。首句「皇帝施錢修此院」即言此事。而「川原」句更指出佛寺佔地廣大，且不須繳稅，小僧在寺裏更無所事事。雖然此詩旨在說明柱國寺之風景生活，但卻側面引出其他勞動人民受苦於重賦之經濟問題。

唐代又有因迎佛骨而使經濟幾乎面臨崩潰之慘況，《唐語林》所言懿宗迎佛骨之事可做參考：

> 懿宗迎佛骨，自鳳翔至內，禮儀盛於郊祀。中出一道，夾以連索，不得輒有犯者。……宰相以下，施財不可勝計。百姓競為浮圖，以至失業。〔註34〕

郊祀乃天子在郊外祀天祭地之大禮，然而迎佛骨之禮義更盛於郊祀，顯示出國君對佛教之極高尊敬。接著用連索而成一迎接道路，讓人可遠觀而不可褻玩。更令人不解的是，朝野各官員紛紛捐財，而百姓亦因篤信佛教，以致失業。佛僧不用工作和繳稅，又可輕易受人捐錢。此已嚴重影響經濟之問題。韓愈〈論佛骨表〉也提出相關的問題。其云：

> 焚頂燒指，百十為群；解衣散錢，自朝至暮，轉相仿效，惟恐後時，老少奔波，棄其業次。若不即加禁遏，更歷諸寺，必有斷臂臠身，以為供養者，傷風敗俗，傳笑四方，非細事也。〔註35〕

文中尖銳提出人民不分老少皆紛紛為佛奔波，竟棄其業次而不顧。人民解衣散錢而且焚頂燒指，無非皆出自內心對於佛教之崇高敬仰。此作法嚴重傷害國家經濟的發展。如果官員皆捐財給佛寺，而其財庫之空缺應從何來呢？似由勞動人民的拼命工作而來。王建〈簇蠶辭〉提及官府剝奪人民的辛苦果實：「三日開箔雪團團，先將新繭送縣官，已聞鄉里催織作，去與誰人身上著？」〈水運行〉亦云：「辛勤耕種非毒藥，看著不入農夫口。」（卷一，頁8），以及〈田家行〉

〔註34〕參周勛初《唐語林校證》322條，頁215。
〔註35〕參韓愈《韓愈集》，頁409，長沙：岳麓書社，2000年。

云：「麥收上場絹在軸，的知輸得官家足。」（卷二，頁 10），在在都顯示官家無情收括人民的血汗成果，而人民之生存願望似乎是爲統治階級而活。而官員卻捐錢給佛寺，可見在當時信佛的問題可能已影響到民生經濟了。

第二節　王建詩與求新求變之文化思潮

　　上節曾說明王建之創作活動主要在貞元與元和時期，在文學史上有所謂「元和文學」，似指元和年代之範圍。但對於元和體的概念，歷來學者有不同解釋。此時期的文學思潮對王建詩作有相當大的關聯，故有必要對元和體先作一簡單說明。就時代而言，元和文學的革新思潮是從貞元末開始，到元和中達到了高潮，元和末漸至尾聲，長慶以後，轉入了對另一種詩歌思想的追求。〔註36〕就其內容而言，有三個方面：一是譏諷時事的諷諭詩。二是元白間次韻唱和的百韻律詩或五十韻律詩，以及受其影響而產生的作品。三是「杯酒光景」間的「小碎篇章」。〔註37〕

一、王建詩與元和體之求新求變

　　「求新求變」和「復古回溯」的行爲似乎是人類古今普遍心理之反映。皎然《詩式》解釋此二種行爲云：「作者須知復、變之道，反古曰復，不滯曰變。若惟復不變，則陷於相似之格。」〔註38〕元和時期正處此復變之道。或復興儒學，或前進求變。與其他朝代不同者，中唐元和時期變得更激烈，各有各的成果表現。明人許學夷嘗言：「大曆以後，五七言古、律之詩，流於委靡，元和間，韓愈、孟郊、賈島、

〔註36〕參羅宗強《隋唐五代文學思想史》，頁 275，上海：上海古籍出版社，1986 年 8 月。

〔註37〕詳見曾廣開〈『元和體』概說〉，頁 44，《河南大學學報》，第 34 卷，第 2 期，1994 年 3 月。

〔註38〕〔唐〕皎然著，周維德校注，頁 108，杭州：浙江古籍出版社，1993 年 10 月。

李賀、盧仝、劉叉、張籍、王建、白居易、元稹諸公群起而力振之，惡同喜異，其派各出，而唐人古、律之詩至此爲大變矣。」〔註39〕這段話很能說明，元和時期的各個詩人之內心皆存有「求新求變」的創作因子，「惡同喜異」，欲群起而改變大曆以後委靡之詩風。而詩派之形成更使人感到詩人們有著強大之求變企圖心。宋人王讜《唐語林・卷二政事下・李鈺條》也從一個側面反映元和詩歌革新之狀況。其云：

> 李鈺奏曰：「……臣聞憲宗爲詩，格合前古，當時輕薄之徒，搞章繪句，聱牙崛奇，譏諷時事，爾後鼓扇名聲，謂之『元和體』。」〔註40〕

此說明憲宗元和時期，革新思潮可概括爲兩大詩派，「聱牙崛奇」的韓孟詩派和「譏諷時事」的元白詩派。可知此革新意識所影響之層面甚廣，詩人之多。

王建恰爲其中一分子，作爲元白寫實詩派的先導，他以俗實之風格，替社會下層勞動人民發聲。他是一顆構成元和文學的小螺絲釘，爲元和文學求變機器，發揮了作用。

對於元和時代的文風變遷，最早感受到的是元和詩人。白居易〈餘思未盡加爲六韻重寄微之〉云：「制從長慶辭高古，詩到元和體變新。」（《全唐詩》卷446，頁5000），前一句是對元稹的讚美之辭，白居易自注：「微之長慶初知制誥，文格高古，始變俗體，繼者效之也。」此亦說明詩人的求變意識，只不過元稹是另一種風格的變，他將俗體變爲高古。後一句則是對於自己和元稹的唱和詩的自評。白居易自注：「眾稱元、白爲千字律詩，或號元和格。」此指包括元、白次韻相酬的長篇排律與元稹的豔體詩。此亦說明元、白二人以變新之創作意識，成功地在元和革新的浪潮中作出了貢獻。

爲何中唐元和時期的詩人皆紛紛求新求變呢？因爲詩發展到盛唐時期，無論在意境創造上已達精妙高遠之程度，亦在題材、聲律風

〔註39〕參許學夷《詩源辯體》卷首〈世次〉。
〔註40〕參周勛初《唐語林校證》第236條，頁150。

骨上更創新別致，匠心獨運。而中唐時期之眾多詩人正處於此強大壓力之下，個個極欲求新求變，期能開創詩歌的另一高峰。於是，中唐詩人之變新途徑，大抵朝著二大方向前進，一個是尚怪奇，一個是尚實俗。王建即屬後者。李肇《國史補》說明了中唐時期，在詩歌的求新求變上的幾股思潮，他指出：

> 元和已後，文筆學奇於韓愈，學澀於樊宗師。歌行則學流蕩於張籍，詩章則學矯激於孟郊，學淺切於白居易，學淫靡於元稹，俱名「元和體」。大抵天寶之風尚黨，大曆之風尚浮，貞元之風尚蕩，元和之風尚怪也。〔註41〕

在元和以後，在詩歌體製上有所謂「元和體」。當時詩歌紛流，風格求新求變，不主一格，若從個別詩人區分，有韓愈的奇、有樊宗師的澀、或張籍的流蕩、或孟郊的矯激，亦有淺切的白居易和元稹的淫靡，這些流派都可稱為「元和體」。他們都從不同之面向上追求革新，與開天之昂揚壯志不同。若從時代風氣來分，約略有「黨、浮、蕩、怪」四風。王建曾有〈荊南贈別李肇著作轉韻詩〉（卷四，頁26），可知王建與李肇約為同時代，引此文獻證之，是屬可信。由上文也可得知，王建詩歌創作的時代是詩風多種傾向的概括，「元和體」主要是經韓孟元白兩大詩派以及同時代的許多詩人的共同努力之氛圍下而完成的。

以上所述，皆在說明中唐元和時期，不管是奇詭、苦澀、流蕩、矯激、淺切、淫靡，都是元和新變的指證。大曆接盛唐而中衰，詩由深沈而走向浮弱；元和重在通變，各種風格都競相亮相，而成為唐詩的另一高峰。〔註42〕

在唐代文化史上，貞元、元和之際雖然沒有開天時代那樣的激動人心，更沒有安史之亂那樣的驚天動地，但在文化特徵上卻表現出超

〔註41〕參《唐語林校證》卷二282條，頁187。
〔註42〕參胡可先《中唐政治與文學——以永貞革新為研究中心》，頁192，合肥：安徽大學出版社，2000年10月。

越前者的深刻的變革與轉型。〔註43〕而《唐才子傳》稱王建云:「工
為樂府歌行,格幽思遠,二公之體,同變時流。」〔註44〕正說明了王
建內心的求變心理。而王建的「從俗」革新道路,李肇在《國史補》
中並沒談到。其實王建的俗實風格也是有跡有尋的,正連繫著元和俗
文學的盛行。

二、王建詩與元和文學通俗化

詩歌有著通俗化的自覺性追求,是從王建開始的。〔註45〕不過,
追求語言的通俗化傾向,在唐代,早自王梵志已露端倪。所謂的通俗
化,即是白話詩之義,它有四個來源:民歌、嘲戲、歌妓的引誘和傳
教與說理。〔註46〕如王梵志〈城外土饅頭〉:「城外土饅頭,餡草在城
裏。一人吃一個,莫嫌沒滋味。」帶有諷嘲口吻且民歌的味道。再如
〈世無百年人〉:「世無百年人,強作千年調。打鐵作門限,鬼見拍乎
笑。」之後有著同樣通俗風格的是顧況,《舊唐書·顧況傳》云:「能
為歌詩,性詼諧。……然以嘲誚能文,人多狎之。」〔註47〕可知顧況
把詼諧之本性投射於詩歌中。顧況〈古仙壇〉云:「遠山誰放燒?疑
是壇旁醮。仙人錯下山,拍手壇邊笑。」(《全唐詩》卷267,頁2961),
有種戲謔的頑皮。王梵志記述人死後終歸塵土,一人佔一個,而顧況
寫當時道教仙人的趣味。因此王、顧的通俗化主要源於社會變遷中紀
實題材表達的需要,並未形成通俗化審美的自覺追求。而真正有通俗
化的自覺性創作就屬王建了。明人胡震亨稱王建云:

文章窮于用古,矯而用俗,如《史》、《漢》後六朝史之入

〔註43〕參許總《唐詩體派論》,頁450,台北:文津出版社,民國83年10
月初版。
〔註44〕參傅璇琮《唐才子傳校箋》,頁159,北京:中華書局,2000年2月
第2次印刷。
〔註45〕參許總《唐詩體派論》,頁471。
〔註46〕關於此四種來源之內涵,請參胡適撰、駱玉明導讀《白話文學史》,
頁135,上海:上海古籍出版社,1999年12月。
〔註47〕(後晉)劉昫撰《舊唐書》,頁3625。

　　方言俗語是也。籍、建詩之用俗亦然。王荊公題籍集云:「看
　　是尋常最奇崛,成如容易卻艱辛。」凡俗言俗事入詩,較
　　用古更難。知兩家詩體,大費鑄合在。〔註48〕

除了宋王安石和明胡震亨兩大學者所言張王樂府以「俗言俗事入詩」
的自覺外,元稹和白居易詩的通俗化也受到感染,而且又更進一步的
發展,形成了元和文學尚俗實之風氣。由於科舉制度的關係,庶族文
人將社會下層的世俗之氣帶入高雅的文壇。

　　當時有文人因寫俗句而受賞識或登第。據孫光憲《北夢瑣言》卷
七載,陳詠因「隔岸水牛浮鼻渡,傍谿沙鳥點頭行」俗句而受朝貴官
人賞識。而盧泛讓亦因「狐衝官道過,狗觸店門開」俗句而登第。此
則筆記小說,記錄了當時社會對俗文學風氣之重視。

　　當時的通俗風氣,不只局限在詩歌領域而已,唐中期以後,如講
經、變文、話本等文學形式也相當興盛,活躍於民間市井之間。而且
士人們還通過「行卷」之風,把此等風氣帶入了上層階級。因此元和
年間俗文學形式的盛行,實際上正體現了士庶文化轉型通過文人心理
積淀而成的一種社會性的文化現象與審美趣味。〔註49〕

　　而王建詩歌在元白之前就已向通俗化的道路認真地前進。如〈野
菊〉詩云:「晚豔出荒籬,冷香著秋水,憶向山中見,伴蛩石壁裏」
(卷四,頁 36),此詩讀來幾乎為口語,「憶向山中見」,回憶起以
前在山中曾見過此野菊,平白如話,淺顯易懂。又〈晚蝶〉詩云:「粉
翅嫩如水,繞砌乍依風,日高山露解,飛入菊花中。」後兩句以白
話讀之,皆昭然若揭。在王建詩集幾乎每篇易讀。張戒《歲寒堂詩
話》評其詩曰:「元、白、張、王樂府,專以道得人心中事為工,然
其詞淺近,其氣卑弱。」〔註50〕張戒評王建詩之優點為道得人心中
事,但缺點是其詞淺近,即通俗化的創作。正因通俗化才能擁有廣

〔註48〕《唐音癸籤》卷七〈評匯〉三,文淵閣四庫全書本
〔註49〕參許總《唐詩體派論》,頁 472。
〔註50〕《歷代詩話續編》,頁 450。

大的社會下層讀者。詩氣卑弱或爲其短處；然從流傳面來看，亦可視爲其長處。

三、王建詩與元和儒學復興

元和文學革新的突出表現是古風樂府詩的創作高潮。在詩歌方面，王建大量寫作樂府，正是選取此種托諷寓志的樂府傳統文學形式。他將儒學政治和諷諭內容相連繫，而且在創作意識上深植儒學風雅比興的觀念，如〈送張籍歸江東〉詩中所云：「君詩發大雅，正氣迴我腸。」（卷四，頁28）提到張籍的樂府詩散發著雅正之氣息，深具感人腸肺之力量。在〈寄李益少監兼送張實游幽州〉又云：「大雅廢已久，人倫失其常，天若不生君，誰復爲文綱。」（卷四，頁29）在寫實的基礎上，以振興「大雅」爲職志，重整「倫常」爲作用，希望通過詩的作用來托寓諷諫，達到針砭時弊的目的。

而以「風雅」爲號召的詩歌訴求，在唐初早已先顯露端倪。如盧照鄰在〈樂府雜詩序〉中嚴正表明：「王澤竭而頌聲寢，伯功衰而詩道缺……其有發揮新體，孤飛百代之前；開鑿古人，獨步九流之上，自我作古，粵在茲乎。」〔註51〕認爲欲興起詩道和頌聲，唯有寫作樂府新體，始能聯繫古人之正道雅義。而在盛唐也有人接其餘緒，如元結〈篋中集序〉云：

> 元結作篋中集，或問曰：「公所集之詩，何以訂之？」對曰：「風雅不興，幾及千歲，溺於時者，世無人哉？……近世作者，更相沿襲，拘限聲病，喜尚形似。」〔註52〕

元結認爲詩歌中的風雅美刺精神已喪失千年之久，而在近代更變本加厲地在聲律技巧上下功夫，因故把他篋中所保留關於風雅正道的詩作編爲集子，希望能將其流傳千古。

經過了先賢努力推廣後，至中唐時期更加風起雲湧，蔚爲大觀。

〔註51〕郭紹虞主編《中國歷代文論選》，頁30，上海古籍出版社。
〔註52〕見〔唐〕元結、殷璠等選《唐人選唐詩十種》，頁27，香港：中華書局，民國47年初版。

有戴叔倫、顧況、張籍、王建和李益等人的推波助瀾，到元稹、白居易可謂水到渠成，達於顛峰。如顧況在〈文論〉中就很明確地提出風雅爲人道的根本：「周語之略曰：『孝敬忠信仁義智勇教惠讓，皆文也。……且夫日月麗乎天，草木麗乎地，風雅亦麗於人。』」〔註 53〕而更有趣的是，李益以賦的形式來強調風雅比興的詩歌精神。他在〈詩有六義賦〉題下注明（以風、雅、比、興、自、家、成、國等八字爲韻）。其云：「觀天文以審於王事，觀人文而知其國，……所謂政於內，繫一人之本；動於外，形四方之風。始於風，成於雅。」〔註 54〕說明欲審於王事的條件是「始於風，成於雅」。所以，王建在文學思潮的演進歷程中，則表現爲儒家政教文學觀極度發展的前奏。〔註 55〕之後元白才是儒學復興極力推動者。

而大舉「儒學復興」爲旗幟的詩人，在散文方面，有韓愈的古文運動；而表現在詩歌方面則爲元白的新樂府詩運動，這種訴求已在中唐形成一股重要風潮。值得注意的是，此兩大派別的領袖之間皆有詩作酬唱，互有交往。如歸爲元白詩派的王建有〈送遷客〉詩寄給韓愈，而韓愈亦有〈玩月喜張十八員外以王六秘書至〉贈之。此股儒學復興運動由詩派代表詩人提出較爲完整的文學理論。奇險派領袖韓愈〈題歐陽生哀辭後〉云：「必時觀愈之爲古文，豈取其句讀不類於今者邪？思古人而不得見，學古道則欲兼通其辭，通其辭者，本志乎古道者也。」〔註 56〕韓愈認爲以古道爲志，並通達古人的文辭，如此才能精確地把古道發揚出來。寫實派領袖白居易在〈議文章碑碣詞賦〉也持同樣的主張：「上以紕王教，繫國風，下以存炯戒，通諷諫。」白居易也認爲詩歌是作爲政治服務的一種工具，必

〔註 53〕郭紹虞主編《中國歷代文論選》，頁 125。
〔註 54〕羅聯添主編《隋唐五代文學批評資料彙編》頁 125，台北：成文出版社，民國 67 年初版。
〔註 55〕參許總《唐詩體派論》，頁 536。
〔註 56〕〔唐〕韓愈著《韓愈集》，嚴昌校點，頁 272，長沙：岳麓書社，2000年 9 月。

要達到諷諫的目的。所以他就滿欣賞張籍的詩歌，認爲他的詩歌內容充滿儒家風雅之道；〈讀張籍古樂府〉詩云：「爲詩意如何，六義互鋪陳。風雅比興外，未嘗著空文。〔註57〕」這樣，以儒家政教文學觀爲內核的有著鮮明理論主張的文學復古運便在元和年間蓬勃興起。〔註58〕

儒學復古運動之所以能成功之因，在於中唐這批詩人，如劉禹錫、柳宗元、韓愈、令狐楚和元稹、白居易等，既是作家，又是政治活動家。而作爲詩人參政的一個重要特色就是能運用政府官員的行政資源，大刀闊斧地將詩歌理論普遍落實於傳播媒介的運作，使更廣大的老百姓深受影響。雖然王建官小職卑，但他仍以實際的創作樂府諷諭詩來體現當時的詩人詩歌精神，加入了儒學復興的行列。

所以王建詩歌中有很多諷諭詩，如〈羽林行〉詩云：「百回殺人身合死，赦書尚有收城功。」（卷二，頁 16），直陳禁衛軍因靠皇家權力而在民間爲非作歹，把諷諭矛頭指向最高統治階級。又如〈獨漉曲〉詩所云：「獨獨漉漉，鼠食貓肉，烏日中，鶴露宿，黃河水直人心曲」（卷二，頁 12），以比興手法揭露賢愚不分、是非不明的不良社會風氣，譴責整個統治集團。後面第四章有專節討論。

綜上所述，王建詩的創作反映了政治、外交、經濟和宗教文化各方面的問題，而當時元和時期的文化思潮，如求新求變、俗文學的自覺追求以及儒家復興運動，皆對王建的創作心理產生極大的影響。

〔註57〕參《全唐詩》卷 424，頁 4654。
〔註58〕參許總《唐詩體派論》，頁 452。

第四章　王建詩內涵之探究（一）

第一節　王建詩之思想意識

一、發談皆「損益」──儒家六經之思想

　　王建內心中有個思想是近於儒家之行事風格，有意無意間欲成為儒門子弟，他在〈從元太守夏讌西樓〉就提到：「願為顏氏徒，歌詠夫子門。」首先表現他熱愛儒學的思想是從讀六經開始，這也是他的人生指導原則。〈勵學〉：「若使無六經，賢愚何所託」（卷四，頁28），無論是賢人或是愚人，六經的涵養是立身之基本生命。而《易經》又為六經之首，王建似乎對《易經》哲學相當有研究，〈荊南贈別李肇著作轉韻詩〉：「主人開宴席，禮數無形跡，醉笑或顛吟，發談皆損益。」他與詩歌偶像李肇在惜別餐會上，所談論的是《易經》「損益」之理。「損益」是《易經》六十四卦中之二個卦名，山澤損及風雷益二卦。《易・象》曰：「山下有澤，損。君子以懲忿窒欲。」又《易・象》曰：「風雷，益。君子以見善則遷，有過則改。」〔註1〕說明損益二卦對人生德行之反省。〔註2〕王建〈求友〉：「不求立名聲，所貴去瑕玼」

〔註1〕參《十三經注疏・周易正義》，頁173及頁177。
〔註2〕也可同參拙文謝明輝〈姓名學與儒家精神〉，頁47至50，載《國文

（卷四），「去瑕玼」與益卦中的「有過則改」之概念相通。好友張籍〈逢王建有贈〉:「使君座下朝聽易,處士庭中夜會詩。」說明兩人曾經一起聽過《易經》的課程。又〈貧居〉:「近來身不健,時就六壬占」（卷五）,王建在身體不適,人生有疑問時,時常占卜以作為行事之判斷準則。〈別李贊侍御〉:「講易工夫尋已聖,說詩門戶別來情」（卷六）,可見王建和友人李贊侍御分別時,可能以卜卦方式來參考未來的吉凶。他也談到同人卦,〈謝李續主簿〉中提及:「一官雖隔水,四韻是同人。」《象》曰:「天與火,同人。君子以類族辨物。」〔註3〕簡言之,同物即聚,異物則散。此詩說明王建與李續是同類之友。

王建深受古人淳樸之道的影響,正直和溫和是很好的特質。〈寄崔列中丞〉:「我愛古人道,師君直且溫」（卷四,頁 30）,只要常以仁義道德存於內心,無形中所產生的力量可使人天地不懼。〈贈王侍御〉:「君子抱仁義,不懼天地傾」（卷四,頁 30）,又〈上崔相公〉:「枯桂衰蘭一遍春,雖將道德定君臣」（卷八,頁 66）,當正直的道德內化於心,表現於文學創作上,自然以恢復風雅比興為己任。他在〈寄李益少監兼送張實遊幽州〉云:「大雅廢已久,人倫失其常,天若不生君,誰復為文綱」（卷四,頁 29）,也正因他對事有原則,有遠大人生理想,故甘於貧窮,他追求的是心靈之富有,而物質享受只是短暫。如〈留別舍弟〉:「但得成爾身,衣食寧我求」（卷四,頁 31）,〈原上新居之五〉:「移家近住村,貧苦自安存。」（卷五,頁 45）,貧苦之滿足促使王建對名利之追求轉淡,所以他說:「甘分長如此,無名在聖朝」。他不僅對自己有所堅持,同時也勸告友人別落入名利之束縛,以免遭殃。因為名利有時使人迷亂,而帶來災禍。他給友人書信中不難看出其交友原則,〈山中寄及第故人〉說:「始終名利途,慎勿罹咎殃」（卷四,頁 28）,交友之道不在於外在的名聲,而在於

天地》212 期。此文同時收入拙著《國學與現代生活》一書中,頁173~179,台北:秀威資訊出版社,2006 年 4 月第 1 版。
〔註3〕參《十三經注疏‧周易正義》,頁 73。

其內省能力，知錯能改，〈求友〉：「不求立名聲，所貴去瑕玼」（卷四，頁29），王建認為交友的眞諦，不在於結交名聲響亮的朋友，而在於指出行爲缺失，而知錯必改。

二、會當戎事息——反戰之思想

　　王建從軍十三年，對於軍中生活體驗深刻。他有很多描寫戰爭的作品，由於親身目睹戰爭之可怕，故於心中有反戰思想。如〈早發金堤驛〉：「從軍豈云樂，憂患常縈積，唯願在貧家，團圓過朝夕。」（卷四，頁27），從軍一點也不快樂，因常有憂慮鬱積胸中。〈和裴相公道中贈別張相公〉：「會當戎事息，聯影邈池行。」（卷四，頁27），渴望戰爭快平息。〈塞上二首〉：「尙想羲軒代，無人尙戰功。」（卷五），上古清明時代，無人重視戰功。〈思遠人〉：「歲久自有念，誰令長在邊？」反問讀者：是誰讓征人在邊外遭受生命威脅？言外之意，是將矛頭直指最高統治者。

　　究其反戰思想之因，與其三十一歲後之從軍經歷有關。從〈遼東行〉、〈飲馬長城窟〉、〈關山月〉、〈長安別〉等四首詩皆可看出端倪。〈遼東行〉詩云：

> 遼東萬里遼水曲，古戌無城復無屋，黃雲蓋地雪作山，不惜黃金買衣服，戰回各自收弓箭，正西回面家鄉遠，年年郡縣送征人，將與遼東作丘坂，寧爲草木鄉中生，有身不向遼東行。（卷一，頁23）

前四句寫遠征遼東的路途艱辛，所到之處，滿目黃沙，一片雪地，景象荒涼。「戰回」以下四句，遠征之地，離家鄉甚遠，每年皆有征人遠征遼東。結二句發出悲憤的無奈，寧願生爲家鄉的草木，誓死不願出征遼東。只有結束戰爭，才能使他的反戰心願實現。又如〈飲馬長城窟〉：

> 長城窟，長城窟邊多馬骨，古來此地無井泉，賴得秦家築城卒，征人飲馬愁不回，長城變作望鄉堆，蹄蹤未乾人去近，續後馬來泥污盡，枕弓睡著待水生，不見陰山在前陣，

　　馬蹄足脫裝馬頭，健兒戰死誰封侯。(卷一，頁3)

此題爲樂府古辭，在《樂府詩集》中，歸入「相和歌辭」項內。郭茂倩解題說：「一曰〈飲馬行〉。長城，秦所築以備胡者。其下有泉窟，可以飲馬。古辭云：『青青河畔草，綿綿思綿道。』言征戍之客，至於長城而飲其馬，婦人思念其勤勞，故作是曲也。」〔註4〕而王建此詩內容與征戍有關，開頭二句寫戰況之恐怖，所見皆爲馬骨，一片死寂。「古來此地」以下四句，寫戰地困苦，無井泉可飲，而征人因恐懼戰爭，紛紛思念家鄉。最後一句則唱嘆「健兒戰死誰封侯」，對統治階級提出戰爭帶給人民的苦痛和抗議。再看同樣也寫戰爭之驚恐的〈關山月〉：

　　關山月，營開道白前車發，凍輪當磧光悠悠，照見三堆兩
　　堆骨，邊風割面天欲明，金沙嶺西看看沒。

「照見三堆兩堆骨」，已可見戰爭淒慘哀悲之悚人景象，屍骨未必是戰死的，也可能是凍死，「邊風割面天欲明」，即是描寫征人在天寒的氣候下行軍，加上內心對於所見白骨的恐懼，死亡對征人而言，是指日可待。再如〈長安別〉：

　　長安清明好時節，只宜相送不宜別，惡心床上銅片明，照
　　見離人白頭髮。(卷二，頁19)

此詩亦描述離人清明時節在長安一別後，若想再見恐已是白髮了。說明戰爭是永無寧日。

　　一般而言，征戍沙場之年限，大約三年期滿。但王建那時代的外患頻仍，已如前述。離鄉如同死別，〈聞故人自征戍回〉云：「昔聞著征戍，三年一還鄉。今來不換兵，須死在戰場。念子無氣力，徒學事戎行。」(卷四，頁 25) 流露出征人思鄉厭戰之情緒。由此可見，王建內心始終存一分「但令不征戍，暗鏡生重光。」(〈遠征歸〉)之反戰念頭。

　　不過，王建在送別友人的詩中，偶而也會一反他厭戰思想，而鼓勵友人將身報國，建立功名。如〈送鄭權尙書南海〉云：「已將身報

─────────────
〔註4〕參郭茂倩《樂府詩集》，頁555。

國，莫起望鄉臺。」〔註5〕

由於王建從軍十三年的親身經歷，所以他的戰爭詩相當具體而深刻。正如金開誠《文藝心理學概論》所云：

> 任何文藝創作都要以生動具體、富於感性的藝術形象來反映社會生活，發揮現實作用。這種形象的創造，顯然必須以作者對客觀事物的實際感受爲前提；而那種直接來自生活經驗的感受無疑是最具體而深切的，是其它途徑的有關傳述所不能替代的。〔註6〕

任何白骨滿城，血流成河的場面，王建皆有目睹，心中油然而生之反戰思想，自不難想見。

三、愛仙無藥住溪貧——愛仙求道之思想

由於王建生性愛山，他曾說過：「長年好名山，本性今得從」（〈七泉寺上方〉，卷四，頁 25）。山給人會有一種神秘的感覺，很多神話傳說的神人仙人都在深山修煉成道，《莊子》〔註7〕和《山海經》裏的仙人都具備虛無飄渺的特質，可能與山的環境有關。山比平地較貼近雲，而雲的變化又是捉摸不定。因此愛山者，通常對於仙的境界，也多所響往。王建在〈從軍後寄山中友人〉說：「愛仙無藥住溪貧，脫卻山衣事漢臣」，雖然王建離開山中而去從軍，但仍回憶山中與友人的生活點滴，愛仙思想是與他生活在山中有密切關聯。所以在生活上，他處處表露愛仙的想望。〈武陵春日〉云：「不似冥心叩塵寂，玉

〔註5〕 參洪讚《唐代戰爭詩研究》，頁 296，台北：文史哲出版社，1987 年 10 月。

〔註6〕 參金開誠《文藝心理學概論》，頁 233，北京：北京大學出版社，民國 88 年初版。

〔註7〕 《莊子‧逍遙遊》云：「藐姑射之山，有神人居焉，肌膚若冰雪，淖約若處子；不食五穀，吸風飲露；乘雲氣，御飛龍，而遊乎四海之外；其神凝，使物不疵癘而年穀熟。」《山海經》云：「又西二百里，曰長留之山，其神白帝少昊居之。其獸皆文尾，其鳥皆文首。是多文玉石。實惟員神【石鬼】氏之宮。是神也，主司反景。」見〔清〕郭慶藩編《莊子集釋》，頁 28，台北市：萬卷樓出版社，民國 82 年。

編金軸有仙方」。想成仙，尚需仙藥的輔助，王建生病時會向道士討藥。〈早春病中〉：「健羨人家多力子，祈求道士有神符，世間方法從誰問，臥處還看藥草圖。」王建在虛弱生病時，向道士祈求神符治病，並自立自強，研究藥草圖。與其向他人求藥，不如自己栽種。所以他〈人家看花〉中遺憾說：「恨無閒地栽仙藥，長傍人家看好花。」因為家貧無閒地可栽種仙藥，只能欣賞人家的好花。

王建身體較常人虛弱，雖值壯年，然如老年。〈照鏡〉：「忽自見憔悴，壯年人亦疑，髮緣多病落，力為不行衰」，照鏡後，始覺未老先衰，因為多病，促使髮落，因為行動不便，促使氣力衰耗。不過他接著說：「老來真愛道，所恨覺還遲。」只是遺憾要到衰年才悟道。〈新修道居〉：「世間無所入，學道處新成」，他整修清靜的道觀，準備傾心修煉，「兩想有山色，六時聞磬聲」，有山色和磬聲的陪伴，在如此清幽的環境中，他發出真誠的心願：「若得離煩惱，焚香過一生」。多病體弱家貧，使他內心有好多煩惱，希望能在學道處，好好修行，脫離苦海。關於修煉方法，王建可能向盧道士詢問過。〈贈太清盧道士〉提到：「修行近日形如鶴，導引多時骨似綿，想向諸山尋禮遍，卻回還守老君前。」修行之姿態像鶴，而導引氣貫全身，能使骨硬似綿。對道仙實際體驗的作為，已深入他的思想當中。

四、歸依向禪師──佛家因緣思想

除了儒道和反戰思想外，王建內心亦有佛家思想。王建之所以有佛家思想，與其閱讀佛經、接觸禪師有密切關係。如〈原上新居十三首〉云：

擬作讀經人，空房置淨巾，鎖茶藤籠密，曝藥竹床新，老病應隨業，因緣不離身，焚香向居士，無計出諸塵。

首句即點出王建對佛經已深感興趣。接著提到「業」和「因緣」，此術語乃為佛家的兩個重要觀念。「業」是一種行為，必會帶來或善或惡，或苦或樂的果報，由前世引發至今世，繼續在來世發生作用。而

「因緣」指一切現象並不單獨存在，都是依一些原因與條件而生起，亦依原因與條件而滅去。〔註8〕可見王建有佛教思想。他的佛教觀念主要來自於對佛經之閱讀，如〈村居即事〉云：「休看小字大書名，向日持經眼卻明，時過無心求富貴，身閒不夢見公卿，因尋寺裏薰辛斷，自別城中禮數生，斜月照房新睡覺，西峰半夜鶴來聲。」由「因尋寺裏」，可判斷所持之經乃爲佛經。因其對佛經有興趣，故閱讀時，眼力倍增清明。他也曾和友人在寺裏讀佛經：「對坐讀書終卷後，自披衣被掃僧房」（〈秋夜對雨寄石甕寺二秀才〉），佛經讀完後，便打掃僧房，以示虔敬。

　　他和僧人保持密切交往。他常入古寺拜訪僧人，「隨僧入古寺，便是雲外客，月出天氣涼，夜鍾山寂寂」（〈溫門山〉），〈題禪師房〉云：「浮生不住葉隨風，填海移山總是空，長向人間愁老病，誰來閒坐此房中。」他爲禪師題詞，所用「浮生」和「空」即是佛家語。又〈題法雲禪院僧〉所云：「覺少持經力，憂無養病糧」，其中「覺」亦是佛家語，與「迷」相對，是人生之兩種境界。他也歡喜和僧人同住，「省得老僧留不住，重尋更可有因由」（〈望定州寺〉），及「喜歡得年山僧宿，看雪吟詩直到明」（〈宿長安縣後齋〉），尤其是同床共眠更能體悟佛家解脫人生煩惱之眞諦。「雪後每常同席臥，花時未省兩山居，獵人箭底求傷雁，釣戶竿頭乞活魚，一向風塵取煩惱，不知衰病日難除」（〈寄舊山僧〉），說明王建與山僧數度共枕，欲尋求煩惱和衰病之消除。即使爲官時期，不住官舍，反想與同事商量，欲住僧房。他說：「同官若容許，長借老僧房。」（〈初到昭應呈同僚〉），最後王建欲「歸依向禪師，願作香火翁」（〈七泉寺上方〉），出家以求究竟之解脫。

　　綜上所述，王建人生思想有四大傾向：儒家六經、反戰息戈、愛仙求道及佛家因緣。分析其因，不外與研讀六經、從軍經歷、山居體驗和閱讀佛經有關。

〔註8〕參吳汝鈞編《佛教思想大辭典》，頁233及460，台北：台灣商務印書館，民國81年7月初版。

第二節　王建詩之諷諭色彩

王建身爲新樂府詩派的成員之一，又爲元白新樂府運動的先驅，所以在詩歌創作上具有寫實之反映，反映民生疾苦和上層社會之淫奢。白居易在〈與元九書〉一文中爲其諷諭詩下定義：「首自拾遺來，凡所適所感，關於美刺興比者，又自武德訖元和，因事立題，題爲新樂府者，共一百五十首，謂之諷諭詩。」〔註9〕說明白居易在朝廷爲諫官時，將其在朝野所適所感的事物，各立新題，做了一百五十首的新樂府詩，而這些樂府詩中是以「美刺興比」爲主要內容，其中的精神就是諷諭。接著他又進一步強調其特質：「至於諷諭者，意激而言質」指出寫作諷諭詩是要情意激動而且使用質樸的語言，太過華麗反而錯失諷諭的良機。在〈新樂府序〉一文中，說明了「言質」的理由：「其辭質而徑，欲見之者易諭也；其言直而切，欲聞之者深誡也。」〔註10〕從王建詩抨擊上層統治階級之豪奢及替下層勞動人民之苦怨發聲之情形看來，他和白居易詩論之諷諭精神是相通的。以下分宮中貴族之侈淫與下層百姓冒死供奉上層兩部份來論述，經由上下階層生活之對照，自可看出王建詩諷諭手法之高明。

一、〈宮詞〉中統治階級之奢淫

王建宮詞主要是描述皇宮中宮女和貴族各種生活爲題材，其中對於宮中種種奢侈品、豪侈建築以及半夜歌舞享受，多所描述。像在禁苑池中鋪錦，是一項很費人力財力的工程。蔡絛《西清詩話》云：「此見李石《開成承詔錄》。文宗論德宗奢靡云：『聞得禁中老宮人，每引流泉，先於池底鋪錦。則知建詩皆撫實，非鑿空語也。』」〔註11〕用唐

〔註 9〕 參羅聯添主編《隋唐五代文學批評資料彙編》，頁 179～180，台北：成文出版社，民國 67 年初版。

〔註10〕 參白居易《白香山詩集・新樂府序》，頁 29，台北：世界書局，民國 67 年。

〔註11〕 宋・蔡絛撰《西清詩話》明鈔本，蔡鎮楚編《中國詩話珍本叢書》，頁 335，北京：北京圖書館，2004 年。

人筆記小說《開成承詔錄》來證明王建所言非假，王建詩云：

> 魚藻宮（一作「池」）中鎖翠娥，先皇行處不曾過。如今池
> 底休鋪錦，菱角雞頭積漸多。（〈宮詞〉之十七）

禁苑中有魚藻池，池中有山，山上建宮，即魚藻宮，在大明宮北面。宮女居住在魚藻宮內，因昔日寵幸不再，故池底已積生菱角雞頭。雞頭，水生植物，種子可入藥。除了水下建築之浪費外，地上宮中建築華麗輝煌，所用皆為上等建材，詩云：

> 窗窗戶戶院相當，總有珠簾玳瑁床。雖道君王不來宿，帳
> 中長是炷牙（一作「衙」）香（一作「帳中長下著香囊」）。
> （之八十六）

各家各院之建築皆具有珍珠簾子和玳瑁做的床，住在裏面，必有五星級的享受。

　　而皇帝為了能多欣賞歌舞，不惜重金建搭歌臺，以為享樂之用。詩云：

> 春風院院落花堆，金鎖生衣（一作「衣生」）掣不開。更築
> 歌臺起妝殿，明朝先進畫圖來。（之七十八）

「金鎖」，衣箱之鎖是用黃金打造。末兩句寫皇帝不僅建築歌臺，還搭建宮女化妝之宮殿。皇帝憑借民女圖畫，挑選入宮備賞。漢代毛延壽曾陷害王昭君而把她畫得很醜，使她不能順利入宮。

　　宮中建築外觀壯麗侈華，內部之用品又是什麼做的呢？詩云：

> 叢叢洗手遶金盆，旋拭紅巾入殿門。眾裏遙拋新（一作「金」）
> 摘（一作「橘」）子，在前收得便承恩。（之四十四）
>
> 舞來汗溼羅衣徹，樓上人扶下玉梯。歸到院中重洗面，金
> 花盆（一作「盆水」）裏潑銀（一作「紅」）泥。（以下三首，
> 一作〈花蕊夫人〉，之七十九）

「金盆」、「金花盆」是指盥洗器物用金子所做，「紅巾」和「羅衣」指宮女身上服飾之華美。「玉梯」，一般民房樓梯是木造，而宮殿梯子竟是玉造，更見宮中之豪侈。這些都說明宮殿內部裝飾之高級享受。再者，宮女和貴族服飾亦是華美高貴，絲織材料大都由民間索求而

來。如詩云：

> 春池日暖少風波，花裏牽船水上歌。遙索劍南新樣錦，東
> 宮先釣（一作「報」）得魚多。（之二十九）

「遙索劍南新樣錦」寫唐人極珍視之益州出產的新式樣之錦，此種錦
緞當作貢品之用，外人不易得。而宮中的馬匹特別精良，需經君王親
自挑選。如詩云：

> 雲駁花驄各試行，一般毛色一般纓。殿前來往重騎過，欲
> 得君王別賜名。（之三十四）

「花驄」，又名三驄，三花，即三花飾馬。唐宮廷中，凡有新馬進入，
先由中官試騎，然後再馭以進給皇帝騎用。王建詩「各試行」、「重騎
過」云云，即是描寫這種宮廷中的規矩。〔註12〕韓偓〈苑中〉：「外使
進鷹初得按，中官過馬不教嘶」，自注云：「上每乘馬，必閹官馭以進，
謂之過馬。」（《全唐詩》卷682，頁7818）也提到「過馬」之習慣。

天子所搭乘的交通工具亦相當豪華。詩云：

> 金殿當頭紫閣重，仙人掌上玉芙蓉。太平天子朝迎（今作
> 「元」）日，五色雲車（一作「中」）駕六龍。（之九十）

「金殿」，皇殿之金碧輝煌。皇帝出門所乘之車子有五色雲彩繪，「駕
六龍」，謂駕馭六匹馬，暗指排場盛大。而且皇上所過的生日與一般
百姓不同，講究服飾華麗和隆重。如詩云：

> 聖人生日明朝是，私地教人（一作「先須」）屬內監。自寫金
> 花紅牓子，前頭先進（一作「在前進上」）鳳皇衫。（之五十八）

用珍貴之金花紅牓子寫賀詞，生日禮物是「鳳皇衫」。至於皇上使用
物品之態度爲何？詩云：

> 內宴初秋（一作「休」）入二更，殿前燈火一天（一作「時」）
> 明。中宮傳旨音聲散（一作「宮官分半音聲住」），諸院門
> 開觸處行。（之六十）

首二句寫皇帝宴請貴族直到深夜，燈火不惜，開一整天，簡直浪費民
脂民膏。又如：

〔註12〕參吳企明《唐音質疑》，頁386。

　　　　金吾除夜進儺名，畫袴朱衣四隊行。院院燒燈如白日，沈
　　　　香火底坐吹笙（一作「鬥音聲」）。（之八十八）

「院院燒燈如白日」，可想見皇宮內是如何過著紙醉金迷之墮落生
活。昂貴之蠟燭都不珍惜，更何況是對錢的使用觀念呢？詩云：

　　　　宮人早起（一作「拍手」）笑相呼，不識階（一作「庭」）
　　　　前掃地夫。乞與金錢爭借問，外頭還似此間無。（之六十八）

　　　　宿妝殘粉未明天，總立（一作「在」）昭陽花樹邊。寒食內
　　　　人長白打，庫中先散與金錢。（之八十）

內人，《唐音癸籤》卷十七〈詁箋〉「十家」條云：「唐女妓入宜春院，
謂之內人，亦曰前頭人，謂在上前也。」〔註13〕「乞與金錢爭借問」、
「庫中先散與金錢」皆可看出皇宮宮女對金錢之揮霍無度。再看皇上
的視覺享受，詩云：

　　　　羅衫葉葉繡重重，金鳳銀鵝各一叢。每遍舞時（一作「頭」）
　　　　分兩向（一作「句」），太平萬歲字當中。（之十六）

宋人胡仔《苕溪漁隱叢話》後集卷十四解此詩云：「按《樂府雜錄》
云：『舞有健舞、軟舞、字舞、花舞、雁舞。』字舞者，以舞人亞身
於地，布成字也。故建有『太平萬歲字當中』之句。」〔註14〕「金鳳
銀鵝各一叢」，宮女服飾上繡有金鳳銀鵝圖樣。此詩寫皇帝之娛樂之
一，即是欣賞成群宮女所表演之字舞。

　　由以上宮詞所描述之宮廷生活，有水面及地上建築之富麗，有內
部裝飾之名貴，有服飾之高雅，有精良馬匹可乘坐，有視聽歌舞之享
受，以上種種生活對一般百姓而言，簡直是難以想像！如果皇宮內的
生活像天堂，那麼下層人民的生活就如地獄般痛苦，再進一步思考，
那些皇宮貴族的享樂之資，從何而來？可想而知，皆向基層廣大的勞
動人民橫征暴斂而來。我們再把視角從皇宮移轉到下層社會。

〔註13〕〔明〕胡震亨：《唐音癸籤》，頁188，台北市：木鐸出版社，71年7
　　　　月。
〔註14〕〔宋〕胡仔《苕溪漁隱叢話》，頁105。

二、對上層腐朽與橫征暴斂之抨擊

上層統治階級不顧人民死活，搜括民膏以爲享樂，人民所繳的賦稅卻不是用於國家建設，爲人民謀福利。如〈海人謠〉、〈南中〉所云：

〈海人謠〉

海人無家海裏住，採珠役象爲歲賦，惡波橫天山塞路，未央宮中常滿庫。

〈南中〉

天南多鳥聲，州縣半無城，野市依蠻姓，山村逐水名，瘴煙沙上起，陰火雨中生，獨有求珠客，年年入海行。

採珠工匠終年無家可住，在惡劣的氣候下，仍要採珠且役象拖運。爲何他要那麼辛苦呢？因爲要繳稅給政府，所以不得不如此啊！而他們竟不爲人民著想，卻把人民用生命換來的血汗錢拿去享樂。「未央宮中常滿庫」，宮中的金銀財庫不都是從人民拼死拼活而來嗎？揭露統治者的豪華奢侈和橫征暴斂給「海人」造成的苦難，表達對「海人」的同情。〔註15〕以上「惡波橫天山塞路」、「瘴煙沙上起，陰火雨中生」、「瘴煙沙上起，陰火雨中生」諸句，具體描述海人工作環境具有高度之危險性。對比「未央宮中常滿庫」之奢侈浪費，諷諭之旨，顯然可知。〈水夫謠〉也寫人民同樣的苦況：

苦哉生長當驛邊，官家使我牽驛船，辛苦日多樂日少，水宿沙行如海鳥，逆風上水萬斛重，前驛迢迢後淼淼，半夜緣堤雪和雨，受他驅遣還復去，衣寒衣溼披短蓑，臆穿足裂忍痛何，到明辛苦無處説，齊聲騰踏牽船出，一間茅屋何所直，父母之鄉去不得，我願此水作平田，長使水夫不怨天。

這首詩沈痛地訴說了縴夫牛馬般之生活，反映詩人對封建統治者殘酷奴役勞動人民的不滿。〔註16〕首句「苦哉生長當驛邊」揭示水夫在先天上就注定是苦哉的命運，因爲縱然他們生長驛邊，但也不能離開故

〔註15〕見《古代詩人咏海》，頁398。

〔註16〕見《唐詩四百首注釋賞析》，頁241。

鄉，「父母之鄉去不得」。再看他們是如何的苦！「水宿」以下八句，水夫工作就像海鳥，居無定所，只能在水上過夜，更辛苦在沙上牽驛船。更氣不過的是，在半夜下著雪雨的惡劣氣候，「受他驅遣還復去」只要官吏一句話，又得要披短蓑上場。如此賣力為官府做事，得到的竟是「臆穿足裂忍痛何」，胸口和腳足搞到撕裂傷，官府也不體諒水夫，他們夜裏牽船的無奈，「無處說」，悲憤無處發洩。清人余成教《石園詩話》云：「王仲初……歌行諸結句，尤有餘蘊。……〈水夫謠〉云：『我願此水作平田，長使水夫不怨天』。」〔註17〕再如〈水運行〉：「辛勤耕種非毒藥，看著不入農夫口」，通過詩作來反映漕運這一政治問題，描寫了繁重的漕運使糧區的田地荒蕪、農民挨餓；也描寫了運夫的辛苦生活。〔註18〕而宋人魏泰《臨漢隱居詩話》云：「述情敘怨，委曲周詳。」〔註19〕而「受他驅遣還復去」之句則寫怨之深。

　　而〈獨漉曲〉更以比興手法出之，以鼠暗喻政府，貓喻人民，承襲《詩經・碩鼠》的技巧，〔註20〕說明政府不體恤人民百姓，無情搶奪他們的勞動成果。詩云：

　　　　獨獨漉漉，鼠食貓肉，烏日中，鶴露宿，黃河水直人心曲。

「曲」不平也，指政府不公平，末句「黃河水直人心曲」以句中對比之手法，強調政府不公平，把人民辛苦果實全都剝削去享樂消遣。再如〈白紵歌〉二首云：

　　　　天河漫漫北斗璨，宮中烏啼知夜半，新縫白紵舞衣成，來遲邀得吳王迎，低鬟轉面掩雙袖，玉釵浮動秋風生，酒多夜長夜未曉，月明燈光兩相照，後庭歌聲更窈窕。（之一）

〔註17〕見《唐詩彙評》，頁 1526。
〔註18〕見金啓華著《中國文學簡史》，頁 224，河南：中州古籍出版社，1989 年 1 月。
〔註19〕《歷代詩話》，頁 322。
〔註20〕《詩經・魏風》云：「碩鼠碩鼠，無食我黍！三歲貫女，莫我肯顧。」毛詩正義曰：「〈碩鼠〉，刺重斂也。國人刺其君重斂，蠶食於民，不修其政，貪而畏人，若大鼠也。」可見王建是使用比興手法。見《十三經注疏・毛詩正義上》，頁 372。

宋人葛立方《韻語陽秋》卷第十五解「白紵」云:「《宋書‧樂志》有
〈白紵舞〉,《樂府解題》謂白紵曰:「『質如輕雲色如銀,制以爲袍餘
作巾,袍以光軀巾拂塵。』王建云:『新換白紵舞衣成,來遲邀得吳
王迎。』元稹云『「西施自舞王自管,白紵翻翻鶴翎散。」則白紵,
舞衣也。」〔註21〕詩開頭四句寫夜半應是睡眠時刻,可是君王卻精神
亢奮,至宮中臨幸宮女,準備觀賞白紵舞。接著寫宮女之舞態,「玉
釵浮動秋風生」。「酒多」以下三句,飲酒作樂,欣賞歌舞,夜夜笙歌,
腐敗之極,可以想見。

> 館娃宮中春日暮,荔枝木瓜花滿樹,城頭鳥棲休擊鼓,青
> 娥彈瑟白紵舞,夜天瞳瞳不見星,宮中火照西江明,美人
> 醉起無次第,墮釵遺珮滿中庭,此時但願可君意,回晝爲
> 宵亦不寐,年年奉君君莫棄。(之二)

此首亦寫宮中生活之靡爛。前四句述宮女在春日黃昏之美好情景下,
她們邊彈瑟邊跳舞。「宮中火照西江明」,浪費民脂民膏,任昂貴的燭
火,夜夜燃燒。「美人醉起」以下兩句,敘宮女生活之靡爛醜態。「回
晝爲宵亦不寐」,寫宮女希望夜夜如此狂歡,目的竟是爲得國君歡心。
統治階級的享樂,完全沒想到在夜裏冒著生命危險的海人和水夫們正
爲他們辛勞的工作,真是可悲!

　　人民用血汗苦養上層社會已是不公平現象,但宮苑之禁衛軍,仗
勢欺人,濫殺人民,卻因上級官官相護,將功折罪。此種草菅人命之
行事態度,令人氣憤!〈羽林行〉詩云:

> 長安惡少出名字,樓下劫商樓上醉,天明下直明光宮,散
> 入五陵松柏中,百回殺人身合死,赦書尚有收城功,九衢
> 一日消息定,鄉吏籍中重改姓,出來依舊屬羽林,立在殿
> 前射飛禽。

「羽林」,指皇宮禁衛軍。顏師古曰:「羽林,宿衛之官,言其如羽
之疾,如林之多。一說羽所以爲主者羽翼也。」,〔註22〕「樓下劫商

〔註21〕《歷代詩話》,頁 605。
〔註22〕參《樂府詩集》,頁 909。

樓上醉」、「百回殺人身合死」兩句揭發其強劫商人以及殺人之罪行。末兩句寫他們若無其事，依舊在殿前射飛禽。明人周敬《唐詩選脈會通評林》曰：「周珽曰：敘述惡少放縱恣肆行徑，蓋有所指而作也。劉後村評此詩『可與韋蘇州〈逢楊開府〉篇同看』，可知當年托跡羽林，憑借寵靈橫行可惡。」〔註23〕韋蘇州〈逢楊開府〉云：「少事武皇帝，無賴恃恩私。身作里中橫，家藏亡命兒。朝持樗蒲局，暮竊東鄰姬。司隸不敢捕，立在白玉墀。」〔註24〕寫皇帝身旁的走狗，狐假虎威，爲非作歹。與王建此詩，同寫一事，皆揭露統治階層之盲目無能。

　　而〈失釵怨〉反映當時社會貧富不均之現象。其云：

> 貧女銅釵惜於玉，失卻來尋一日哭，嫁時女伴與作妝，頭戴此釵如鳳凰，雙杯行酒六親喜，我家新婦宜拜堂，鏡中乍無失鬢樣，初起猶疑在床上，高樓翠鈿飄舞塵，明日從頭一遍新。

此詩可分二部分來理解。前八句寫貧女惜釵如命，而末兩句則寫富女對釵之不惜，兩女對釵的珍惜程度，形成強烈對比。貧家婦女只有銅釵戴，甚至連銅釵也戴不上，因此失掉一隻銅釵就心痛惶惶，富家歌女戴的是翠玉裝飾的釵鈿，這些金銀首飾在歌舞中飄落了，她們也毫不可惜，因爲第二天又可以重新換上一頭新裝飾。〔註25〕

　　王建還利用懷古題材來作諷諭，如〈樓前〉、〈曉望華清宮〉、〈溫泉宮行〉、〈過綺岫宮〉等詩。先看〈樓前〉：

> 天寶年前勤政樓，每年三日作千秋，飛龍老馬曾教舞，聞著音聲總舉頭。

首二句見《新唐書‧禮樂志》卷22所載：「玄宗又嘗以馬百匹……每千秋節，舞於勤政樓下，後賜宴設酺，亦會勤政樓。」〔註26〕後二句

〔註23〕參《唐詩彙評》，頁1528。
〔註24〕參《全唐詩》六冊，頁1955。
〔註25〕見《唐代民俗與民俗詩》，頁144。
〔註26〕《新唐書》，頁477。

則謂飛龍老馬昔年曾教習舞蹈，故聞樂聲輒欲舉頭起舞。此詩乃王建
借玄宗之驕侈佚樂，以諷諭今之聖上。還有一首是借玄宗生前死後溫
泉宮的情況變化，以寄諷諭之意。如〈溫泉宮行〉：

> 十月一日天子來，青繩御路無塵埃，宮前內裏湯各別，每箇
> 白玉芙蓉開，朝元閣向山上起，城繞青山龍暖水，夜開金殿
> 看星河，宮女知更月明裏，武皇得仙王母去，山雞畫鳴宮中
> 樹，溫泉決決出宮流，宮使年年修玉樓，禁兵去盡無射獵，
> 日西麋鹿登城頭，梨園弟子偷曲譜，頭白人間教歌舞。

據宋人程大昌《雍錄》：「驪山溫湯，後周宇文擴所造，隋文帝又修屋
宇，並植松柏樹千株。唐貞觀十八年營建宮殿，御賜名湯泉宮。開元
十一年，玄宗幸驪山，作溫泉宮，天寶六載，<u>更溫泉宮曰華清宮</u>。」
說明溫泉宮即華清宮。首聯點明玄宗幸溫泉宮之日期，次二句寫沐浴
時之情況，暗指溫泉宮太廣闊華貴。接著寫閣建得很高，城繞得很廣。
「夜開」二句說明宮殿修建得極高。接下來的「武皇」，是指玄宗。
謂玄宗已仙逝，而宮中冷落無人，已剩山雞徒自在樹上鳴叫。「溫泉」
以下四句，亦形容此地之荒涼景象，結二句則寫玄宗盛極一時之梨園
子弟，竟然把宮廷曲譜偷到民間去，以教歌舞爲生，實指出他們生活
之悽慘。諷刺玄宗生前之淫侈，仙逝後，也無法帶走人間之一切享受。
亦有皇帝幻想長生以永遠保有富貴名利，〈曉望華清宮〉則是諷刺皇
上追求不實的長生之說。其云：

> 曉來樓閣更鮮明，日出闌干見鹿行，武帝自知身不死，看
> 修玉殿號長生。

以人民膏脂大修長生殿，自以爲能長生享樂，反諷之意已明。又有譏
諷皇帝生前安居華服之生活，如今卻江山依舊，人事已非。如〈過綺
岫宮〉：

> 玉樓傾倒粉牆空，重疊青山遠故宮，武帝去來羅袖盡，野
> 花黃蝶領春風。

末兩句說明武帝已仙逝而宮女也不在，只剩野花黃蝶在故宮飛舞。虛
指漢武帝，實諷中唐皇帝之淫侈。

第三節　王建詩之生活情調

　　王建雖然家居簡陋，但生活純樸好客。如〈田家留客〉所云：

　　　　人家少能留我屋，客有新漿馬有粟，遠行僮僕應苦飢，新
　　　　婦廚中炊欲熟，不嫌田家破門戶，蠶房新泥無風土，行人
　　　　但飲莫畏貧，明府上來何苦辛，丁寧回語屋中妻，有客勿
　　　　令兒夜啼，雙塚直西有縣路，我教丁男送君去。

全詩讀來，幾爲口語，平白如話，淺顯易懂。明人鍾惺《唐詩歸》評
曰：「似直述田父口中語，不添一字。」〔註27〕雖然「田家破門戶」，
王建依然殷懃招呼來客，「行人但飲莫畏貧」，他體會人客趕路艱辛，
「明府上來何苦辛」，所以吩咐妻子安撫小兒，勿夜啼擾人。末聯更
表達王建之待客周到，知道人客對這裏路況不熟悉，因此叫小兒送人
客離開。《歷代詩話》評得好：「殷勤周到，曲盡款洽。」　〔註28〕

　　王建對花很感興趣，尤其是牡丹花。如〈題所賃宅牡丹花〉所
云：

　　　　賃宅得花饒，初開恐是妖，粉光深紫膩，肉色退紅嬌，且
　　　　願風留著，惟愁日炙燋，可憐零落蕊，收取作香燒。

牡丹花是富貴的象徵，唐人甚愛牡丹花是不爭的事實。王建在自宅前
種牡丹花，可見其對牡丹花之熱愛程度。此詩對牡丹花的外在姿態，
刻畫入微，令人激賞。他把牡丹花的生長過程寫得很細緻。牡丹花初
開姿態是妖嬌迷人。綻放時，紫色中帶點光亮，用「粉」「膩」二字，
訴諸觸覺，使牡丹花的生命力更加飽滿。「肉色退紅嬌」寫其色彩深
淺變化，其嬌態仍讓人難忘，退紅即粉紅色。最後則寫牡丹花凋落後，
又可作焚香的材料，有其特殊之實用價值。陸游《老學庵筆記》評末
兩句云：「可憐零落蕊，收取作香燒。」雖工而格卑。東坡用其意云：
『未忍污泥沙，牛酥煎落蕊。』超然不同矣。」　〔註29〕又如〈同于汝

〔註27〕參《續修四庫全書・1590冊》，據明嘉靖刻本影印，上海古籍出版社。
〔註28〕參《唐詩彙評》，頁1522。
〔註29〕〔宋〕陸游撰，《老學庵筆記》，北京：中華書局，1979年11月，頁
　　　　130。

錫賞白牡丹〉：

> 曉日花初吐，春寒白未凝，月光栽不得，蘇合點難勝，柔
> 膩於雲葉，新鮮掩鶴膚，統心黃倒暈，側莖紫重稜，乍斂
> 看如睡，初開問欲，並香幽蕙死，比豔美人憎，價數千金
> 貴，形相兩眼疼，自知顏色好，愁被彩光凌。

獨賞與共賞，情趣各有不同。此詩是王建與好友于汝錫共賞白牡丹，
對於牡丹花之開合有更細膩的著筆。首兩句寫花初開時，具有嫩白之
美。「乍斂」以下四句，又著意於開合之間的美態，連蕙草都比不過
牡丹之香，美人也鬥不過牡丹之豔。

再如〈賞牡丹〉所云：

> 此花名價別，開豔益皇都，香遍苓菱死，紅燒躑躅枯，軟
> 光籠細脈，妖色暖鮮膚，滿蕊攢黃粉，含稜縷絳蘇，好和
> 薰御服，堪畫入宮圖，晚態愁新婦，殘妝望病夫，教人知
> 箇數，留客賞斯須，一夜輕風起，千金買亦無。

首二句點明牡丹花之豔名，享譽皇都長安。接著寫其外觀妖色和香氣
襲人，再敘其「薰御服」和「入宮圖」之功用，結句寫牡丹具有千金
之昂貴價值。又如〈人家看花〉所云：

> 年少狂疏逐君馬，去來憔悴到京華，恨無閒地栽仙藥，長
> 傍人家看好花。

「好花」似指牡丹花，王建稱之為「仙藥」，只是王建在長安遺憾無
閒地栽種。他耕田種花都在山居期間。除了牡丹花之外，他也喜歡
石楠花。如〈于主簿廳看花〉：

> 小葉稠枝粉壓摧，暖風吹動鶴翎開，若無別事為留滯，應
> 便拋家宿看來。
> 留得行人忘卻歸，雨中須是石楠枝，明朝獨上銅臺路，容
> 見花開少許時。

此首寫於友人家賞石楠花之情況。「應便拋家宿看來」，由拋家賞花之
舉，可看出他對石楠花之熱愛程度。「容見花開少許時」更可看出他
對花開之殷切期待。王建不僅懂得賞花，也惜花。如〈山中惜花〉：

忽看花漸稀，罪過酒醒時，尋覓風來處，驚張夜落時，遊
絲纏故蕊，宿夜守空枝，開取當軒地，年年樹底期。

風吹落花，使王建心生憐惜。「宿夜守空枝」，整夜守著空枝，他以具
體行爲表現惜花之情。

　　喜歡花之外，王建又愛旅遊，如〈初冬旅遊〉所云：

遠投人宿趁房遲，僮僕傷寒馬亦飢，爲客悠悠十月盡，莊
頭栽竹已過時。

儘管在寒冷的初冬旅遊，會帶給僮僕和馬飢餓和生病，但仍不減王建
的興緻。由於興緻濃厚，故春季亦爲最佳休閒時光。〈長安春遊〉云：

騎馬傍閒坊，新衣著雨香，桃花紅粉醉，柳樹白雲狂，不
覺愁春去，何曾得日長，牡丹相次發，城裏又須忙。

旅途中欣賞桃花、柳樹及白雲等大自然美麗景象，不禁令人感到春愁
已去，經此短暫休閒後，「城裏又須忙」，馬上又得回到工作崗位。

　　旅遊勝地中，又獨好佛寺之探訪。如〈七泉寺上方〉所云：

長年好名山，本性今得從，迴自塵蹟遙，稍見麋鹿蹤，老
僧雲中居，石門青重重，陰泉養成龜，古壁飛卻龍，掃石
禮新經，懸幡上高峰，日夕猿鳥合，覓食聽山鐘，將火尋
遠泉，煮茶傍寒松，晚隨收藥人，便宿南澗中，晨起衝露
行，濕花枝茸茸，歸依向禪師，願作香火翁。

七泉寺在名山之內，王建此次拜訪，對於山寺周圍清幽仙境，相當嚮
往。「石門」以下八句，寫陰泉、古壁，又寫猿鳥合、聽山鐘，一片
祥和，與世無爭。拿火把探尋遠泉和松旁煮茶，天晚則宿南澗中，眞
愜意隨性！因此才有「歸依向禪師，願作香火翁」之念頭。又如〈酬
柏侍御聞與韋處士遊靈臺寺見寄〉，與韋處士同遊靈臺寺之清興雅
趣，表露無遺。

西城傳中說，靈臺屬雍州，有泉皆聖蹟，有石皆佛頭，所
出蘆葍香，外國俗來求，毒蛇護其下，樵者不可偷，古碑
在雲巔，備載置寺由，魏家移下來，後人始增脩，近與韋
處士，愛此山之幽，各自具所須，竹籠盛茶甌，牽馬過危

棧，襃衣涉奔流，草開平路盡，林下大石稠，過廓轉經峰，
忽見東西樓，瀑布當寺門，迸落衣裳秋，石苔鋪紫花，溪
葉裁碧油，松根載殿高，飄颻仙山浮，縣中賢大夫，一月
前此遊，賽神得雨，豈暇多停留，二十韻新詩，遠寄尋山
儔，清冷玉澗泣，冷切石磬愁，君名高難閑，余身愚終休，
相將長無因，從今生離憂。

「近與韋處士」以下十二句，即是寫遊靈臺寺之脫俗環境，有泉、有
石、毒蛇、古碑。接著寫與韋處士共愛此幽山，一同登遊之情況。「牽
馬過危棧，襃衣涉奔流」，登山途中有危棧和奔流之驚險過程。「過廓
轉經峰」以下八句，寫他們到達靈臺寺之所見，有瀑布、石苔、紫花、
溪葉和松根。「二十韻新詩」以下，王建把登山心情與柏侍御分享。

最能突出王建對於山林有相當的偏愛，莫過於他的親身隱居山
林。〈送薛蔓應舉〉云：「願君勤作書，與我山中鄰。」寫王建希望友
人能多充實自己，將來可與山中之友爲伴。再如〈山居〉：「屋在瀑泉
西，茅簷下有溪。」描述住屋山中的環境。〈醉後憶山中故人〉：「暗
想山中伴，如今盡白頭。」寫山中好友之懷念。由於愛山之緣故，所
居以望山爲最佳方位。〈新開望山處〉：「新開望山處，今朝減病眠」
似乎近山的好處之一，可以治病。〈原上新居十三首〉：「牆下當官路，
依山補竹籬」、「長愛當山立，黃昏不閉門」以及「住處去山近，傍園
糜鹿行」諸句，皆體現出山居之樂趣。〈昭應官舍〉：「癡頑終日羨人
閑，卻喜因官得近山」；〈秋日後〉：「住處近山常足雨，聞晴煞曝舊芳
茵」；〈七泉寺上方〉：「長年好名山，本性今得從」，在在顯示王建對
山之特殊情感。

王建對於水也有一分濃烈的親近。如〈泛水曲〉：「載酒入煙浦，
方舟泛綠波，子酌我復飲，子飲我還歌」，多麼詩情畫意！他接著說：
「茲歡良可貴，誰復更來過？」可見此佳處少人來過。又如〈南澗〉：
「愛此南澗頭，終日潺湲裏。」（卷四，頁36）直接表達對溪水美音
的陶醉。論語云：「仁者樂山，智者樂水。」王建可謂兼而有之。

　　王建對生活具有一份真誠投入，他好客，人情味濃厚，喜愛大自然之生命，如花、山水，對寺廟之巡禮，更是熱愛。

　　綜上所論述，我們不難發現從詩中所展示「歌詠夫子門」、「長年好名山」的儒道思想之外，還有「會當戎事息」的反戰思想。再者，王建關心民瘼，以典型的人物，特殊的事件，諷諭上層社會的享受無度，以皇宮和下層社會之生活對照，體現出王建詩之諷諭精神，具有深刻的現實意義。最後則敘述其生活情調，使我們更能掌握王建之生命特質。

第五章　王建詩內涵之探究（二）

第一節　王建詩之婦女關懷

　　中國自古以來，在宗法制度的約束下，女子一生下來的地位就注定在男子之下。《詩經・小雅・斯干》云：「乃生男子，載寢之床，載衣之裳，載弄之璋。」是說只要一生男子，就把他放在床上，讓他玩玩玉器，表示尊貴之義。又云：「乃生女子，載寢之地，載衣之裼，載弄之瓦。」〔註1〕說明若生女子，置之地上，使其弄瓦，以示其卑。此種男尊女卑之觀念一直影響到現在。在唐以前的詩人很少從客觀的角度，爲女性發言。即使有，也只是少數，一直要到王建才有大量的同情女性之作。《中國古代文學史長編》就提及：「王建的婦女題材詩數量多，且以描摹婦女心理，反映婦織作見長。」〔註2〕所以本節即要深入探討他對婦女生活之關注程度。

一、禁苑宮女之哀歌

　　王建宮詞百首中，有寫宮女歡樂時光者，如：「暫向玉花階上坐，

〔註1〕二段引文皆見李學勤主編《十三經注疏・毛詩正義》中，頁689～691，北京：北京大學出版社，1999年1月。

〔註2〕參郭預衡主編《中國古代文學史長編——隋唐五代卷》，頁381。

簸錢贏得兩三籌」，那是宮女在無聊時所玩的一些遊戲解悶，此時她們有短暫放鬆。不過，王建〈宮詞〉多數還是著意於宮女普遍哀怨之情感。〈宮人斜〉云：「未央牆西青草路，宮人斜裏紅妝墓，一邊載出一邊來，更衣不減尋常數。」宮人斜是指宮女的墳墓。「一邊載出」說明宮人老死宮中而葬在未央牆西，而「一邊來」則寫後宮再補入新的宮女。「一邊來」？到底宮女是從那邊來的呢？是從民間搶來。怪不得劉永濟輯注《唐人絕句精華》稱此詩云：「此詩三、四句譏諷之意甚明。」〔註3〕「更衣」指宮女爲皇帝更衣之勞務，結二句譏諷統治階級之享樂無道。元稹〈上陽白髮人〉提到「花鳥使」到民間強搶民女的蠻橫行爲。其云：

> 天寶年中花鳥使，〔註4〕撩花狎鳥含春思。滿懷墨詔求嬪御，走上高樓半酣醉。醉酣直入卿士家，閨闈不得偷迴避。良人顧妾心死別，小女呼爺血垂淚。十中有一得更衣，永配深宮作宮婢。(《全唐詩》卷四百一十九，頁4615)

奉皇帝的御旨到民間索求嬪妃的花鳥使，竟在醉酣之中進入卿士家強搶婦女，「良人顧妾心死別，小女呼爺血垂淚」二句，言婦女親屬是百般地不願意，因爲進入宮中當宮婢之後，不僅只有十分之一的機會才能爲皇上更衣，而且最後大都老死在宮中。誠如白居易〈上陽白髮人〉所云：「玄宗末歲初選入，入時十六今六十。同時採擇百餘人，零落年深殘此身。」(《全唐詩》卷四百二十六，頁4692)，當初進入宮中時，正值豆蔻年華，而如今卻年老色衰，而且還零落孤單。

　　而皇宮中的宮女有多少人呢？據中唐憲宗，翰林學士李絳〈李相國論事集〉所云：「後宮之中，人數不少。離別之苦，頗感人心」〔註5〕文中未提到明確的統計數字。而白居易〈長恨歌〉亦云：「後宮佳麗三千人，三千寵愛在一身。」(《全唐詩》卷435，頁4820)，

〔註3〕參《唐詩彙評》，頁1535。
〔註4〕全唐詩本句下有注曰：「天寶中，密號采取豔異者爲花鳥使。」
〔註5〕李絳〈李相國論事集〉，《叢書集成初編》卷4，頁27。

則明確指出宮女三千的數字。又《新唐書・卷二百七・宦官列傳・序》曰：「開元、天寶中，宮嬪大率至四萬。」〔註6〕雖是盛唐時期的宮女數目，然亦可作為中唐宮女人數之參考，均言其多。而後宮那麼多的宮女要如何服侍唯一的皇帝呢？可想而知，皇宮中的宮女們自然有爭寵、得寵和失寵的戲碼上演，而王建用詩歌把她們的深層心理勾勒出來。

（一）先看爭寵

> 春風吹雨灑（一作曲信）旗（一作旌）竿，得出（一作自得）深宮不怕寒。誇道自家能走（一作上）馬，團（一作圍）中橫過覓人看。（之三十二）

「誇道自家能走（一作上）馬」是說宮女們自誇擅長騎馬之術。若有一騎之長，必得皇上喜寵。若再精通射獵之術，更能獲得賞賜。如「射生宮女宿紅妝，請得弓新各自張，臨上馬時齊賜酒，男兒跪拜謝君王。」宋人胡仔《苕溪漁隱叢話》後集卷十四考證末句云：「後周制，令宮人庭拜為男子拜。」〔註7〕射獵宮女在受到皇帝的賜酒之後，以男兒跪拜之禮感謝君王之賜，而各自展開其射獵之術。騎馬射箭只是爭寵手段的其中一種技能而已，若能以歌舞取得皇上喜愛，亦為樂事。如以下四首：

> 自誇（一作知）歌舞勝諸人，恨未承恩（一作邀勒君王）出內頻。連夜（一作奉敕）宮中修別（一作理）院，地衣簾額一時新。（之三十九）

> 玉蟬（一作錢）金雀（一作掌）三層插，翠髻高叢（一作鬟）綠鬢虛。舞處春風吹落地，歸來（一作當時）別賜一頭梳。（之六十一）

> 教遍宮娥唱遍（一作盡）詞，暗中頭白沒人知。樓中日日歌聲好，不問從初學阿誰。（之八十二）

〔註6〕《新唐書》，頁5856。
〔註7〕〔宋〕胡仔《苕溪漁隱叢話》，頁105。

> 小隨阿姊（一作不隨阿妹）學吹笙，見好（一作好見）君
> 王賜（一作乞）與（一作乞賜）名。夜拂玉床朝把鏡，黃
> 金殿外（一作階下）不教行。（之六十九）

宮女們勤學歌舞，無非是欲得皇上之「別賜一頭梳」。為了避免「恨未承恩」，所以才「小隨阿姊學吹笙」。「見好君王賜與名」寫宮女們學唱之目的即要得到君王之賞賜名份。再看宮女用心競彈樂器之賣力情況。詩云：

> 紅蠻捍撥貼（一作帖）胸前，移坐當頭近御筵。用力獨彈
> 金殿響，鳳皇飛下（一作出）四條弦。（之三十一）

「紅蠻捍撥」，指西域所製捍撥。捍撥，謂護撥之飾物。三四句寫宮女表現特殊琴藝，彈出優美動聽的鳳凰曲子。也有宮女為皇帝的生日預寫聖誕賀詞，用的是唐宮中昂貴的金花紙書寫，可見她們的用心。其詩云：

> 聖人生日明朝是，私地教人（一作先須）囑內監。自寫金
> 花紅牓子，前頭先進（一作在前進上）鳳皇衫。（之五十八）

而繪書技巧良佳之宮女亦可得到皇上注意。如以下兩首：

> 移來女樂部頭邊，新賜花檀木（一作大）五弦。纏得紅羅
> 手帕子，中（一作當）心細（一作香，一作更）畫一雙蟬。
> （之四十六）

> 宛轉黃金白柄長，青荷葉子畫鴛鴦。把來不是呈新樣，欲
> 進微風到御床。（之九十五）

在紅羅手帕當中畫一雙蟬是多麼不易，尤其著一「細」字，更可見畫工技巧之高超細膩。同理，在荷葉上畫鴛鴦需克服其運筆之力道均勻分配，「欲進微風到御床」，無非是想引起皇上的青睞。即使得寵之後的宮女，又是如何呢？

（二）再看得寵

> 一時起立吹簫管，得寵人來滿殿迎。整頓衣裳皆著卻（一
> 作節），舞頭當拍第三聲。（之二十七）

得寵宮女當然頂著勝利光環，受到文武百官在皇殿列隊歡迎，那種得

意驕態，眞不可言喻。雖如此高貴，但她仍處於不安狀態；因爲「聞有美人新進入（一作入內），六宮未見一時愁」，只要有美人剛被推選入宮，她的危機感便與日俱增。因年老色衰之日，終究會到來。她由剛失寵的前輩遭遇，即可推知未來的冷落命運，詩云：

> 魚藻宮（一作池）中鎖翠娥，先皇行處不曾過。如今池底
> 休鋪錦，菱角雞頭積漸多。（之十七）

據宋人王應麟《玉海》所云：「禁苑池中有山，山上建魚藻宮，在大明宮北。」〔註8〕說明在池底鋪錦，經由日光折射水面，其光豔奪人，可供皇上和宮女觀賞之用。得寵的宮女，常得皇帝臨幸陪伴。但如今有新進美人受寵愛，故於池底鋪錦，已成餘事，在懶於整理的情況下，池底之菱角雞頭就越積越多了。患得患失之心理，在「欲迎天子看花去，下得金階卻悔行。恐見失恩人舊院，回來（一作頭）憶著五弦聲」更是表露無遺。雖然此時能有陪君王賞花的機會，但內心驚恐目睹失恩人的淒涼舊院，因爲隨時也即將成爲下個失恩人。誠如李商隱〈宮辭〉：「君恩如水向東流，得寵憂移失寵愁」（《全唐詩》卷539，頁6181），寫宮嬪爲固寵而費盡心機，也可看出君王之喜怒無常。

（三）再看失寵

宮女若未承受皇上恩澤，情感就會轉移到外頭的故鄉。因爲人一受到委屈，能無怨無悔的關懷，也只有自個兒的家人。詩云：

> 未承恩澤一家愁，乍到宮中憶外頭。求守（一作首）管弦聲
> 款逐（一作新學管弦聲尚澀），側商調裏唱伊州。（之五十五）

「伊州」，唐曲名。胡震亨《唐音癸籤》卷十三：「伊州，商調大曲，前五疊，入破五疊，開元中西涼節度使蓋嘉運進。」〔註9〕是一種怨調。剛到宮中就受到冷落的待遇，哀愁之悲，無處可訴，自然會想起熟悉的故鄉。因爲家人關愛是無私，沒有目的，是出於眞心。而皇帝

〔註8〕〔宋〕王應麟撰《玉海》第六冊，「唐魚藻宮」條，頁2989，台灣華文書局，民國56年。

〔註9〕胡震亨《唐音癸籤》，頁203。

之寵溺，是短暫，像人的玩具，把玩後，棄之仍無可惜。來到皇宮，猶如煉獄，怨情難洩，唯有一曲歌，聊可解悶，所以「側商調裏唱伊州」。側商調是一種哀怨之曲調。據沈括《夢溪筆談》卷五所云：

> 古樂有三調聲，謂清調、平調、側調也。王建詩云：「側商調里唱伊州」是也。今樂部中有三調樂，品皆短小，其聲嗷殺，唯道調小石法曲用之。〔註10〕

其聲嗷殺，即是哀音，末句可見宮女內心悲愁之滋味。

失寵的結果之一，可能是生病。詩云：

> 御廚不食索時新，每見花開即苦（一作是）春。白日臥多嬌似病，隔簾教喚女醫人。（之四十三）

失寵宮女無緣和皇上賞花遊樂，整天臥睡度日，生病了，無人關心，只好獨自教喚女醫人。宮女看見花開，應有喜樂之情，但如今卻「苦春」，其內心之鬱卒，不難看出。失寵宮女若閒得慌，也算另一種寵溺，怕只怕三更半夜還要服勞役，爲皇帝熨御衣。詩云：

> 每夜停燈熨御衣，銀熏籠底火霏霏（一作微微）。遙聽帳裏君王覺，上直鐘聲（一作上番聲鐘）始得歸。（之三十五）

若是臨時叫喚，尚屬合理。然宮女是每夜每夜輪班服侍君王，前一班宮女要等到下班鐘聲響起，才能回去休息。人身自由失去了，還開心得起來嗎？

王建還特別注意宮女的幽閉心理之呈現，如：

> 宮人早起（一作拍手）笑相呼，不識階（一作庭）前掃地夫。乞與金錢爭借問，外頭還似此間無。（之六十八）

她們從少女入宮，可能一生都要幽閉在這裏，所以對於外頭的世界相當好奇和嚮往，「爭借問」可看出宮女尚存人身自由之奢望。黃叔燦《唐詩箋注》云：「一入宮中，內外隔絕，驚呼借問，情事宛然。」〔註11〕而幽閉期間，有些宮女無事可做，竟無聊地在樹邊尋覓落花。如：

> 樹頭樹底覓殘紅，一片西飛一片東。自是桃花貪結子，錯

〔註10〕參〈王建〈宮詞〉札逐〉，頁383。

〔註11〕參《千首唐人絕句》，頁511。

　　教人恨五更風。（之八十九）

首二句表面雖寫宮女之覓撿落花，但含意深婉。趙蕃《注解選唐詩》
解此詩云：「說到落花，氣象便蕭索。獨有此詩『自是桃花貪結子，錯
教人恨五更風』從落花說歸『結子』，便有生意。此四句詩解者不一，
多是就宮嬪顏色上說，可以意會。前二句喻其華落色衰也。」〔註12〕
黃生《唐詩摘鈔》亦解曰：「語兼比興，宮人必有先幸而後棄者，故用
此體影其事。」〔註13〕抒吐宮人因年老色衰而失寵之哀怨。幽閉一久，
宮人心理竟嚮往道觀生活，詩云：

　　私縫黃帔（一作同黃縫校）捨釵梳，欲得金仙觀裏（一作
　　內）居。近被君王（一作天恩）知識字，收來案上檢文書。

　　（之五十三）

「黃帔」，女道士服裝，「捨釵梳」，不復妝飾。首二句寫宮女失寵後，
欲往道觀居住。言外正見淒涼寂寞之道觀生活，猶勝禁閉宮中。〔註14〕
全詩雖無一怨字，然可見其怨之深矣。

　　白居易〈後宮詞〉即概括描述了宮女爭寵後的悲慘命運，其云：
「雨露由來一點恩，爭能遍布及千門？三千宮女胭脂面，幾個春來
無淚痕？」三千宮女爭一點恩，猶如投考國家考試，報名人數三千
人，但名額僅幾人。少家歡樂多家愁之悲哀，失寵之滋味，可不好
受！

　　王建還關心宮女生理之細節，詩云：

　　御池（一作波）水色春來好，處處分流白玉渠，密奏君王
　　知（一作和）入月（一作用），喚人相伴洗裙裾。（之四十五）

「入月」是指女子一個月的生理反應，此為女子私密之事，故需「密」
奏君王。據胡震亨在《唐音癸籤》卷十九《詁箋》四解釋「入月」說：
《黃帝內經》：「月事以時下，謂天癸也。」《史記》：「程姬有所避，
不願進。」注：「天子諸侯群妾，以次進御，有月事者止不御，更不

─────────────

〔註12〕見《唐詩彙評》，頁1538。
〔註13〕見《唐詩彙評》，頁1538。
〔註14〕見《千首唐人絕句》，頁511。

口說，以丹注面目，的的爲識，令女史見之。」王建《宮詞》：「密奏
君王知人月，喚人相伴洗裙裾。」語雖情致，但天家何至自洗裙裾？
密奏云云，更不諳丹的故事矣。說明古時女子若月事來潮時，在面目
間塗丹，以示皇帝。

二、民間婦女之苦怨

　　除了宮女的悲怨外，王建也很關心民間婦女之苦悲。她們有三種
苦怨：工作之苦、思夫之悲和遭棄之怨。〈當窗織〉、〈織錦曲〉和〈擣
衣曲〉三首詩是寫關於工作之苦的。〈當窗織〉描繪婦女織衣的苦況，
詩云：

> 歎息復歎息，園中有棗行人食，貧家女爲富家織，翁母隔
> 牆不得力，水寒手澀絲脆斷，續來續去心腸爛，草蟲促促
> 機下啼，兩日催成一匹半，輸官上頂有零落，姑未得衣身
> 不著，當窗卻羨青樓倡，十指不動衣盈箱。

起首四句，詩人以民歌中常用的「託物起興」手法開篇，謂自家所種
的棗子卻被行人所食，遙應「姑未得衣身不著」句，說明織婦所努力
的成果，全給上層官員，自己卻享受不到，而婆婆年事已高，只能眼
睜睜看著織婦孤單織衣，卻幫不上忙。「水寒」以下四句，在天寒的
氣候中，雙手凍澀，織衣的絲線也容易斷。織婦只能以機械動作地續
來續去，如果無壓力地織衣，倒還好，可是兩天要織到一匹半的程度，
加上織衣機下的草蟲不知婦人之疲苦，竟發出「促促」之聲催促著，
怎能不「心腸爛」呢？末四句則織婦苦到極點，竟興起羨慕青樓歌妓，
因爲她們不用織衣，大箱小籠就裝滿衣服。爲何會發出如此大的怨想
呢？還不是所織的衣料皆要輸送給官府。而自己呢？「姑未得衣身不
著」，沒有足夠的布料爲婆婆做衣裳。《批點唐音》云：「起四句有古
詞遺風。」〔註15〕頗有道理。而沈德潛《說詩晬語》卻說：「仲初〈當
窗織〉云：『當窗卻羨青樓倡，十指不動衣盈箱。』人既無志節，何

〔註15〕《唐詩彙評》，頁 1525。

至羨青樓倡耶？」〔註16〕此言失當。其實即因其不當羨而羨之，方見織婦悲憤之入骨。

〈織錦曲〉對織婦工作之苦有更細膩的描寫，詩云：

> 大女身為織錦戶，名在縣家供進簿，長頭起樣呈作官，聞道官家中苦難，回花側葉與人別，唯恐秋天絲線乾，紅纓葳蕤紫茸軟，蝶飛參差花宛轉，一梭聲盡重一梭，玉腕不停羅袖卷，窗中夜久睡髻偏，橫釵欲墮垂著肩，合衣臥時參沒後，停燈起在雞鳴前，一匹千金亦不賣，限日未成官裏怪，錦江水涸貢轉多，宮中盡著單絲羅，莫言山積無盡日，百尺高樓一曲歌。

「一梭聲盡重一梭」以下六句，織婦纖白手腕一梭又一梭，來來回回不停地織衣，累了就在窗邊小睡片刻，睡時之狼狽樣，真令人心疼。髮髻偏歪，髮釵快要墮落在肩上。作工一直到三更半夜才能暫時合眼休憩；在雞鳴前，又要起身繼續趕工。為何要如此趕工呢？「限日未成官裏怪」，如果未按期限完成工作，官府是會責怪的。織衣的苦是心不甘情不願，而擣衣之苦卻是心甘情願，因她是為心愛的郎君而苦，此等苦算是痛快。如〈擣衣曲〉詩云：

> 月明中庭擣衣石，掩帷下堂來擣帛，婦姑相對神力生，雙揎白腕調杵聲，高樓敲玉節會成，家家不睡皆起聽，秋天丁丁復凍凍，玉釵低昂衣帶動，夜深月落冷如刀，溼著一雙纖手痛，回編易裂看生熟，鴛鴦紋成水波曲，重燒熨斗帖兩頭，與郎裁作迎寒裘。

「婦姑相對神力生」，明白指出對所愛的人付出是一種幸福，當婆媳二人一起擣衣時，自然會產生無形的神力，再怎麼苦也是值得。「秋天丁丁復凍凍」，寫擣衣時所發出「丁丁」、「凍凍」不同聲響。此種聲響，或許有助於消除疲累，一種音樂的調和作用。真正的苦是「夜深月落冷如刀，溼著一雙纖手痛」，在天寒的深夜擣衣，水冷如刀，手痛如刀割。只要想著與郎君甜蜜的樣子，「鴛鴦紋成水波曲」、「與

〔註16〕《清詩話》，頁 538。

郎裁作迎寒裘」，自然忘記苦痛。

　　婦女工作之苦，必有很多辛酸委屈，欲向其夫哭訴。但丈夫或因從商、或因從軍而長年未歸，婦女自然興起思夫之悲悽。〈望夫石〉、〈秋夜曲〉、〈思遠人〉和〈遠將歸〉等四首，皆敘寫婦女思夫之情悲。〈望夫石〉歌頌痴情婦女對感情之堅貞不渝，詩云：

　　　　望夫處，江悠悠，化爲石，不回頭，上頭日日風復雨，行
　　　　人歸來石應語。

宋人吳开《優古堂詩話》云：「黃叔達，魯直弟也。以顧況爲第一，云：『山頭日日風和雨，行人歸來石應語』，語意皆工。……予家有《王建集》，載〈望夫石〉詩，乃知非況作。」〔註17〕說明此詩「語意皆工」，是爲佳作，黃叔達雖誤此詩爲顧況所作，而以此詩爲第一，然不減其價值。其意爲何？寫一鍾情婦女立於石上，因思念其夫久未歸，而化成石頭。即使是風風雨雨的惡劣氣候，她仍無悔地等待，只盼夫君回來，女石才會開口。故其意爲工；其語又如何？《歷代詩評注讀本》云：「總是海枯石爛而情不滅之意，雖寥寥二十餘字，卻極頓挫有致。王堯衢曰：『此篇用三字起，而以七字終，短章促節，猶詩餘中之三令也。』」〔註18〕只二十餘字，卻表達海枯石爛而情不滅之意。故語意皆工，誠非虛言。

　　思念從軍在外的丈夫，有〈秋夜曲〉和〈思遠人〉二首，詩云：

〈秋夜曲〉二首

　　　　天清漏長霜泊泊，蘭綠收榮桂膏涸，高樓雲鬟弄嬋娟，古
　　　　瑟暗斷秋蒐弦，玉關遙隔萬里道，金刀不剪雙淚泉，香囊
　　　　火死香氣少，向帷合眼何時曉，城烏作營啼野月，秦州少
　　　　婦生離別。

　　　　秋燈向壁掩洞房，良人此夜直明光，天河悠悠漏水長，南
　　　　樓北斗兩相當。

〔註17〕參《唐詩彙評》，頁1523。
〔註18〕參《唐詩彙評》，頁1523。

〈思遠人〉

　　妾思常懸懸，君行復綿綿，征途向何處，碧海與青天，歲
　　久自有念，誰令長在邊，少年若不歸，蘭室如黃泉。

「玉關遙隔萬里道」以下四句，懷念郎君遠在玉關從軍，因思極而落
淚，長夜漫漫，何時歸來？立意與二首之「天河悠悠漏水長」，思念
之苦相同。「少年若不歸，蘭室如黃泉」亦寫思君之悲痛，情眞意切，
令人感動。皇天不負苦心人，良人終有歸來之日，思婦之願已足。〈遠
將歸〉詩云：「但令在舍相對貧，不向天涯金遶身。」只要相聚在舍，
即使貧窮也值得。

　　婦女工作苦也好，思夫苦也罷，至少有夫可依靠，此等苦，尚有
安慰。如遭夫拋棄，那等苦，情何以堪啊！〈贈離曲〉、〈傷近者不見〉、
〈宮中調笑詞〉、〈去婦〉等四首寫關於婦女棄捐之怨。

　　男子之自由棄妻，不外三種原因：無子、色衰愛弛及男子富貴，
有勢力者迫之再娶。〔註19〕王建所寫的棄妻原因卻有所不同，〔註20〕
或因無來由，如〈贈離曲〉、〈傷近者不見〉；或因聽人閒語，如〈去
婦〉；或因失去利用價值，如〈宮中調笑〉。先看〈贈離曲〉所云：

　　合歡葉墮梧桐秋，鴛鴦背飛水分流，少年使我忽相棄，雌
　　號雄鳴夜悠悠，夜長月沒蟲切切，冷風入房燈焰滅，若知
　　中路各西東，彼此不忘同心結，收取頭邊蛟龍枕，留著箱
　　中雙維裳，我今焚卻舊房物，免使他人登爾床。

首二句以「合歡葉墮」和「鴛鴦背飛」比喻婦女已遭遺棄，什麼原因
呢？「少年使我忽相棄」，不說明遭棄原因，此最令人傷痛欲絕。〈傷
近者不見〉也寫同樣之旨。〔註21〕即使是說明原因，也難以接受。且

〔註19〕如曹丕〈出婦賦〉、顧況〈棄婦詞〉、戴叔倫〈去婦怨〉等詩，見陳
　　　　平原著《中國婦女生活史》，頁6～12，北京：商務印書館，1998年
　　　　4月。
〔註20〕古代棄妻原因有所謂「七出」。請參《十三經注疏・儀禮》疏曰：「七
　　　　出者：『無子一也，淫佚二也，不事舅姑三也，口舌四也，盜竊五也，
　　　　妒忌六也，惡疾七也。』」
〔註21〕這首詩描寫人近心離，隔牆如隔天的痛苦之情。見《歷代情詩精華》，

看〈去婦〉：

> 新婦去年胼手足，衣不暇縫蠶廢簇，白頭使我憂家事，還
> 如夜裏燒殘燭，當初爲取傍人語，豈道如今自辛苦，在時
> 縱嫌織絹遲，有絲不上鄰家機。

一位新婦胼手胝足，辛苦地爲夫家付出，到頭來卻因婆婆聽人閒話，
竟遭休妻之惡運。如今婆婆悔不當初，因爲沒有媳婦幫她織絹做事。
還有一種不合理的休妻藉口，物化了妻子，當物品看待，等到沒有利
用價值，就休妻。〈宮中調笑〉之一，則用比興手法，暗喻夏天可用
於納涼的團扇，到秋天即可丟棄。其云：

> 團扇，團扇，美人並來遮面。玉顏憔悴三年，誰復商量管
> 弦？弦管，弦管，春草昭陽路斷。

此詩遮藏著美人的憔悴玉顏，既是寫實，也是象徵，更顯示出團扇與
閨怨的微妙關聯。〔註22〕團扇之象徵意涵來自於「常恐秋節到，涼飆
奪炎熱，棄捐篋笥中，恩情中道絕」〈疑爲東漢班婕妤〈怨歌行〉〉。
寫美人猶如團扇，一旦無利用價值時，即可拋棄。

三、女子才德藝能之頌揚

王建關懷婦女生活，不只寫宮女之怨，婦女之悲，還歌頌她們的
良德懿行。如〈宋氏五女〉詩云：

> 五女誓終養，貞孝內自持，兔絲自縈紆，不上青松枝，晨
> 昏在親傍，閒則讀書詩，自得聖人心，不因儒者知，少年
> 絕音華，貴絕父母詞，素釵垂兩鬢，短窄古時衣，行成聞
> 四方，徵詔環珮隨，同時入皇宮，聯影步玉墀，鄉中尚其
> 風，重爲脩茅茨，聖朝有良史，將此爲女師。（卷四）

王建在二十歲游貝州時，做此詩以讚頌宋氏五女。史書有記載她們的
事蹟。《舊唐書·后妃傳》云：「女學士、尚宮宋氏者，名若昭、貝州

頁 88。

〔註22〕見游適宏〈試論〈怨歌行〉〉，頁141，《中華學苑》第42期，81年3
月。

清陽人。父庭芬，世爲儒學，至庭芬有詞藻。生五女……長曰若莘，次曰若昭、若倫、若憲、若荀。……嘗白父母，誓不從人，願以藝學揚名顯親。……貞元四年，昭義節度使李抱眞表薦以聞，德宗俱召入宮，試以詩賦，兼問經史中大義，深加賞嘆。」〔註23〕說明宋氏五女，不嫁隨他人，贍富才華。德宗對其詩賦經史之內涵，深加折服。拿史書和此詩作一對照，詩義昭然若揭。起首四句寫宋氏五女之願與其他女子不同，誓不嫁人，欲奉養雙親到老。接著述其平日閒暇則「讀書詩」，後因「行成聞四方」，而徵詔入宮，接受表揚。末兩句譽其爲良史女師，可謂推崇備致。

他也讚揚當時有名的才女薛濤。〈寄蜀中薛濤校書〉詩云：

> 萬里橋邊女校書，枇杷花裏閉門居，掃眉才子知多少，管領春風總不如。

薛濤，據《唐才子傳》所言：「濤字洪度，成都樂妓也。性辨慧，調翰墨。……蜀人呼妓爲『校書』，自濤始也。」〔註24〕可知薛濤在當時是有名的樂妓，文才洋溢，受人尊爲「校書」。「掃眉才子」是王建欽佩薛濤爲「畫眉才女」，末句則稱揚其才華，無人能比。

除了寫靜態的德行外，王建也寫女子動態的體育活動。如〈尋橦歌〉所云：

> 人間百戲皆可學，尋橦不比諸餘樂，重梳短髻下金鈿，紅帽青巾各一邊，身輕足捷勝男子，繞竿四面爭先緣，習多倚附敧竿滑，上下蹁躚皆著襪，翻身垂頸欲落地，卻住把腰初似歇，大竿百夫擎不起，裊裊半在青雲裏，纖腰女兒不動容，戴行直舞一曲終，回頭但覺人眼見，矜難恐畏天無風，險中更險何曾失，山鼠懸頭猿挂膝，小垂一手當舞盤，斜慘雙蛾看落日，斯須改變曲解新，貴欲歡他平地人，散時滿面生顏色，行步依前無氣力。

〔註23〕詳參〔後晉〕劉昫等撰《舊唐書》，頁 2198，北京：中華書局，1997 年 3 月。

〔註24〕見傅璇琮《唐才子傳校箋》三冊，頁 106。

尋橦，亦名竿木、戴竿、頂干等。隋煬帝時，「二人戴竿，上有舞者，欻然騰過，左右易處」，十分驚險。〔註25〕五句「身輕足捷」以下至末句，寫女子爬竿過程中，配合舞曲，姿態敏捷，動作驚險之精彩畫面。她們在竿上爬上爬下，蹁躚而舞，尤以「翻身垂頸欲落地」倒掛金勾式之表演，眞叫人替她們捏一把冷汗。由於「習多」，常常練習，所以即使「險中更險」，她們又「何曾失」，那裏失誤過呢？「山鼠懸頭猿挂膝」，她們仍熟練地，像山鼠那樣翻身倒掛，像猿猴那樣以膝鈎竿。此種高難度的尋橦表演，讓男子看了，也自嘆不如！

又寫外籍歌妓之歌藝，如〈觀蠻妓〉所云：

> 欲說昭君斂翠蛾，清聲委曲怨于歌，誰家年少春風裏，拋與金錢唱好多。

蠻妓清亮而帶點哀怨的歌聲中，讓人聯想起昭君出塞之悲悽，自然又逼眞的唱調，感動了春風少年郎，紛紛拋與金錢，希望她們能再多唱幾曲。

王建就連特種行業的青樓女子也寫，如〈夜看揚州市〉詩云：

> 夜市千燈照碧雲，高樓紅袖客紛紛，如今不似時平日，猶自笙歌徹曉聞。

揚州爲南北交通樞紐，商貨雲集，因之歌樓舞榭亦極多，唐代詩人每豔稱之。天寶之亂，尤賴東南財富，支援西北。故中晚唐以後詩人如張祜有「人生只合揚州死，禪智山光好墓田」，徐凝有「天下三分明月夜，二分明月在揚州」之句。又如杜牧之「二十四橋明月夜，玉人何處教吹簫」、「春風十里揚州路，捲上珠簾總不如」、「十年一覺揚州夢，贏得青樓薄幸名」，尤傳誦人口之作。〔註26〕「夜市千燈照碧雲」是寫揚州夜晚浪漫炫麗之景象，而點綴此繁榮景象的主角是誰呢？是「高樓紅袖」，即青樓歌妓，〔註27〕所以招來「客紛紛」，尋歡客絡繹不絕。

〔註25〕詳見李斌城等著《隋唐五代社會生活史》，頁435，北京：中國社科院，1998年7月。

〔註26〕見《唐人絕句精華》，參自《唐詩彙評》，頁1535。

〔註27〕僅從『倡』和『伎』兩字本指專門表演歌舞的人，到『娼妓』一詞

王建關心婦女的層面相當廣泛，有宮女、有織婦、擣衣婦、外籍歌妓、青樓倡妓，寫她們的苦，幽閉苦、工作苦、思念苦和遭棄苦；也寫她們的德藝才能，無論歌藝、德才和體能，無所不包。在傳統男尊女卑的觀念裏，王建的大量關心婦女的詩作，是一種傳統「以男爲尊」思想上的突破，在文學史上有一定的地位。

第二節　王建詩之民俗面面觀

民俗是人類生活的風俗習慣，反映人類對自然、社會、家庭之間的行爲制約，經過歷史的積澱作用而成爲人與人之間的信仰活動。依其內容可分：婚姻習俗、生養習俗、喪葬習俗、商業與生產習俗、文藝遊戲習俗和飲食服飾習俗。〔註28〕本節將以民俗風情之角度考察，由其525首詩中做一巡禮，欲從詩作中具體發掘其特殊的美感與趣味。

一、宮廷遊藝之展示

（一）打　毬

打球古名蹴鞠，自古即有的游戲。劉向《別錄》云：「寒食蹴鞠，黃帝所造，以練武士，本兵勢也。或云起於戰國。」說明蹴鞠可能起於黃帝時，或戰國時期，打球最好的時機是在寒食。漢代和唐代的蹴鞠有所不同，在球體制作上，漢代之鞠爲實心，而唐代則充氣。《漢書・藝文志》注曰：「鞠以革爲之，實以毛。」說明漢代之鞠是用毛塡實的。《文獻通考》卷一四七云：「以胞爲里，噓氣閉而蹴之」說明唐代之鞠是充氣的球。其次，場地也相異。漢代打球窟室中，而至隋唐才有球場。〔註29〕還有一種擊鞠是於唐太宗時從西域傳來，名爲波

在宋元以後專指職業妓女這一詞義的轉化即可看出，娛樂性的歌舞常常被納入色情的服務。詳見康正果《風騷與豔情》，頁241，台北：雲龍出版社，1991年2月。
〔註28〕民俗分類是依惠西成編《中國民俗大觀》之目錄所分，廣州：廣東旅遊出版社，1997年7月。
〔註29〕考證部份，詳見尚秉和《歷代社會風俗事物考》，頁430，北京：中

羅毬，必須騎馬擊球。〔註30〕王建詩云：

> 殿前鋪設兩邊樓，寒食宮人步打毬。一半走來爭（一作齊）
> 跪拜，上棚先謝得頭籌。（之七十二）

宮人在寒食時節於殿前打毬，表演給皇帝觀賞。「步打毬」是用步行踢球，與騎馬擊球不同。後兩句則寫得勝隊伍，受到皇上獎賜。而宮女打毬是有禁忌的，如：

> 對御難爭第一籌，殿前不打背身毬。內人唱好龜茲急，天
> 子鞘（一作梢）回（一作龍輿）過玉樓。（之十四）

此禁忌就是「殿前不打背身毬」。背身毬，猶今日打網毬之反手抽擊。馬上反擊，自然搖曳生姿，倍增婀娜。殿前之所以不打背身毬者，亦以時地俱甚莊嚴，不容過爲輕盈耳。〔註31〕吳曾《能改齋漫錄》卷六〈事實〉解「打毬唱好」云：「唐楊巨源〈打球〉詩云：「入門百拜瞻雄勢，動地三軍唱好聲。」乃悟王建〈宮詞〉所謂「對御難爭第一籌，殿前不打背身球。內人唱好龜茲急，天子龍輿過玉樓。」〔註32〕又《封氏聞見記・打球》卷六：「開元、天寶中玄宗數御樓觀打球爲事。能者左縈右拂，盤旋宛轉，殊可觀。」〔註33〕記錄唐代打球之事。除了上述兩種打毬方式之外，宮中還有一種兩人對踢或兩隊對踢的「白打」游戲。如：

> 宿妝殘粉未明天，總立（一作在）昭陽花樹邊。寒食內人
> 長白打，庫中先散與金錢。（之八十）

在寒食清晨，宮人正進行白打的比賽，勝利者可獲金錢爲獎賞。

（二）射　生

射生是指射獵野獸。射生任務通常由武官擔任，而且是由男子擔任。《唐語林》卷五683條云：「玄宗命射生官射鮮鹿，取血煎鹿腸食

國書店，2001 年 1 月。
〔註30〕考證部份，詳見向達《唐代長安與西域文明》，頁 79～81，石家庄：河北教育出版社，2001 年 6 月。
〔註31〕見《唐代長安與西域文明》，頁 86。
〔註32〕吳曾《能改齋漫錄》，頁 153，台北：木鐸出版社，71 年 5 月初版。
〔註33〕〔唐〕封演《封氏聞見記》，頁 75，《叢書集成初編》本，北京：中華書局，1985 年。

之，賜安祿山、哥舒翰。」〔註34〕可見射生是射獵野獸。不過，宮女
有時也表演射生的技術，一點也不輸男子。詩云：

> 射生宮女宿紅妝，把（一作請）得新弓各自張。臨上馬時
> 齊賜酒，男兒跪拜謝君王。（之二十一）

「把（一作請）得新弓各自張」，宮女張弓，尤其是張開新弓比舊弓
更需花更大之力量，再加上「臨上馬時齊賜酒」，更見其英勇神武。
末句寫宮女們皆以男兒跪拜之禮，答謝君王。胡震亨《唐音癸籤》卷
十九《詁箋》四「男子拜」條云：「世謂婦人立拜，起于武后。其實
不然。周天元時，命內外命婦拜天臺，皆執笏俯伏如男子。可見以前
婦人無俯伏者，惟下手立拜耳。王建《宮詞》有云：『臨上馬時齊賜
酒，男兒跽拜謝君王。』知當時宮女不作男子拜矣。」〔註35〕

（三）競渡、釣魚

　　競渡是盛行於南方地區的賽龍舟活動，通常在五月初五進行，用
以紀念屈原。唐代宮廷中的競渡游戲，無論春日、秋天都可舉行。王建
詩中描寫的競渡戲，當即在魚藻宮前的魚藻池中進行的。〔註36〕詩云：

> 競渡船頭掉采旗，兩邊濺（一作泥）水溼羅衣。池東爭向
> 池西岸（一作去），先到先書上字歸。（之二十四）

宮女們邁力地划龍舟，不惜濺溼羅衣，爲的就是要「先到先書上字
歸」，展現旺盛的求勝心。「池東爭向池西岸」顯示宮女的團隊精神，
著一「爭」字，可看出對於競渡活動之投入。而在宮中，釣魚活動也
是一種休閒活動。詩云：

> 春池日暖少風波，花裏牽船水上歌。遙索劍南新樣錦，東
> 宮先釣（一作報）得魚多。（之二十九）

在宮裏頭釣魚，以春天日暖時爲宜，一邊釣魚，一邊唱歌，多麼詩意
啊！「劍南新樣錦」是指益州所出產的新式樣的錦。

〔註34〕《唐語林校證》，頁468。
〔註35〕胡震亨《唐音癸籤》，頁203～204。
〔註36〕參〈王建〈宮詞〉札迻〉，頁381。

（四）擲盧、籤錢

　　擲盧，古時賭博之戲，本名樗蒲，蒲即「博」，樗是臭椿樹，因樗蒲博具（馬、五木等）由樗木做成，故該博戲名樗蒲。玩時每人執六馬，以五木擲彩，頭彩爲盧，故又稱擲盧。此游戲盛行於魏晉時期，唐時已不很流行。〔註37〕王建詩有提到：

　　　　避暑（一作脱）昭陽（一作儀）不擲盧，井邊含水噴鴉雛。

　　　　內中數日無呼喚，摘（一作寫）得滕王蛺蝶圖。（之五十九）

末二句說明宮女無被叫喚已數日，因而有閒模寫「滕王蛺蝶圖」。首句提到「不擲盧」，可見當時還保留擲盧之游戲。關於遊戲內容，李肇《國史補》卷下記云：「洛陽令崔師本，又好爲古之樗蒲法。其法：三分其子三百六十限以兩關，人執六馬，其骰五枚，分上爲黑下爲白，黑者刻二爲犢，白者刻二爲雉，擲之全黑者爲盧，其采十六，二雉三黑爲雉，最爲貴采。」〔註38〕還有一種博戲稱作籤錢，詩云：

　　　　春來睡困不梳頭，懶逐君王苑北遊。暫向玉花階上坐，籤

　　　　錢贏得兩三籌。（之九十三）

宮女閒來無事，在宮中的玉階上進行籤錢遊戲，想不到還贏了兩三次。司空圖〈游仙〉云：「仙曲教成慵不理，玉階相簇打金錢。」（《全唐詩》卷634，頁7274），唐無名氏〈宮詞〉亦云：「金錢擲罷嬌無力，笑倚闌干屈曲中。」（《全唐詩》卷786，頁8866），皆提到籤錢遊戲。

（五）彈　棋

　　彈棋起源於漢代。宋人沈括《夢溪筆談》卷十八「技藝」門云：「《西京雜記》云：『漢元帝好蹴鞠，以蹴鞠爲勞，求相類而不勞者，遂爲彈棋之戲。』」〔註39〕說明漢元帝因蹴鞠活動會過於勞累而以不勞苦的彈棋代之，而到唐代成爲流行的棋類活動。史實證明，開元年

〔註37〕請見劉玉紅〈從王建〈宮詞〉看唐代宮廷游藝習俗〉，頁60，貴州文史叢刊。

〔註38〕楊家駱主編，李肇《國史補》，頁61～62，台北市：世界書局，57年11月再版。

〔註39〕沈括《夢溪筆談》，頁591，台北：世界書局，54年3月再版。

間前後彈棋就十分流行於社會各階層中，唐中葉後繼續流行。好此戲者有士大夫、道士、宮女、道士、官員、軍人。〔註40〕而王建詩則提到宮女玩彈棋的情形，詩云：

> 彈棋玉指兩參差，背局（一作階迥）臨虛鬥著危。先打角
> 頭紅子落，上三金字（一作子）半邊垂。（之九十四）

首兩句寫宮女彈棋時之動作及戰況激烈，三四句則寫策略運用之勝敗。關於棋子顏色，李頎《彈棋歌》云：「藍田美玉清如砥，白黑相分十二子。」（《全唐詩》卷133，頁1357），胡震亨《唐音癸籤》亦云：「戲之有彈棋，始漢武，以代蹴踘之勞，其法用石為局，中隆外庫，黑白棋各六枚，先列棋相當，下呼上擊之，以中者為勝。」上引兩條資料，皆可得知棋子皆是黑白二色，但王建為何說是紅色的呢？時代相近的柳子厚〈序棋〉云：「置棋二十有四，貴者半，賤者半，貴曰上，賤曰下，咸自第一至十二，下者二乃敵一，用朱墨以別焉。」〔註41〕可見唐代有紅黑二色。

（六）中和節

中和節始於唐德宗貞元年間。李肇《國史補》云：「唐貞和五年，初置中和節。」〔註42〕在《舊唐書·德宗本紀》中有較為詳細的記錄：「宰臣李泌請中和節日令百官進農書，司農獻憧稑之種，王公戚里上春服，士庶以刀尺相問遺，村社作中和酒，祭勾芒，以祈年谷，從之。」〔註43〕說明中和節百官著春服祈求豐年的盛況。王建有詩反映，詩云：

> 殿前明日中和節，連夜瓊林散舞衣。傳報所司分蠟燭，監
> 開（一作門）金（一作宮）鎖放人歸。（之七十二）

在明日中和節，即將有熱鬧的歌舞表演慶祝，而皇上龍心大悅，放歸

〔註40〕請見《隋唐五代社會生活史》，頁459。

〔註41〕〔唐〕柳宗元著《柳宗元集》，頁648，北京：中華書局，2000年重印。

〔註42〕楊家駱主編，李肇《國史補》，頁55，台北市：世界書局，57年11月再版。

〔註43〕參《舊唐書·德宗紀下》，頁367，北京：中華書局。

宮人自由。

（七）踏　青

踏青也是唐代重要的習俗之一，在三月舉行。宋人陳元靚《歲時廣記》卷十八云：「唐《輦下歲時記》，三月上巳，有錫宴群臣，即在曲江，傾都人物，於江頭禊飲踏青」〔註44〕是其證。而王建亦有詩云：

> 新晴草（一作水）色綠（一作暖）溫暾，山（一作岸）雪初消漸出（一作水，一作溰水，一作水漸）渾。今日踏青歸校晚，傳聲留著望春（一作苑東）門。（之四十七）

溫暾，微暖之意。據元人陶宗儀《南村輟耕錄》卷八所云：「南方人言溫暾者，乃微暖也。」〔註45〕首二句，天候宜人溫暖，冬天剛過，春天來臨。三四句則寫踏青活動，令人忘歸。

（八）乞　巧

乞巧習俗可能始於漢。《西京雜記》云：「漢彩女常以七月七日穿七孔針於開襟樓，俱以習之。」〔註46〕這裏已對乞巧活動作一簡要說明：漢人望月穿針之習俗。《歲時記》也提到相關的情形：「七夕婦人以彩縷穿七孔針，陳瓜花以乞巧。」乞巧習俗不僅在民間有記錄，在宮殿中也流行著。王仁裕《開元天寶遺事》記云：「宮中以錦結成樓殿，高百尺，上可以勝數十人，陳以瓜果酒炙，設坐具，以祀牛女二星。嬪妃各以九孔針，五色線，向月穿之，過者爲得巧之侯。動清商之曲，宴樂達旦，士民之家皆效之。」〔註47〕王建亦有詩云：

〔註44〕〔宋〕陳元靚《歲時廣記》，頁 197，《叢書集成初編》本，北京：中華書局，1985 年版。

〔註45〕〔元〕陶宗儀《南村輟耕錄》，頁 103，北京：中華書局，1959 年 2 月（2004 年 4 月重印）。

〔註46〕曹海東注譯，《新譯西京雜記》，頁 25，台北市：三民書局，民國 84 年 8 月。

〔註47〕〔五代〕王仁裕等撰，丁如明輯校：《開元天寶遺事十種》，頁 98，上海：上海古籍出版社，1985 年。

　　　畫作天河刻作牛，玉梭金鑷采橋頭。每年宮裏（一作女）

　　　穿針夜，敕賜諸親（一作新恩）乞巧樓。（之九十二）

起首二句寫夜空牛女二星，高掛天河，相當詩意。末二句就把鏡頭移

向人間的宮女，她們「爲得巧之侯」而望月穿針。崔顥〈七夕〉詩云：

「長安城中月如練，家家此夜持針線。」（《全唐詩》卷130，頁1326），

林杰〈乞巧〉詩云：「家家乞巧望秋月，穿盡紅絲幾萬條」（《全唐詩》

卷472，頁5361），也都反映乞巧習俗。

（九）中元節

　　　每年正月、七月、十月的十五日，唐人稱爲「三元」，中元節就

是七月十五日。每年到了中元節，禁屠宰，辦法事，是重頭戲。《唐

會要》卷五十云：「天寶三載三月，兩京及天下諸郡，於開元觀開元

寺，以金銅鑄元宗等身，天尊及佛各一軀。」所謂辦法事是指，用金

銅鑄造皇帝、天尊及佛像，以供奉之。王建詩云：

　　　燈前飛入（一作出）玉階蟲，未臥常聞半夜鐘。看著中元

　　　齋日到，自盤金線繡眞容。（之二十五）

我們可看到，宮女們在深夜準備中元節的活動事宜──「自盤金線繡

眞容」。「齋日」是指禁屠宰。

（十）進　儺

　　　「儺」是民間的一種迎神驅鬼的儀式。在宮中也有進行驅儺的活

動。如段安節《樂府雜錄》所云：「倀子五百，小兒爲之，衣朱褶、素

襦，戴面具。以晦日於紫宸殿前儺，張宮懸樂。」〔註48〕而該儀式需

要焚燒沈香木，使其香味四溢以行迎神驅鬼之禮，此種方式稱爲沈燎。

宋人高似孫《緯略》卷七「沈香山火」條云：

　　　隋主除夜設火山數十，盡用沈香木根，火山暗，則以甲煎

　　　沃之，香聞十里。江淹詩：「金爐絕沈燎，綺席生浮埃。」

　　　則沈燎始於梁矣。李商隱詩：「沈香甲煎爲沈燎，玉液瓊酥

　　　作壽杯，」當用前事。李白詩：「博山爐中沈香火，雙煙一

───────────────

〔註48〕關於驅儺之詳情，可參《唐帝國的精神文明》，頁451～453。

氣凌紫霞。」李賀詩:「沈香火暖茱萸煙,酒酣縮帶新承歡。」
王建詩「院院燒燈如白日,沈香火底坐吹笙。」三詩皆用
沈香火,即所謂沈燎也。〔註49〕

高氏在文中除了考證沈燎起源於梁外,尚援引三詩以說明沈香火,即
是沈燎。今引王建詩補充如後:

> 金吾除夜進儺名,畫袴朱衣四隊行。院院燒燈如白日,沈
> 香火底坐吹笙(一作鬥音聲)。(之八十八)

「金吾」,即執金吾,漢官名,後稱掌管京城治安之官為金吾。首句
寫宮廷舉行大儺之禮,次句「畫袴朱衣四隊行」,穿著紅豔(與《樂
府雜錄》所云「衣朱褾」相同),場面盛大,院院皆舉行,且有樂聲
伴奏。宋人葛立方《韻語陽秋》卷十七解云:「《周官》方相氏以黃金
四目,玄衣朱裳,執戈揚盾,以索室毆疫,謂之時儺。」〔註50〕此詩
謂除夕大儺,用以除疫。

(十一)投　壺

《禮記注》云:「投壺者,主人與客燕飲,講論才藝之禮也。」
〔註51〕所以投壺是中國古代游戲,常在宴會上玩,以助酒興。投法
是將特製的箭,投進壺里,投中多者為勝。〔註52〕《舊唐書・穆宗
紀》卷十六:「前代名士,良宸宴聚,或清談賦詩,投壺雅歌,以
杯酌獻酬,不至於亂。」〔註53〕恰說明投壺的情形。王建詩云:

> 分朋(一作明)閒坐賭櫻桃,收卻投壺玉腕勞。各把沈香
> 雙陸子,局中鬥累阿誰高(一作鬥得疊高高)。(之七十六)

首二句寫宮女分開閒坐玩投壺游戲,以櫻桃作為賭注。後兩句,用
沈香做的雙陸棋子,在棋盤中比賽,看誰堆得高?所謂「雙陸」,棋

〔註49〕〔宋〕高似孫《緯略》,頁106～107,《叢書集成初編》,北京:中華
　　　　書局,1985年。
〔註50〕《歷代詩話》,頁626。
〔註51〕參《十三經注疏・禮記正義下》,頁1565。
〔註52〕參《隋唐五代社會生活史》,頁450。
〔註53〕參《舊唐書》十六卷,頁485。

子的名稱。《資治通鑑》卷 208 唐紀二十四解釋「上使韋后與三思雙陸」句下說：「雙陸者，投瓊以行十二棋，各行六棋，故謂之雙陸。」〔註 54〕

　　以上是從宮詞百首中，挑有關游藝民俗活動來做討論，這些材料將助於我們對唐代宮廷休閒活動有更進一步的認識。而游國恩主編《中國文學史》認為：「王建的〈宮詞〉一百首，也很有名，但價值不高。」〔註 55〕否定其價值，實為失當矣。

二、民間風情之畫卷

　　王建〈促剌詞〉詩云：

> 促剌復促剌，水中無魚山無石，少年雖嫁不得歸，頭白猶著父母衣，田邊舊宅非所有，我身不及逐雞飛，出門若有歸死處，猛虎當衢向前去，百年不遺踏君門，在家誰喚為新婦，豈不見他鄰舍娘，嫁來常在舅姑傍。

從整首詩來看，題旨是描寫一位婦人新婚後卻不能長住夫家，而在娘家生活，如「少年雖嫁不得歸」、「百年不遺踏君門」等句。這是受漢區「長住娘家」〔註 56〕的畸型婚俗所致。所謂「長住娘家」有三個特點：一、只發生在漢族極少數地區，且為偏僻處，因此流行不廣。二、婦女在「長住娘家」時期，不能同丈夫親密，更不能同其他男子私自往來，沒有任何性自由，以致苦悶悲觀，甚至以死相抗。三、長住娘家的時期，大抵在五、六年以上，最長可達一、二十年。〔註 57〕明瞭

〔註 54〕《資治通鑑》，頁 6587。

〔註 55〕參游國恩等人主編《中國文學史》，頁 135，台北：五南圖書出版公司，1990 年 11 月。

〔註 56〕近年從敦煌遺書的研究中，學者們發現，唐時敦煌曾有婚禮在女家舉行，婚後男子留住丈人家中，而女子甚至多年不至夫家的風俗。敦煌變文中的〈下女夫詞〉，就是這種風俗在文學上的反映。引自程薔、董乃斌《唐帝國的精神文明》，頁 259，北京：中國社會科學出版社，1996 年 8 月

〔註 57〕關於引證部份，請參朱炯遠〈王建〈促剌詞〉與『長住娘家』的民俗〉，頁 74，《瀋陽師範學院學報》，1989 年 2 期。

此習俗之後，可知此詩的大義。首兩句以比興手法，指出「水中無魚山無石」之不合理現象，引出下句「少年雖嫁不得歸」之不合理婚俗。此詩以悲憤婦女之口吻，控訴「長住娘家」之畸形習俗。看看女主人公，如果長住娘家的情緒是如何的呢？「出門若有歸死處，猛虎當衢向前去」，寫她從娘家一出門就好像去赴死，就算猛虎在道路中央，她也要向前迎死。「百年不遺踏君門，在家誰喚爲新婦」句中之「百年」一詞可理解爲很多年，以誇張手法，加強少婦內心的不快。如果一對新人不能在一起快樂地生活，反而在家思念夫婿，這是多麼戕害人性自由啊！末句則寫其羨慕鄰居的新娘，嫁來可以常在夫婿家。此又可見，當時雖然有此「長住娘家」之俗，但仍有爲求婚姻自由而突破禮教之人。

婚俗中，還有少婦爲迎合禮俗，而表露其機伶聰明之一面。〈新嫁娘詞〉之三云：

三日入廚下，洗手作羹湯，未諳姑食性，先遣小姑嘗。

首二句寫新娘在婚後三日需「入廚下」、「作羹湯」的婚俗。後兩句則寫新娘的機敏聰慧，雖然不明瞭婆婆之飲食口味，所以先拿小姑作實驗品，因爲母親的習性，女兒是最瞭解的。《唐詩摘鈔》說：「極細事，道出便妙，只是一眞。」〔註 58〕又《唐人絕句精華》也說：「佳處在樸素而又生動，有民間歌謠之趣。」〔註 59〕敖英《唐詩絕句類選》：「前輩教人作絕句，令誦『三日入廚下』，『打起黃鶯兒』，『畫松一似眞松樹』，皆自肺腑中流出，無牽強斧鑿痕。」〔註 60〕皆認爲此詩眞情流露，富有民間風味，深得此詩意旨。亦有對此詩有不好之評價，毛先舒《詩辯坻》卷三：「至王建〈新嫁娘〉、施肩吾〈幼女詞〉，摹事太入情，便落卑格。」〔註 61〕同題也有寫新娘的無奈，新婚時，鄰家人

〔註 58〕 參《唐詩彙評》，頁 1534。
〔註 59〕 參《唐詩彙評》，頁 1534。
〔註 60〕 參富壽蓀注《千首唐人絕句》，頁 499，上海：上海古籍出版社，1985年 6 月。
〔註 61〕 《清詩話續編》，頁 56

就來向新郎索錢財之情景。如〈新嫁娘〉之一：

> 鄰家人未識，床上坐堆堆，郎來傍門戶，滿口索錢財。（卷三，頁 21）

也有寫新娘之含蓄溫柔，與新郎拜堂的情況，如〈新嫁娘〉之二：

> 錦幛兩邊橫，遮掩侍娘行，遣郎鋪簟席，相並拜親情。

除了婚俗外，也寫中唐的葬俗。如〈北邙行〉所云：

> 北邙山頭少閒土，盡是洛陽人舊墓，舊墓人家歸葬多，堆著黃金無買處，天涯悠悠葬日促，岡阪崎嶇不停轂，高張素幕繞銘旌，夜唱挽歌山下宿，洛陽城北復城東，魂車祖馬長相逢，車轍廣若長安路，蒿草少於松柏樹，澗底盤陀石漸稀，盡向墳前作羊虎，誰家石碑文字滅，後人重取書年月，朝朝車馬送葬回，還起大宅與高臺。

「北邙」，是洛陽城北的邙山。洛陽自東周開始，到隋唐，一直是王都的所在地，而且北邙又是一個高亢爽朗的好山好水，所以歷來有不少的王官貴族、豪門公侯生前在洛陽享樂，死後則運送至北邙葬身。「生在蘇杭，葬在北邙」則是此一現象的反映。

此詩可分五層來理解。首四句提出北邙山是歸葬的好風水，由於王貴豪族「歸葬多」，而如今北邙山已「少閒土」。第二層是五至八句，寫送葬安葬的情形。先寫送葬路途之遙遠，雖然山路崎嶇，仍不停歇地趕路，因為再晚的話，墓地會被搶走。「高張素幕」以下二句，寫安葬的場面。送葬者懸掛白色的布幕，圍繞著豎在靈柩前的旗幡，到夜晚則高唱挽歌，在山下歇腳。這一層把人多的特點突顯出來。接著四句寫喪車之多。喪車通行的道路，已像長安路一樣寬廣，而路上的蒿草常被喪車經過的情形下，竟少於松柏樹。「澗底盤陀」以下四句，寫用做碑文的石羊石虎，逐漸變少。而文字磨滅的石碑，往往被後來的人挖走，重新刻上新的年月字樣。末二句發人深省，說明送葬者將來也會長眠於北邙，然而他們送葬後，仍回去築起高台與大宅。整詩寫來從容不迫，諷世之情，意在言外。與郭茂倩所舉的前代挽歌相比，顯然要深刻得多也生動得多，即使與同時代元稹、白居易的某些

新樂府相比，也更具含蓄蘊藉之美。〔註62〕

　　除寫送葬安葬的情形外，又寫對往生者的尊敬之禮，如〈寒食行〉所云：

> 寒食家家出古城，老人看屋少年行，丘隴年年無舊道，車
> 徒散行入衰草，牧羊驅牛下塚頭，畏有家人來灑掃，遠人
> 無墳水頭祭，還引婦姑望鄉拜，三日無火燒紙錢，紙錢那
> 得到黃泉，但看隴上無新土，此中白骨應無主。

首四句寫寒食節日，家家戶戶出古城掃墓，灑掃、水頭祭、望鄉拜和掃紙錢皆為掃墓之主要節目，情景幾乎無異於現代。在寒食節，又有為了預防寒食日冷餐傷身，而做盪秋千的民俗運動。如〈鞦韆詞〉所云：

> 長長絲繩紫復碧，嫋嫋橫枝高百尺，少年兒女重鞦韆，盤
> 巾結帶分兩邊，身輕裙薄易生力，雙手向空如鳥翼，下來
> 立定重繫衣，復畏斜風高不得，傍人送上那足貴，終賭鳴
> 璫闘自起，回回若與高樹齊，頭上寶釵從墮地，眼前爭勝
> 難為休，足踏平地看始愁。（卷一，頁4）

此詩把少年兒女盪鞦韆之娛樂畫面，藉由「如鳥翼」，「與高樹齊」之優美姿態，而增添寒食日之氣氛。末四句述其盪秋千之渾然忘我，「頭上寶釵從墮地」更描繪兒女之盡心投入，個個爭勝之熱鬧鏡頭。

　　古來對未知的無形力量，總是好奇而有敬仰之心。中唐時期的人民，什麼都敬，有樹、蠶、神、鵲、鏡等信仰之物。如〈神樹詞〉所云：

> 我家家西老棠樹，須晴即晴雨即雨，四時八節上杯盤，願
> 神莫離神處所，男不著丁女在舍，官事上下無言語，老身
> 長健樹婆娑，萬歲千年作神主。

此歌詠一家老棠樹之神力廣大，可使天晴或天雨，主人不分四時季節，虔誠以酒菜杯盤供奉神樹，希冀樹神能長保佑，結句點明神樹之長壽千年，與台灣俗諺云：「吃果子，拜樹頭」有異曲同工之妙，揭示飲水思源之文化意涵。

〔註62〕參《樂府詩鑑賞辭典》，頁510。

又如〈簇蠶辭〉：

> 蠶欲老，箔頭作繭絲皓皓，場寬地高風日多，不向中庭燃蒿草，神蠶急作莫悠揚，年來爲爾祭神桑，但得青天不下雨，下無蒼蠅下無鼠，新婦拜簇願繭稠，女灑桃漿男打鼓，三日開箔雪團團，先將新繭送縣官，已聞鄉里催織作，去與誰人身上著。

古代傳說，黃帝的妃子嫘祖是第一個發明養蠶取絲之人，民間奉爲蠶神。古時養蠶與織衣有密切關係。如果沒有依時把新繭送縣官，恐怕會被官府責怪。「神蠶急作」以下六句，寫民間祭拜蠶神之心理有「新婦拜簇願繭稠」、希望青天不下雨，也不要生蒼蠅和老鼠來咬蠶繭，接著寫「女灑桃漿男打鼓」之儀式，皆是請求蠶神能保佑豐收。又如〈賽神曲〉：

> 男抱琵琶女作舞，主人再拜聽神語，新婦上酒勿辭勤，使爾舅姑無所苦，椒漿湛湛桂座新，一雙長箭繫紅巾，但願牛羊滿家宅，十月報賽南山神，青天無風水復碧，龍馬上鞍牛服軛，紛紛醉舞踏衣裳，把酒路旁勸行客。

賽神，是古代祭祀禮儀演化而來的一種民俗。首句以賽神的儀式開始，男女分工，歌舞娛神。五句「椒漿湛湛桂座新」，準備美味佳餚以頌神。熱熱鬧鬧，人神共醉。王建這首賽神歌曲，寫唐代賽神風習，較爲曲型，像「一雙長箭繫紅巾」、「把酒路旁勸行客」等，都帶有鮮明的時代特點。〔註63〕又如〈祝鵲詞〉：

> 神鵲神鵲好言語，行人早回多利赂，我今庭中栽好樹，與汝作巢當報汝。

聽到喜鵲說好話，家中就會有喜事。在傳奇小說《游仙窟》也表達同樣的社會普遍民俗心理，其云：「五嫂笑向十娘曰：『朝聞烏鵲語，眞成好客來。』」〔註64〕此首是寫婦人祈求神鵲說好話，願丈夫能賺錢

〔註63〕參《唐代民俗和民俗詩》，頁448。

〔註64〕〔唐〕張文成，《游仙窟》，頁5，《近代漢語語法資料匯編》，唐五代卷，台北：商務印書館。

早歸。爲了報答神鵲，就在自家庭院栽好樹，築好巢來報答祂。又如
〈鏡聽詞〉：

> 重重摩挲嫁時鏡，夫婿遠行憑鏡聽，回身不遣別人知，人
> 意丁寧鏡神聖，懷中收拾雙錦帶，恐畏街頭見驚怪，嗟嗟
> 際際下堂階，獨自灶前來跪拜，出門願不聞悲哀，郎在任
> 郎回未回，月明地上人過盡，好語多同皆道來，卷帷上床
> 喜不定，與郎裁衣失翻正，可中三日得相見，重繡錦囊磨
> 鏡面。

鏡聽之法，一般是用布袋把鏡子裝好，帶著鏡子，在沒有他人知道的
情況下，悄悄來到灶房，面對灶神雙手捧鏡，誦鏡聽咒七遍。然後走
出灶房，到屋外偷聽行人說話。聽到人說話後再閉上眼睛，信足走步，
打開布袋，隨鏡所照到的地方，再與聽到的話相合，就是想要知道的
某件事情的結果。〔註65〕此詩是婦人以鏡聽的方式，來問夫婿的歸
期。「好語多同皆道來」，指鏡卜的結果爲吉。「卷帷上床」以下二句，
則刻畫婦女因喜過頭，而表現了失常現象。結二句寫如果三日後，眞
如鏡卜爲吉的結果，爲了報答，就重繡錦囊，再磨亮鏡面。沈德潛《唐
詩別裁》稱云：「摹寫兒女子聲口，可云惟肖。」〔註66〕李鍈《詩法
易簡錄》亦云：「通首音節，如黃鸝巧囀，圓滑尖新。」〔註67〕

民俗體育活動之一的「尋橦」，也是一種需要技巧和體力的運動，
〈尋橦歌〉云：

> 人間百戲皆可學，尋橦不比諸餘樂，重梳短鬢下金鈿，紅
> 帽青巾各一邊，身輕足捷勝男子，繞竿四面爭先緣，習多
> 倚附敧竿滑，上下蹁躚皆著襪，翻身垂頸欲落地，卻住把
> 腰初似歇，大竿百夫擎不起，裊裊半在青雲裏，纖腰女兒
> 不動容，戴行直舞一曲終，回頭但覺人眼見，矜難恐畏天

〔註65〕參《唐代民俗和民俗詩》，頁 460。原出《堅瓠外集》卷三引《貫子
　　　說林》。
〔註66〕參清沈德潛《唐詩別裁》，頁 117，台北：商務出版社。
〔註67〕參李鍈《詩法易簡錄》，頁 130，台北：蘭台書局，民國 58 年 10 月
　　　初版。

無風，險中更險何曾失，山鼠懸頭猿挂膝，小垂一手當舞
盤，斜慘雙蛾看落日，斯須改變曲解新，貴欲歡他平地人，
散時滿面生顏色，行步依前無氣力。

「尋橦」，是一種爬竿的表演。西漢時，都盧國（南方海外國名）人，
尤其是女子，體輕足捷，善於緣竿上下，附竿而舞，或以膝鉤竿頭，
手倒垂作猿猴舞。（《漢書・西域傳》）。〔註68〕此游戲男女皆可參與，
不過滿消耗體力，末句「行步依前無氣力」，指的是游戲終結，氣力
盡失之投入情景。

　　中秋賞月的習俗，無非表達人們渴求與家人團圓之普遍心理。〈十
五夜望月寄杜郎中〉也表達同樣的主題：

中庭地白樹棲鴉，冷露無聲溼桂花，今夜月明人盡望，不
知愁思在誰家。

末句以疑問作結，予人無限想像空間。今夜人間無數人皆望明月，但
有幾個無法回家團聚呢？此詩頗有好評。俞陛雲《詩鏡淺說續編》云：
「自來對月咏懷者不知凡幾，佳句亦多。作者知之，故著想高踞題顛，
言今夜清光，千門共見，〈月子歌〉所謂『月子彎彎照九州，幾家歡語，
笑致尤見空靈。前二句不言月，而地白疑霜，桂枝濕露，宛然月夜之
景，亦經意之筆。』」〔註69〕《唐人絕句精華》又云：「三四見同一中
秋月夜，人之苦樂各別。末句以唱嘆口氣出之，感慨無限。」〔註70〕
皆對此詩由人盡望月而描繪出友人愁思之手筆，大加讚賞。王建更細
心地觀察中秋前五夜，月亮「從未圓時直到圓」的情形。〈和元郎中從
八月十一至十五夜翫月五首〉詩云：

半秋初入中旬夜，已向階前守月明，從未圓時看卻好，一
分分見傍輪生。

亂雲遮卻臺東月，不許教依次第看，莫爲詩家先見鏡，被

〔註68〕參李樹政選注《張籍王建詩選》，頁 166，台北：遠流出版社，2000
　　　　年。
〔註69〕參《唐詩彙評》，頁 1536。
〔註70〕參《唐詩彙評》，頁 1536。

他籠與作艱難。

今夜月明勝昨夜,新添桂樹近東枝,立多地溼昇床坐,看
過牆西寸寸遲。

月似圓來色漸凝,玉盆盛水欲侵稜,夜深盡放家人睡,直
到天明不炷燈。

合望月時常望月,分明不得似今年,仰頭五夜風中立,從
未圓時直到圓。

「一分分見傍輪生」、「亂雲遮卻臺東月」、「今夜月明勝昨夜」、「月似
圓來色漸凝」、「分明不得似今年」諸句,細緻地描繪月亮逐漸成圓的
過程,而王建五夜皆「風中立」,隱含其悲涼之身世。他長年離鄉背
景,從軍十三年,又為謀食奔波,故於中秋時節更可見其思歸之情切。

王建詩中尚有一些描寫田園風光的小詩,如〈雨過山村〉:

雨裏雞鳴一兩家,竹溪村路板橋斜,婦姑相喚浴蠶去,閒
著中庭梔子花。

在下雨的村落裏,婦姑相喚為伴,浴蠶工作,獨留梔子花閒開著,多
麼快樂的鄉村生活呀!又如〈田家〉寫田家在深夜雨裏摘禾黍之悠然
生活:

啾啾雀滿樹,靄靄東坡雨,田家夜無食,水中摘禾黍。

再如〈荒園〉:

朝日滿園霜,牛衝籬落壞,掃掠黃葉中,時時一窠薤。

寫荒園中牛衝籬破籬笆、黃葉紛飛之殘敗情景。再如〈晚蝶〉相當清
新自然,引人入勝:

粉翅嫩如水,繞砌乍依風,日高山露解,飛入菊花中。

把晚蝶飛入菊花中之和諧情景,以特殊鏡頭捕捉出來。此四首小詩描
繪田家生活與自然之和諧狀態,宛如一幅幅民間風情畫卷,令人嚮往!

此節透過王建詩歸納唐人心理所孕積之民間各種生活,談到打
毬、射生、擲盧、彈棋和節慶等活動,還介紹婚、喪、信仰和田家
風光,讀王建詩猶如欣賞一幅幅民間風情之畫卷,細心品味,令人
陶醉!

第六章 王建詩體制及創作技巧之分析

第一節 王建詩體式之變革與創新

　　所謂體式，是指詩歌體裁形式，如嚴羽《滄浪詩話·詩體》所云：「有古詩，有近體，有絕句，有雜言，有三五七言，有半五六言，有一字至七字，有三句之歌，有兩句之歌，有一句之歌。有口號，有歌行，有樂府，有楚辭，有琴操，有謠」〔註1〕之類。而王建在體式上之創新即表現在三大方面：以七絕形式創作宮詞一百首，又創新六言及二六言偶言之詞體形式，且在樂府詩句式上，呈現與其他詩人不同之風貌。

一、王建創宮詞百首組詩──七絕形式

　　宋人胡仔《苕溪漁隱叢話》前集卷第二十二：「《宮詞》凡百絕，天下傳播，效此體者，雖有數家，而建為之祖耳。」〔註2〕王建以七言四句形式敘寫宮中各種生活的內容，這是王建的創新。後人如花蕊夫人等，皆模仿王建七絕形式來創作。所以吳騫《拜經樓詩話》卷三說：「宮詞始著于唐王仲初，繼之者不一而足，如三家、五家、十家

〔註1〕〔清〕何文煥輯《歷代詩話》，頁690。
〔註2〕〔宋〕胡仔纂集《苕溪漁隱叢話》，頁149，台北：長安出版社。

之刻，昔人論之詳矣。」〔註3〕王建所作〈宮詞〉是以七言四句方式，一連作了一百首。就其七言四句形式而言，百首宮詞可能爲古體詩或絕句，故今隨舉三例分析其平仄以確認其是否爲七言絕句：

　　蓬萊正殿壓金（一作雲）鼇，紅日初生碧海濤。聞（一
　　　－－｜｜｜　　　　　｜　－｜－－｜｜－　－
　作開）著五門遙北望，柘（一作赭）黃新帕（一作筑）
　　　｜－－－｜｜　　　　　　　　－－｜
　御床高。（之一）
　｜－－

四句偶數字全爲平仄相間，且二三句相黏，無對句，故爲絕句。

　　殿前傳點各依班，召對西來八（一作六）詔蠻。上得青花
　　｜－－｜｜－－　　　　　　　｜－　｜｜－－
　龍尾道，側身偷覷正南山。（之二）
　－｜｜　　｜－－｜｜

四句全爲律句，無失黏，無對句，亦爲絕句。

　　龍（一作籠）煙日暖紫（一作紫氣日）瞳瞳，宣政門當（一
　　－　　　　　　－｜｜｜　　　　　　－－　－｜－－
　作開）玉殿（一作仗）風。五刻閣前卿相出，下簾聲在半
　　　｜｜　　　　　－　｜｜｜－－｜｜　　｜－－｜
　天中。（之三）
　－－

四句爲律句，又無失對，無對句，故爲絕句。

　　絕句不一定要有對句，只需合乎平仄即可，清人錢良擇《唐音審體》云：「絕句之體……或四句皆對，或四句皆不對，或二句對，二句不對，無所不可。」〔註4〕其他九十七首檢視後，皆爲絕句，確定爲七絕後，我們不禁疑問：王建作宮詞爲何用七言，不用五言？清人劉熙載《藝概‧詩概》曾作過比較：「五言如《三百篇》，七言如《騷》」，

〔註3〕丁福保編《清詩話》，頁758，台北：木鐸出版社，1988年9月。
〔註4〕錢良擇，字木菴。參申駿編《中國歷代詩話詞話選粹》，頁434，北京：光明日報出版社，1999年4月。

「五言質，七言文；五言親，七言尊。」，「平澹天眞，於五言宜；豪蕩感激，於七言宜。」，「五言尙安恬，七言尙揮霍。」〔註5〕所謂「文」「尊」「豪蕩」「揮霍」皆指七言較五言之表達內容較爲寬廣，用以記錄宮廷生活之事，顯較五言適當。而爲何用絕句，不用古體？清人沈德潛《說詩晬語》云：「絕句，唐樂府也。篇止四語，因倚聲而歌。」〔註6〕說明了絕句傳唱方便，故王建作宮詞時，本有使之流傳之意，而流傳之意或在諷刺。清人楊際昌《國朝詩話》卷之一：「龍標後仲初最擅名，然所長在于鋪陳諷刺，稍失敦厚之意。自花蕊而降，大抵宗仲初派。」〔註7〕

就因如此，所以王建之後，各家爭相模倣七絕形式以創宮詞。如宋人葛立方《韻語陽秋》卷三：「花蕊夫人亦有〈宮詞〉百篇，如「月頭支給買花錢，滿殿官人近數千。遇著唱名多不語，含羞急過御床前」之類，亦可喜也。」〔註8〕又宋人陳師道《後山詩話》：「費氏，蜀之青城人，以才色入蜀宮，後主嬖之，號花蕊夫人，效王建作〈宮詞〉百首。國亡，入備後宮。太祖聞之，召使陳詩。誦其〈國亡詩〉云：「君王城上豎降旗，妾在深宮那得知。十四萬人齊解甲，更無一個是男兒。」太祖悅。蓋蜀兵十四萬，而王師數萬爾。」〔註9〕上引宮蕊夫人兩詩亦爲七絕形式。

除了花蕊夫人以七絕形式仿作宮詞百首外，後世如宋王岐公（百首）及徽宗皇帝（三百首）、明周王（百首）、寧獻王（一百七首）、王叔承（百首）、沈行（集古一百二十首）也都紛紛學習借鑑。

由此可知，以七絕形式創宮詞百首，是王建一人。其實我們也可把這百首宮詞當作是長篇的敘事樂府詩，而七言的使用，則是王建創

〔註5〕參郭紹虞《清詩話續編》，頁 434，台北：木鐸出版社，1983 年 12 月。
〔註6〕《清詩話》，頁 542。
〔註7〕《清詩話續編》，頁 1681。
〔註8〕《歷代詩話》，頁 510。
〔註9〕《歷代詩話》，頁 303。

作樂府詩的習慣。〔註10〕

二、王建在詞體之承創——偶言之詞體形式

　　王建在體式上之第二個特色是創造偶言之詞體形式。詞在早期之句式大多爲「3、7」奇言句，如劉禹錫〈瀟湘神〉和白居易〈花非花〉，但王建〈三台〉和〈調笑〉等詞作卻異軍突起，以偶言句式，一新耳目，值得注意。而此段則欲考索王建之詞體形式之特色。在探求其形式變化之前，必先確定詞之名稱和定義。

（一）詞的名稱與定義

　　在唐代的文獻中，可以看出所謂依調塡寫的新興音樂文學形式的詞之稱呼，不只有「詞」這個名義，尚有「曲」、「曲子」、「雜曲」、「歌曲」等稱謂。如以下三例說明：

> 裴郎中諴，……與舉子溫岐爲友，好作歌曲。……裴君〈南歌子〉詞云（略）。二人又爲〈新添聲楊柳枝〉詞，飲筵竟唱其詞而打令也。詞云：（略）。〔註11〕（《雲溪友議》）

> 唐薛澄州昭緯，……好唱〈浣溪沙〉詞。宣宗愛唱〈菩薩蠻〉詞。晉相和凝，少年時好曲子詞。〔註12〕（《北夢瑣言》卷4、卷6）

> 因集近來詩客曲子詞五百首，分爲十卷。〔註13〕（《花間集敍》）

　　這裏揭示兩個重點：一是在具體的曲名後面加上「詞」字，如〈南歌子〉詞、〈新添聲楊柳枝〉詞、〈浣溪沙〉詞、〈菩薩蠻〉詞等。上述這些曲調，在唐代及五代皆被用作詞調來塡詞和歌唱，而這些曲名後面的「詞」字，即是曲子的歌辭，屬於後來獨立爲詞的性質或範疇。

〔註10〕王建樂府詩 51 首中，超過半數爲 7 言，可知王建喜用 7 言創樂府。見下表樂府詩句式之分析。

〔註11〕參《詞話叢編》本，頁 74，中華書局，民國 85 年。

〔註12〕〔五代〕孫光憲纂集《北夢瑣言》，卷四「薛澄州弄笏」條，卷六「以歌詞自娛」條，頁 28 及頁 51，北京：中華書局《叢書集成初編》，1985 年。

〔註13〕參趙崇祚《花間集》，頁 1，台北：文光出版社，民國 59 年。

二是不舉出具體的曲名，而用「曲子」來泛指一般的曲調，再在後面加上「詞」字，合成「曲子詞」的名稱，來指稱配合「曲子」填寫的歌辭。

由此可見，在唐、五代人的意識中還沒有自覺地把「詞」當作一種新興而獨立於詩的文體。既然如此，那王建詩集中有以「詞」為名者，就不是詞嗎？也並非全然如此，我們還須從詞的定義下手，始可得知真相。因為題目中是否有冠以「詞」為名，不是必要條件。它也可能是其他文體的題目，如王建〈春燕詞〉、〈神樹詞〉、〈宛轉詞〉等詩，因為它們並未符合詞的定義。

關於詞的定義，歷來學者有不同的主張，此非本文的重點所在。今歸納幾位學者從各種側面對詞所作的定義。宋人胡仔《苕溪漁隱叢話》前集卷二十一引《蔡寬夫詩話》云：

> 樂天〈聽歌〉詩云：「……大抵唐人歌曲，<u>本不隨聲為長短句，多是五言或七言詩</u>，歌者取其辭，與和聲相疊成音耳。予家有〈古涼州〉、〈伊州辭〉，與今遍數悉同，而皆絕句詩也。豈非當時人之辭，為一時所稱者，皆為歌人竊取而播之曲調乎？」〔註14〕

此說明中唐詞的形式基本上可分為兩種：齊言和長短句。而詞具有音樂性，採用燕樂，並注重格律。所以張惠言在《詞選序》說：「詞者，蓋出於唐之詩人，<u>採樂府之音，以制新律</u>，因繫其詞，故名曰詞。」〔註15〕「自開元天寶間，<u>歌者雜用胡夷里巷之曲</u>。」在唐代能入樂的詩大都是合於格律的。宋王灼《碧雞漫志》卷五在講到〈楊柳枝〉曲調時說：

> 今黃鐘商有〈楊柳枝〉曲，仍是七字四句詩，與劉白及五代諸子所制并同。但每句下各增三字一句。此乃唐時和聲，如〈竹枝〉、〈漁父〉，今皆有和聲也。舊詞多側字起頭，平

〔註14〕胡仔纂輯《苕溪漁隱叢話》前集，頁140，台北：木鐸，民國71年。
〔註15〕〔清〕張惠言錄《詞選》，頁6，台北：廣文書局，民國68年6月再版。

字起頭者，十之一二。今詞盡皆側字起頭，第三句亦復側
字起，聲度差穩耳。〔註16〕

所謂「聲度差穩」，就是歌唱時有不妥帖之處，是應該加以改正的錯
誤。這正是一個近體詩律便於入樂的例證；如果第一句以仄起，那麼
第三句按照近體的規式就應該是平聲，否則就失粘。〔註17〕

詞的重要條件就是要依曲填詞，所以要有詞牌才行。故《古今詞
話・詞品》云：「然謂之填詞，則調有定格，字有定數，韻有定聲」

由以上的文獻資料歸納出詞的條件有：一、入於燕樂且用於歌唱
的文學體裁。二、全篇有固定的字數且每句合於格律。三、有齊言和
長短句兩種形式。四、按譜填詞。

（二）〈三台〉詞調與六言句式

一般而言，早期的詞作大都以三七結構的奇言句式為主，如張志
和、無名氏和張松齡以「77337」奇言句式創作〈漁父〉詞，釋德誠
以「77337」句式創作〈撥棹歌〉。〔註18〕而王建卻嘗試以二六或六言
偶言句式寫作詞，增加詞在形式上的另一種風貌。以下展開對〈三台〉
和〈調笑〉二詞調之分析。唐人選集《才調集》〔註19〕選了王建詩十
三首，其中〈宮中三臺詞二首〉、〈江南三臺詞四首〉以及〈宮中調笑
詞四首〉等十首詞，最值得注意。編者唐監察御史韋縠於敘中說：「今
纂諸家歌詩，總一千首，每一百首成卷，分之十目，曰才調集。」此
說明《才調集》所選的詩皆是配樂可唱的。今就〈三臺〉和〈調笑〉
兩詞調之句式來分析：

〔註16〕〔宋〕王灼撰《碧雞漫志》，卷五，頁 9，台北：藝文印書館，知不
　　　　足齋叢書第六函，嚴一萍選輯，百部叢書集成，民國 55 年。
〔註17〕參吳相州《唐代歌詩與詩歌》，頁 56，北京：北京大學出版社，民國
　　　　89 年。
〔註18〕參《全唐五代詞》，頁 25～33，頁 37～48。而劉禹錫和白居易創作
　　　　更多奇言句式的詞，或「7777」句式，如〈楊柳枝〉〈竹枝〉〈浪淘
　　　　沙〉；或「35775」句式，如〈憶江南〉；或「33777」句式，如〈瀟
　　　　湘神〉；或「555555」句式，如〈拋毬樂〉等詞。
〔註19〕參《唐人選唐詩十種》，頁 474～475，香港：中華書局，民國 47 年。

　　唐教坊曲有〈三台〉。宋人郭茂倩《樂府詩集》卷七十五「雜曲歌辭」中選錄王建和韋應物兩人的〈三台〉詞調。〔註20〕其中韋應物有三首，可是形式有所不同，有六言八句、五言四句以及七言四句等三種。今抄錄如下，以供參考：

〈三臺〉

　　一年一年老去，明日後日花開。未報長安平定，萬國豈得銜杯。冰泮寒塘始綠，雨餘百草皆生。朝來門閣無事，晚下高齋有情。

〈上皇三臺〉

　　不寐倦長更，披衣出戶行。月寒秋竹冷，風切夜窗聲。

〈突厥三臺〉

　　雁門山上雁初飛，馬邑欄中馬正肥。日旰山西逢釋使，殷勤南北送征衣。

而王建有六首，形式統一，皆為六言四句，此種現象值得注意。據郭茂倩在卷七十五為〈三台〉做題解，引《後漢書》、《續事始》、《嘉話錄》、《資暇》等史書筆記小說資料，說明〈三台〉之名的由來。由於樂譜失傳，郭茂倩也不敢肯定，何種文獻可靠性較大。在末尾他加了按語說：「《樂苑》，唐天寶中羽調曲有〈三台〉，又有〈急三台〉。」既然郭氏未收天寶時期的〈三台〉，可見樂譜也失傳。就現有所收錄的王建和韋應物〈三台〉之詞調中，為何兩人的創作形式會相異？何者影響深遠？試從唐人選集來找答案。

　　《才調集》〔註21〕卷一選收韋應物〈西澗〉一首歌詩，卻選了王建六首〈三台〉詞調；《御覽詩》〔註22〕選韋應物六首詩；《又玄集》〔註23〕卷中選韋應物三首詩。由唐人選詩的狀況，卻未見韋應物的〈三

〔註20〕參宋郭茂倩《樂府詩集》，頁 1057～1058，北京：中華書局，1979年 11 月第 1 版，1998 年重印。
〔註21〕參《唐人選唐詩十種》，頁 467。
〔註22〕參《唐人選唐詩十種》，頁 225。
〔註23〕參《唐人選唐詩十種》，頁 397～398。

台〉詞調。由此可以看出韋應物之詞作在當時並非流行,即使後代宋人郭茂倩將其詞作選入,可是規格又殊異,有五言四句、七言四句和六言八句等三種,再者,後世馮延巳、宋呂南公、明姚廣孝、明胡儼等皆依王建六言四句之形式作詞(留待第八章說明)。所以我們認爲王建〈三台〉在中唐時期的影響力較韋應物〈三台〉深廣,且後人皆仿王建六言四句形式作詞,此足顯見王建在詞體的貢獻。以下我們借由上節所歸納出的詞的定義,來檢視王建在詞體的創建。

　　〈宮中三臺〉詞二首

　　　　魚藻池邊射鴨,芙蓉園裏看花,

　　　　－｜－－｜｜　　－－－｜｜－

　　　　日色柘袍相似,不著紅鸞扇遮。

　　　　｜｜｜－－｜　　｜｜｜－－｜－

　　　　池北池南草綠,殿前殿後花紅,

　　　　－｜－－｜｜　　｜－－｜｜－

　　　　天子千年萬歲,未央明月清風。

　　　　－｜－－｜｜　　｜－－｜－－

此二首屬六言四句,齊言體,押平聲韻,皆爲律句,首兩句皆對仗,句法相同。符合詞的條件。

　　〈江南三臺〉詞四首

　　　　揚州橋邊少婦,長安城裏商人,

　　　　－－－－｜｜　　－－－｜｜－

　　　　二年不得消息,各自拜鬼求神。

　　　　｜－｜｜－｜　　｜｜｜－－－

　　　　青草湖邊草色,飛猿嶺上猿聲,

　　　　－｜－－｜｜　　－－｜｜－－

　　　　萬里湘江客到,有風有雨人行。

　　　　｜｜－－｜｜　　｜－｜－－－

　　　　樹頭花落花開,道上人去人來,

　　　　｜－－｜－－　　｜｜－｜－－

朝愁暮愁即老，百年幾度三臺。

一一｜一｜｜ ｜一｜｜一

聞身強健且爲，頭白齒落難追，

｜一一｜｜一 一｜｜｜一一

準擬百年千歲，能得幾許多時。

｜｜｜一一｜ 一一｜｜一一

此四首屬六言四句，齊言體，押平聲韻，大都爲律句，首聯皆對仗，句法相同。符合詞的條件。因此王建的三台在唐人觀念裏是曲子，也是後人所謂的詞。而王建在六言句式之詞體建構上，有其特殊意義在。〔註24〕

（三）〈調笑〉詞調與二六言句式

在《樂府詩集》卷八十二「近代曲辭」收錄王建〈宮中調笑四首〉、韋應物〈宮中調笑〉二首以及戴叔倫〈轉應詞〉一首。〔註25〕〈轉應詞〉和〈調笑詞〉爲同一詞調，因爲郭茂倩引《樂苑》曰：「〈調笑〉，商調曲也。戴叔倫謂之〈轉應詞〉。」而〈調笑〉爲何又會稱〈轉應詞〉呢？據學者王昆吾的說法：「『轉應』應是指『月明』─『明月』、『路迷』─『迷路』這種一轉一應的修辭格，〈調笑〉應是指它的游戲特點。」〔註26〕七首詩歌形式相同，皆爲22666226句式。茲抄錄如下：

王　建

團扇，團扇。美人病來遮面，玉顏憔悴三年。誰復商量管弦。

弦管，弦管，春草昭陽路斷。

〔註24〕在《全唐五代詞》中，沈佺期、楊廷玉、李景伯、中宗朝優人等人所作〈迴波詞〉，亦爲六言四句形式，不過，內容多爲描寫宮中瑣事。而王建詞在內容上，則由宮中走向民間關懷，其意義在此。

〔註25〕參《樂府詩集》，頁1155～1156。

〔註26〕參王昆吾《隋唐五代燕樂雜言歌辭研究》，頁239，北京：中華書局，民國85年。

胡蝶，胡蝶。飛上金花枝葉，君前對舞春風。百葉桃花樹
紅。

紅樹，紅樹，燕語鶯啼日暮。

羅袖，羅袖。暗舞春風依舊，遙看歌舞玉樓。好日新妝坐
愁。

愁坐，愁坐，一世虛生虛過。

楊柳，楊柳。日暮白沙渡口，船頭江水茫茫。商人少婦斷
腸。

腸斷，腸斷，鷓鴣夜飛失伴。

韋應物

胡馬，胡馬，遠放燕支山下。咆沙咆雪獨嘶，東望西望路
迷。

迷路，迷路，邊草無窮日暮。

河漢，河漢，曉挂秋城漫漫。愁人起望相思，江南塞北別
離。

離別，離別，河漢雖同路絕。

戴叔倫

邊草，邊草，邊草盡來兵老。山南山北雪晴，千里萬里月
明。

明月，明月，胡笳一聲愁絕。

　　郭氏在《近代曲辭》的題解上說：「近代曲者，亦雜曲也，以其
出於隋、唐之世，故曰近代曲。」此說明〈宮中調笑〉詞調在漢魏六
朝時代還未出現，可能最早出現於隋代，但《樂府詩集》只收錄中唐
時期的七首歌詩，而以王建〈宮中調笑〉爲首，且在唐人選集《才調
集》中，僅錄王建〈調笑〉詞，卻未載韋應物和戴叔倫之〈調笑〉詞。
顯見此調在中唐時期僅有王建〈調笑〉詞流傳，由此可見王建此調是
文獻記載中最早的詞牌。《樂府詩集》題解中，所謂「雜曲」是指內
容而言。郭氏做以下的說明：「雜曲者，歷代有之，或心志之所存，

或情思之所感，或宴游歡樂之所發，或憂愁憤怨之所興，或敘離別悲傷之懷，或言征戰行役之苦，或緣於佛老，或出自夷虜。兼收備載，故總謂之雜曲。」〔註27〕

　　就內容而言，王建〈宮中調笑〉乃述「宴游歡樂之所發」之宮中生活；韋應物〈宮中調笑〉則寫「出自夷虜」之邊疆風物；戴叔倫亦敘「言征戰行役之苦」之兵老愁絕。此七首歌詩，雖在內容上所詠不盡相同，但在形式上和表現技巧卻極為雷同。一是在句式上，三人皆使用「22666226」的偶式句法。為中國自魏晉以來五七言的詩歌傳統，另開生路。二是頂真手法，在六七句所使用的詞語與五句末尾二字相同，並顛倒其語而成頂真修飾。如王建第一首「團扇」的第五句「誰復商量管弦」，其下所承接的詞語為其末二字「管弦」，再顛倒其語而成頂真之修飾。三是轉韻地方相同。每首詞皆分三部份，前三句一韻，中二句一韻，後三句又一韻。如王建第一首前三句「扇扇面」一韻，中二句「年弦」一韻，後三句「管管斷」又一韻。而且七首皆有規律的押「仄平仄」韻。

　　從以上〈三台〉和〈調笑〉二詞調的分析可得，王建在詞的寫作上，運用了獨特的偶言句式，開創了六言絕句或二六言相間的詞體形式。據今人羅漫的統計顯示，我國早期的文人詞，絕大部分是奇言句式，唐代的文人詞、《花間集》和《雲謠集》所收敦煌曲子詞，無不如此。〔註28〕而且今人郭建勛更在《楚辭與中國古代韻文》一書中也補充說：

　　　　唐代奇言的文人詞，尤其是單片的小令，以三、七言的組
　　　　合為最常見，例如李白的〈桂殿秋〉、韓翃的〈章台柳〉、
　　　　柳氏的〈楊柳枝〉、劉禹錫的〈瀟湘神〉，都是「三三七
　　　　七」的句式，白居易〈花非花〉是「三三三三七七」的句

〔註27〕參《樂府詩集》，頁885。
〔註28〕參羅漫〈詞體出現與發展的詩史意義〉，《中國社會科學》，民國84
　　　　年第5期。

　　　式……一直到宋代，這種奇言尤其是三、七言在詞作中占
　　　統治地位的情況才有所改變，四言、六言等偶言句被大量
　　　地引入詞作中。〔註29〕

說明詞到宋代才把四言、六言等偶言句引入詞作中，而早在中唐王建
詞寫作，已肇其端。故王建詞的偶言句式是一種創新。

三、王建對樂府詩句式之求變

　　十卷本的王建詩集中，卷一至卷三共收錄 85 首樂府詩，據此文
本材料根本無法觀察王建樂府詩作之特色，因為無從比較。若從宋人
郭茂倩《樂府詩集》所收錄之王建樂府詩中觀察，再對照其他同題詩
作，理當可看出其間之形式變革。《樂府詩集》共收錄王建 36 題 51
首樂府詩，其中有 12 首新樂府詩。清人管世銘《讀雪山房唐詩序例》
云：「張、王樂府多七言，易於曲折動人也。」〔註30〕我們將考察王
建樂府詩是否多七言句式，並於同題之作中與其他作者在形式上有何
不同？今依《樂府詩集》中，有關王建部份，製表如下：

樂府詩 序號	詩　題	句　式	雜齊言	句　數	備　註
1	公無渡河	7言	齊　言	11 句	
2	田家行	7言	齊　言	12 句	新樂府辭
3	北邙行	7言	齊　言	18 句	新樂府辭
4	白紵歌二首	7言	齊　言	9 句	
5	羽林行	7言	齊　言	10 句	餘 5 言
6	江南三台四首	6言	齊　言	4 句	餘 5 或 7 言
7	別鶴	7言	齊　言	8 句	餘 5 言
8	泛水曲	5言	齊　言	12 句	
9	空城雀	3、7言	雜　言	13 句	餘 4、5 言

〔註29〕參郭建勛《楚辭與中國古代韻文》，頁 233，長沙：湖南師範出版社，
　　　　民國 90 年。
〔註30〕《清詩話續編》，頁 1547。

10	思遠人	5 言	齊　言	8 句	新樂府辭
11	促促詞	5、7 言	雜　言	12 句	新樂府辭，餘句數不同
12	秋夜曲二首	7 言	齊　言	10、4 句	本 3、5、7 言
13	送衣曲	7 言	齊　言	12 句	新樂府辭
14	採桑	5 言	齊　言	8 句	餘句數不同
15	烏夜啼	3、7 言	雜　言	11 句	餘 5 或 7 言
16	烏棲曲	7 言	齊　言	4 句	
17	宮中三台　二首	6 言	齊　言	4 句	
18	宮中調笑	2、6 言	雜　言	8 句	
19	從軍行	5 言	齊　言	16 句	
20	斜路行	7 言	齊　言	14 句	新樂府辭
21	望行人	5 言	齊　言	8 句	
22	寄遠曲	7 言	齊　言	6 句	新樂府辭
23	短歌行	3、7 言	雜　言	12 句	4 言居多
24	飲馬長城窟行	3、7 言	雜　言	12 句	本爲 5 言
25	渡遼水	3、7 言	雜　言	8 句	
26	雉將雛	3、7 言	雜　言	10 句	新樂府辭
27	塞上	5 言	齊　言	8 句	新樂府辭
28	當窗織	5、7 言	雜　言	12 句	新樂府辭
29	霓裳辭十首	7 言	齊　言	4 句	
30	遼東行	7 言	齊　言	10 句	
31	獨漉歌	4、3、7 言	雜　言	5 句	李白，4、5、7
32	擣衣曲	7 言	齊　言	14 句	新樂府辭
33	雞鳴曲	3、5、7 言	雜　言	14 句	本爲 7 言
34	織錦曲	7 言	齊　言	20 句	新樂府辭
35	關山月	3、7 言	雜　言	6 句	多爲 5 言
36	隴頭水	7 言	齊　言	12 句	本爲 5 言

　　由以上分析可知，7 言 39 首（純 7 言 27 首、雜 7 言 12 首），5 言 6 首，6 言 6 首。7 言佔總數 51 首之二分之一強，爲最多數；而雜

7 言 12 首中，3、7 句式佔 7 首，亦爲二分之一強。因此，王建之樂府詩，大都以七言爲主，其中也有部份學習漢魏六朝樂府民歌特有的「三、七」句式，使形式上呈現變化。若將〈羽林行〉、〈別鶴〉、〈空城雀〉、〈烏夜啼〉、〈短歌行〉、〈飲馬長城窟行〉、〈雞鳴曲〉、〈關山月〉等八首樂府詩與其他作者相比較，應可見王建在句式上之變化。

〈羽林行〉最早之題爲後漢辛延年〈羽林郎〉。以此爲題而作樂府詩者有：辛延年、王建、孟郊、鮑溶等四人，除了王建用七言句式外，其他作者皆用五言句式。以〈別鶴〉爲題者有：簡文帝、吳均、楊巨源、王建、張籍和杜牧等六人。除了王建用七言句式且轉韻外，其他作者皆用五言句式，又一韻到底。以〈空城雀〉爲題者有：鮑照、高孝緯、李白、王建、聶夷中、劉駕等六人，其中除了鮑照用 4、5 句式，以及王建 3、7 句式之雜言外，其餘作者爲五言句式，可是王建又與眾不同，使用了 13 句之奇數句，突破詩歌偶數句之限制。以〈烏夜啼〉爲題者有：簡文帝、劉孝綽、庾信、楊巨源、李白、顧況、李群玉、聶夷中、白居易、王建、張祜等十一人，大都爲五或七言之齊言體，僅有王建和顧況用雜言體來寫作。魏武帝是最早創四言齊言體〈短歌行〉爲詩題者，後之作者，或使用四言句式如陸機；或五言句式如聶夷中；或七言句式如白居易，少有作雜言體者，而王建和顧況則以 3、7 句式創作〈短歌行〉。〈飲馬長城窟行〉作者多達二十一位，除了七言的王翰和 3、7 句式的王建外，其他皆爲五言句式，也可說，只有王建在原本五言齊言上作了雜言的變化。〈雞鳴曲〉共有三首，兩首皆爲七言句式，僅有王建爲 3、5、7 句式，其間變化可知也。〈關山月〉作者如雲，多以五言句式寫作，僅有王建以 3、7 句式出之。

從以上八首樂府詩的分析可看出，王建在句式上呈現與其他詩人不同之變化。或齊言轉爲雜言，如〈空城雀〉、〈烏夜啼〉、〈短歌行〉、〈飲馬長城窟行〉、〈雞鳴曲〉和〈關山月〉等詩，句式多爲 3、7；或僅其用七言句式，異於眾人，如〈羽林行〉。故清人管世銘《讀雪

山房唐詩序例》云：「樂府古詞，陳陳相因，易于取厭。張文昌、王仲初創爲新制，文今意古，言淺諷深，頗合《三百篇》興、觀、群、怨之旨。」〔註31〕誠哉斯言！

　　《唐代文學史》所指出：「王建樂府多采用七言歌行體，間亦變化爲其形式。如〈思遠人〉用五古，〈望夫石〉、〈雉將雛〉開端都連用四個三字句，然後再接以七言。」〔註32〕再加上筆者之作表分析，自可對王建在樂府詩之形式變化，有一清晰之概念。

　　關於樂府詩形式之繼承是奇數句成詩：王建奇數句詩，如以下六首：

〈白紵歌〉其一（7言9句）
〈白紵歌〉其二（7言11句）
〈烏夜啼〉（3、7言11句）
〈空城雀〉（3、7言13句）
〈公無渡河〉（7言11句）
〈七夕曲〉（7言13句）

我國詩歌多以偶數句成篇者，而以奇數句成詩者，杜甫偶有爲之。據李立信〈論杜甫奇數句詩〉之考察，杜甫全集中之奇數句詩，共十八篇合計二十七首。〔註33〕遍覽王建詩集可知，奇數句全集中於樂府詩卷內，最多句數僅爲13句，不如韓愈作59句之奇數句，比較之下，可知王建不重詩歌技巧，而重眞情之自然流露。《詩藪》內編卷五云：「張籍、王建略去葩藻，求取情實，又一變也。」《詩辨坻》卷三云：「仲初佳篇，如〈春詞〉結句頗有古氣，〈溫泉宮行〉含吐有致，亦復情思杳靄。至〈神樹〉短歌，極惡道矣。」〔註34〕其中「求取情實」「情思杳靄」均可見其寫詩首重情思之自然眞實。

〔註31〕《清詩話續編》，頁1549。
〔註32〕參吳庚舜、董乃斌主編《唐代文學史》，頁236，北京：人民文學出版社，1995年12月1版1刷。
〔註33〕見李立信〈論杜甫奇數句詩〉，台北：中國唐代學會《唐代文化研討會論文集》，頁521～541，台北：文史哲出版社，民國80年7月。
〔註34〕《清詩話續編》，頁48～49。

第二節　王建詩之創作技巧

本節欲討論王建詩寫作技巧之可貴之處。如談疑問句法，只談開頭和結尾疑問之作用；如談結句用韻，只重結句之韻和結句前幾句之韻之轉換與詩義有何關聯？餘者如喜用何字、用典技巧等，因對詩歌內涵之探求毫無幫助，故可略之不談。

一、用韻之獨特

（一）大量促收韻

王力在《漢語詩律學》一書說：「在起頭或煞尾的地方，只用同韻的兩個韻腳。前者可稱爲促起式；後者可稱促收式。」〔註35〕雖說前人使用促收韻甚夥，但很少像王建大量使用促收式的用韻，且配合情緒發展而變化，餘味無窮。

清人余成教《石園詩話》云：「王仲初……歌行諸結句，尤有餘蘊。」〈荊門行〉云：「壯年留滯尚思家，況復白頭在天涯？」〈田家行〉云：「田家衣食無厚薄，不見縣門身即樂。」《當窗織》云：「當窗卻羨青樓倡，十指不動衣盈箱。」〈水運行〉云：「遠征海稻供邊食，豈如多種邊頭地？」〈水夫謠〉云：「我願此水作平田，長使水夫不怨天。」〈望夫石〉云：「山頭日日風復雨，行人歸來石應語。」〈短歌行〉云：「人家見生男女好，不知男女催人老。」〔註36〕王建樂府詩諸結句，讀後自可產生一種特別的餘味，猶如暮鼓晨鐘，發人深省。隨著情緒的激昂，王建總在結句處，突轉一韻，爲的是讓讀者有深刻的注意。如《石園詩話》所舉〈荊門行〉：「羅衫臥對章臺夕，紅燭交橫各自歸，酒醒還是他鄉客，壯年留滯尚思家，況復白頭在天涯？」韻腳「夕」、「客」，分屬「昔」、「陌」韻，結句韻腳「家」「涯」，分屬「麻」、「佳」韻。〔註37〕本可一

〔註35〕參王力著《漢語詩律學》，頁351，香港：中華書局，1999年5月再版。

〔註36〕參《唐詩彙評》，頁1526。

〔註37〕家、涯二韻在《增廣詩韻集成》中，同屬麻韻，而在《廣韻》中，分屬麻佳二韻，此爲鄰韻。王力指出：「所謂『鄰韻』，除江與陽、

韻到底，全用「陌」韻，但由於情緒轉折，故由「陌」韻轉為「麻」韻。
〔註38〕表達深深之思鄉情感。

再看下列八詩之說明，〈傷韋令孔雀詞〉：

> 如今憔悴人見惡，萬里更求新孔雀，熱眠雨水飢拾蟲，翠
> 尾盤泥金彩落，多時人養不解飛，海山風黑何處歸？

末六句韻腳：「惡」、「雀」、「落」，分屬「鐸」、「藥」、「鐸」韻，兩韻
同用，結句「飛」、「歸」屬「微」韻，結句由「藥」韻轉為「微」韻。
本詩主旨前寫孔雀之得寵，後又因失寵之窘境，在雨水中睡眠，飢餓
只能食蟲。結二句轉韻，加深孔雀居無定所之無助。再如〈傷鄰家鸚
鵡詞〉：

> 舌關啞咽畜哀怨，開籠放飛離人眼，短聲亦絕翠臆翻，新
> 墓崔嵬舊巢遠，此禽有志女有靈，定為連理相並生。

末六句韻腳：「眼」「遠」，雖分屬「產」「阮」，但古韻相通。結句「靈」
「生」，分屬「青」「庚」韻，兩韻古通用。結句由「阮」韻轉為「青」
韻。先寫鸚鵡發出咽啞而哀怨之聲，傳達遭受悲慘之命運。結二句
轉韻，發出「定為連理相並生」之呼喚。又如〈行見月〉：

> 不緣衣食相驅遣，此身誰願長奔波，篋中有帛倉有粟，豈
> 向天涯走碌碌，家人見月望我歸，正是道上思家時。

末四句韻腳：「粟」「碌」，分屬「燭」「屋」韻，兩韻古相通。結句「歸」
「時」，屬「微」「支」韻，兩韻古通。結句由「屋」轉「微」韻。先
寫王建為衣食在外奔波，而末聯設想對方也在望月思念王建。再看〈失
釵怨〉：

> 雙杯行酒六親喜，我家新婦宜拜堂，鏡中乍無失髻樣，初
> 起猶疑在床上，高樓翠鈿飄舞塵，明日從頭一遍新。

佳與麻、蒸與侵為罕見的特例之外，大約總依詩韻的次序，以排列
相近而音又相似的韻認為鄰韻。」參王力《漢語詩律學》，頁71。
〔註38〕本文所查韻腳，皆根據《宋本廣韻》，在時代上，比《增廣詩韻集成》
更為妥切。以下所分析諸詩之韻腳中，有許多通韻情形，詳參王力
《漢語詩律學》，頁43、71、323、331。

末四句韻腳「樣」和「上」，屬「漾」韻；「塵」和「新」，屬「眞」韻。結句由「漾」轉「眞」韻。在意涵上，表達了貧女和富女對於失釵的態度，貧女視之如寶，而富女視之如土。再如〈斜路行〉：

> 頭白如絲面如繭，亦學少年行不返，縱令自解思故鄉，輪
> 折蹄穿白日晚，誰將古曲換斜音，回取行人斜路心。

末六句韻腳「返」「晚」，屬「阮」韻；「音」和「心」，屬「侵」韻。結句由「阮」轉「侵」韻，隱含以風雅古曲之精神，拯救世人追求名利之斜路心。再如〈去婦〉：

> 白頭使我憂家事，還如夜裏燒殘燭，當初爲取傍人語，豈
> 道如今自辛苦，在時縱嫌織絹遲，有絲不上鄰家機。

末六句韻腳「語」「苦」；分屬「語」、「姥」韻；「遲」「機」，分屬「脂」、「微」韻。結句由「語」轉「微」韻，深刻表達出婆婆趕走媳婦之自責和悔意。

再如〈春來曲〉：

> 光風曖曖蝶宛宛，遠樹氣匝枝柯軟，可憐寒食街中郎，早
> 起著得單衣裳，少年即見春好處，似我白頭無好樹。

末四句韻腳「郎」「裳」，分屬「唐」、「陽」韻，兩韻同用；「處」「樹」，分屬「御」、「遇」韻。結句由「陽」轉「遇」韻，傷春嘆時之感，自然烘出。

再如〈春去曲〉：

> 緣岡繞澗卻歸來，百回看著無花樹，就中一夜東風惡，收
> 紅拾紫無遺落，老夫不比少年兒，不中數與春別離。

末四句韻腳「惡」「落」，屬「鐸」韻；「兒」「離」屬「支」韻。結句由「鐸」轉「支」韻，頗有美人遲暮之嘆，說明自己已年老色衰。

由以上八首詩之分析，王建總在詩的結句處，急轉一韻，將內心洶湧曲折之情感，自然地表達出來，其他如〈寒食行〉、〈促刺詞〉、〈北邙行〉、〈溫泉宮行〉、〈塞上梅〉、〈戴勝詞〉、〈鞦韆詞〉、〈精衛詞〉、〈別鶴曲〉、〈飲馬長城窟行〉、〈簇蠶辭〉、〈水夫謠〉、〈田家行〉、〈荊門行〉、〈鏡聽詞〉、〈射虎行〉、〈送衣曲〉、〈尋橦歌〉（行宮詞）諸詩，均使

用促收韻之手法，由此可見王建作詩之用心。不過，如果末尾仍承前韻者，可能就毫無特殊用意。如〈元日早朝〉：「……竽磬寒錚錚，三公再獻壽，上帝錫永貞，天明告四方，群后保太平。」全押「庚」韻。結句毫無特殊意味。又如〈七泉寺上方〉：「……晨起衝露行，濕花枝茸茸，歸依向禪師，願作香火翁。」全押「東韻」（冬東古通用）。

　　王建詩之結句發揮極大省思作用，總在末兩句使用相同韻腳。故有學者指出：「王建的詩手法比較細膩，樂府詩愛以比興開頭，以加強氣氛，末尾以一總結性的話作結，描寫得客觀實在。白居易的『卒章顯其志』也受過他的影響。」〔註39〕

　　王建詩之結句與轉韻間有密切關聯，透過《石園詩話》之啓發，再加上多首促收韻詩例之分析，不難體會出王建詩之餘蘊況味。

（二）轉韻新氣象

　　韻之作用爲何？章學誠《文史通義·詩教》作了扼要之解答：「演疇皇極，訓誥之韻者也，所以便諷誦，志不忘也。」〔註40〕又朱光潛《詩論》提出：「韻的最大作用在把渙散的聲音聯貫起來，成爲一個完整的曲調。」〔註41〕更進一步來說，詩歌的韻腳和作者的情感是有密切關聯，通常轉韻處即是作者情緒變化之所在。上部份所討論的結句用重筆，即爲明證。唐詩的轉韻，大別分爲二種，一種是不規則而隨意換韻的，李白這首夢遊天姥詩即是，另一種是換韻的距離以及韻腳的聲調都有規可循，其規則大致是以四句或八句一換韻。〔註42〕而王建則不受此限，兼有以上二者，寓規則於不規

〔註39〕參王文生主編，李敬一、熊禮匯編著《中國文學史》上冊，頁535，北京：高等教育出版社，1989年8月。

〔註40〕〔清〕章學誠著，葉瑛校注《文史通義校注》，頁79，北京：中華書局，2004重印。

〔註41〕朱光潛《詩論》，頁173，合肥：安徽教育出版社，1999年1月。

〔註42〕參黃永武《中國詩學——設計篇》，頁168，台北：巨流出版社。王力也提出過相同的看法，他在《漢語詩律學》説：「唐詩的轉韻，可大別爲兩種：第一種是隨便換韻，像古詩一樣；第二種是在換韻的

則之中。試看〈隴頭水〉：

> 隴水何年隴頭別，不在山中亦鳴咽，征人塞耳馬不行，未
> 到隴頭聞水聲，謂是西流入蒲海，還聞北去繞龍城，隴東
> 隴西多屈曲，野麋飲水長簇簇，胡兵夜回水旁住，憶著來
> 時磨劍處，向前無井復無泉，放馬回看隴頭樹。

韻腳「別」「咽」屬「屑」韻；「行」「聲」「城」屬「庚」韻；「曲」
「簇」屬「屋」韻；「住」「處」「樹」屬「遇」韻，此詩一二句押「屑」
韻；三至六句押「庚」韻；七八句押「屋」韻；九至十二句押「遇」
韻。在十二句中，分別押「屑」「庚」「屋」「遇」等四韻，換韻促急，
情緒起伏頗大。本篇不只反映漢兵對於征戰之哀怨，亦對胡兵之怨悲
多所關注，士兵所聽聞之隴頭鳴咽聲，猶如他們內心苦痛之呈現。首
聯押入聲之「屑」韻，描述征人如隴水之鳴咽聲，言外可見其疲戰之
無奈。接著兩聯換爲「庚」韻，帶有鼻音之哀泣。緊接又換入聲「屋」
韻，說明征途多屈曲。最後則押「遇」韻，除寫漢兵之苦，也寫胡兵
「無井復無泉」之困窘。此詩換了兩個入聲韻，短短十二句就用了四
個韻，王建對戰爭之悲憤，顯然可知。<u>其押韻乃採：二句——四句—</u>
<u>—二句——四句之轉韻方式，不屬於四句或八句一換韻的規則，然二</u>
<u>句四句二句四句之轉韻模式，又不像是隨意轉韻，故此爲王建用韻之</u>
<u>獨樹一格。</u>沈德潛《說詩晬語》：「樂府之妙全在繁音促節，其來於於，
其去徐徐，往往於回翔曲折處感人。」〔註43〕所謂「繁音促節」即是
說明關於轉韻處之曲折感人。對戰爭之逼眞描寫，應與他「從軍走馬
十三年」〈別楊校書〉之親身經歷有關。

　他又特別用六句一轉韻的模式，突破傳統的四句或八句轉韻的格
式，如〈荊南贈別李肇著作轉韻詩〉詩云：

> 輝天復耀地，再爲歌詠始，素傳學道徒，清門有君子，文
> 澗瀉潺潺，德峰來壘壘，兩京二十年，投食公卿間，封章

距離上和韻腳的聲調上都有講究。」
〔註43〕參《清詩話》，頁529。

既不下，故舊多慚顏，賣馬市耕牛，卻歸湘浦山，麥收蠶
上簇，衣食應豐足，碧澗伴僧禪，秋山對雨宿，且歡身體
適，幸免纓組束，上宰鎮荊州，敬重同歲遊，歡逢通世友，
簡授畫戎籌，遲遲就公食，愴愴別野裘，主人開宴席，禮
數無形跡，醉笑或顛吟，發談皆損益，臨甃理芳鮮，升堂
引賓客，早歲慕嘉名，遠思今始平，孔門忝同轍，潘館幸
諸甥，自知再婚娶，豈望爲親情，欣欣還切切，又二千里
別，楚筆防寄書，蜀茶憂遠熱，關山足重疊，會合何時節，
莫歎各從軍，且愁岐路分，美人停玉指，離瑟不中聞，爭
向巴山夜，猿聲滿碧雲。

李肇是唐人筆記小說《國史補》的作者，王建曾在詩中對他極高之推
崇。在詩歌偶像面前作詩，當然不能含糊，於是著作高難度的轉韻詩。
本詩共有四十八句，每六句換一韻，共押「紙」「刪」「沃」「尤」「陌」
「庚」「屑」「文」八個韻。「輝天」以下六句稱許李肇詩歌與品德，
如潺潺之澗，傾瀉而出；亦如壘壘之峰，迎面而來。「兩京」以下六
句，對李肇說明自己欲歸湘浦山隱居。「麥收」以下六句，分享隱居
生活，有僧友、山水陪伴。「上宰」以下六句，寫能與李肇交友乃爲
一件樂事。「主人」以下六句，則寫李肇款待王建，兩人盡情飲酒說
笑，話題以易理爲主。「早歲」以下六句，王建傾吐自早年就仰慕李
肇盛名。「欣欣」以下六句，寫兩人即將分別，無限感傷。結六句則
述未來不知何時再見，分別後，兩人即將分途從軍。此詩頗能因難見
巧，押八個韻，其中用了三個入聲韻，可謂「促薄而調急」（《詩辨坻》
卷三），顯示出王建用韻的高度技巧。趙執信《談龍錄》云：「句法須
求健舉，七言古詩尤亟。然歌行雜言中優柔舒緩之調，讀之可歌可泣，
感人彌深。如白氏及張、王樂府具在也。今人幾不知有轉韻之格矣。
此種音節，懼遂亡之，奈何！」〔註44〕王建詩中「優柔舒緩之調，讀
之可歌可泣，感人彌深」之說，確屬可信。

〔註44〕參《清詩話續編》，頁 315。

二、疑問句法

　　王建所使用的疑問句法依其位置變化可分三種：一、開頭疑問，二、句中疑問，三、後頭疑問。其中的句中疑問，如「……百年歡樂能幾何，在家見少行見多？……」（〈行見月〉）、「……一念始爲難，萬金誰足貴？……」（〈邯鄲主人〉），在詩歌的表現上，無太大功用。而開頭和後頭疑問兩種設問方法，最能引起讀者的共鳴和期待。黃慶萱在《修辭學》中則指出「設問」有「用於篇首以提起全篇主旨」及「用於篇末以製造文章餘韻」等原則。〔註45〕開頭疑問無非是要勾引人們的注意，希望共同參與答案的思考。

（一）開頭疑問

　　在開頭疑問中，王建詩則大半用於鳥類的發問，如：

　　戴勝誰與爾爲名？木中作窠牆上鳴。……（〈戴勝詞〉）

　　精衛誰教爾塡海？海邊石子青磊磊。……（〈精衛詞〉）

　　庭樹鳥，爾何不向別處栖？……（〈烏夜啼〉）

　　空城雀，何不飛來人家住？……（〈空城雀〉）

　　新燕新燕何不定？東家綠池西家井。……（〈春燕詞〉）

上舉五例中，王建運用了修辭技巧中的「呼告」。他呼名傾訴以表達更爲強烈的情感。〔註46〕詩篇一開頭即向戴勝、精衛、烏、雀、燕等物呼喊，目的則是要一吐心中不快。故王建對於鳥類的發問中，似有替它們悲慘的命運抱不平。如〈精衛詞〉：「精衛誰教爾塡海？海邊石

〔註45〕黃慶萱：《修辭學》，頁58～59，台北市：三民，2004 年增訂三版二刷。

〔註46〕見黃慶萱：《修辭學》，頁513～524。他把「呼告」定義爲：「說話或作文中，先呼叫對方，以引起對方注意，再告訴他要說的事情；甚至突然撇開聽眾或讀者，直接對所敘的人或事物，呼名傾訴，以表達更爲強烈的情感。」他把呼告分爲呼人和呼物兩類。呼物是指呼喚事物的名稱而有所傾訴，是一種帶有人性化或人格化的呼告。

子青磊磊，……朝在樹頭暮海裏，飛多羽折時墮水。」精衛鳥為何銜石填海？精衛鳥是王建藉以比喻下層困苦勞動人民，他所使用的開頭疑問句法，似乎是對最高統治階級而發，而勞動人民的命運就像精衛鳥一般，「朝在樹頭暮海裏，飛多羽折時墮水」，相當淒慘。後三例中，王建對鳥、雀、燕等物之悲喚，我們亦可體會出詩人對身世飄泊不定的無奈感。

　　也有對大自然規律的疑問，如：

　　春已去，花亦不知春去處？……（〈春去曲〉）

　　尋春何事卻悲涼？春到他鄉憶故鄉。……（〈武陵春日〉）

　　登登石路何時盡，決決溪泉到處聞？……（〈山店〉）

　　隴水何年隴頭別？不在山中亦鳴咽。……（〈隴頭水〉）

　　對於人的處境得失之疑問，則有：

　　何罪過長沙？年年北望家。……（〈贈謫者〉）

（二）後頭疑問

　　而後頭疑問的作用，則或有諷刺意味在，如：

　　……馬蹄足脫裝馬頭，健兒戰死誰封侯？（〈飲馬長城窟〉）

　　……已聞鄉里催織作，去與誰人身上著？（〈簇蠶辭〉）

　　……多時人養不解飛，海山風黑何處歸？（〈傷韋令孔雀詞〉）

　　……乞與金錢爭借問，外頭還似此間無？（〈宮詞〉）

　　……自是姓同親向說，九重爭得外人知？（〈贈王樞密〉）

〈簇蠶辭〉的發問，不言可喻，「誰人」應指上層享樂貴族。若用直述句結尾，恐怕失去聯想空間。

　　或對人生方向之疑問，如：

　　……茲歡良可貴，誰復更來過？（〈泛水曲〉）

　　　　……若使無六經，賢愚何所託？（〈勵學〉）

　　　　……弟兄今四散，何日更相依？（〈原上新居十三首〉）

　　　　……終日憂衣食，何由脫此身？（〈同上〉）

　　　　……次第頭皆白，齊年幾個殘？（〈惜懽〉）

　　　　……今夜月明人盡望，不知秋思落誰家？（〈十五夜望月寄杜
　　　　　　　　　　　　　　　　　　　　　　　　　郎中〉）

或對道教修行境界之疑問，如：

　　　　……長向人間愁老病，誰來閒坐此房中？（〈題禪師房〉）

　　　　……寂寥虛境裏，何處覓長生？（〈題東華觀〉）

　　　　……何物中長食，胡麻慢火熬？（〈隱者居〉）

　　因此，無論開頭或後頭的設問方式，皆令讀者有廣大的想像空間，目的是讓人們參與討論，由於答案的多樣性，而增加王建詩歌的神秘性和可讀性。魏泰《臨漢隱居詩話》稱王建詩云：「言盡意盡，更無餘味。及其末也，或是詼諧，便使人發笑，此曾不足以宣諷。」〔註47〕由上疑問句法之分析，可知「今夜月明人盡望，不知秋思落誰家？」意味深邃；而「已聞鄉里催織作，去與誰人身上著？」〈簇蠶辭〉已達宣諷之情矣。並非如魏泰所言「更無餘味」，「不足宣諷」。因此魏泰之評論失當。《石園詩話》卷二云：「王仲初……歌行諸結句，尤有餘蘊。」〔註48〕此言誠爲允論。

三、大量疊字運用

　　詩歌中疊字的運用是很常見的，除了具有聲響怡人的效果外，還有強調的作用。許清雲在《近體詩創作理論》中指出唐代詩人有許多特殊的用字法，其中一種爲「重疊用字法」。他舉了王維和杜甫爲例說明，

〔註47〕《歷代詩話》，頁322。

〔註48〕《清詩話續編》，頁1765。

如王維：「漠漠水田飛白鷺，陰陰夏木囀黃鸝。」又杜甫：「寂寂春將晚，欣欣物自私」、「客子入門月皎皎，誰家搗練風淒淒」等詩句。〔註49〕此即本文所謂「對句疊字」。其實疊字類型可分單用疊字和對句疊字兩種，前者意指：一聯之內僅有一項疊字；後者意謂：一聯之內使用一組疊字。王建詩關於此法亦夥，可惜未受研究者注意。而王建詩大量採用疊字，目的無非是要朗朗上口，富有民歌特色。以下分述之：

（一）單用疊字

寒食家家出古城，老人看屋少年行。(〈寒食行〉)

江上風翛翛，竹間湘水流。(〈江南雜體〉)

庭燎遠煌煌，旗上日月明。(〈元日早朝〉)

徘徊慶雲中，竽磬寒錚錚。(〈元日早朝〉)

恍恍恐不真，猶未苦承望。(〈聞故人自征戍回〉)

老僧雲中居，石門青重重。(〈七泉寺上方〉)

青衿儼坐傍，禮容益敦敦。(〈從元太守夏讌西樓〉)

既乖歡會期，鬱鬱兩難宣。(〈送于丹移家洛州〉)

憧憧車馬徒，爭路長安塵。(〈送薛蔓應舉〉)

煌煌文明代，俱幸生此辰。(〈送薛蔓應舉〉)

沉沉百憂中，一日如一生。(〈將歸故山留別杜侍御〉)

亭上夜蕭索，山風水離離。(〈送同學故人〉)

月出天氣涼，夜鍾山寂寂。(〈溫門山〉)

鳥鳴桑葉間，綠條復柔柔。(〈採桑〉)

曉氣生綠水，春條露霏霏。(〈曉思〉)

〔註49〕許清雲《近體詩創作理論》，頁 27～28，台北市：洪葉文化，1997年初版。

菱花霍霍繞帷光，美人對鏡著衣裳。(〈春詞〉)

紛紛醉舞踏衣裳，把酒路旁勸行客。(〈賽神曲〉)

高池高閣上連起，荷葉團團蓋秋水。(〈主人故池〉)

乳烏啞啞飛復啼，城頭晨夕宮中棲。(〈古宮怨〉)

上陽宮到蓬萊殿，行宮巖巖遙相見。(〈行宮詞〉)

亦是茫茫客，還從此別離。(〈送人遊塞〉)

欲明天色白漫漫，打葉穿簾雪未乾。(〈酬于汝錫曉雪見寄〉)

翰林同賀文章出，驚動茫茫下界人。(〈和蔣學士新授章服〉)

年少力生猶不敵，況加憔悴悶騰騰。(〈謝田贊善見寄〉)

唯有教坊南草綠，古苔陰地冷淒淒。(〈春日五門西望〉)

露濃煙重草萋萋，槲映闌干柳拂堤。(〈李處士故居〉)

彼愁此又憶，一夕兩盈盈。(〈酬張十八病中寄詩〉)

天涯悠悠葬日促，岡坂崎嶇不停轂。(〈北邙行〉)

「沉沉百憂中，一日如一生」此聯中只出現一項疊字，所以稱單用疊字。「徘徊慶雲中，竽磬寒錚錚」和「乳烏啞啞飛復啼」兩句是擬聲疊字，形容竽磬乳烏所發出的聲音，餘者疊字皆形容主體的情緒或狀態，如「悶騰騰」「冷淒淒」「山寂寂」「水離離」等等。其中除了「亦是茫茫客」「驚動茫茫下界人」使用兩次「茫茫」外，其餘疊字皆未有重複現象，此顯示王建使用疊字之技巧。

（二）對句疊字

宋人周紫芝《竹坡詩話》中提到：「詩中用雙疊字易得句。如「水田飛白鷺，夏木囀黃鸝」，此李嘉祐詩也。王摩詰乃云「漠漠水田飛白鷺，陰陰夏木囀黃鸝。」摩詰四字下得最為穩切。若杜少陵「風吹客衣日杲杲，樹攪離思花冥冥」，「無邊落木蕭蕭下，不盡長江滾滾

來』，則又妙不可言。」〔註50〕周紫芝所謂「雙疊字」即本節所指的「對句疊字」。他所舉的例子在聲調上皆為平仄相對，如漠漠與陰陰，仄對平；杳杳與冥冥，仄對平；蕭蕭與滾滾，平對仄。而王建詩中亦有大量的例子，如：

> 城頭山雞鳴角角，洛陽家家學胡樂。(〈涼州行〉)
>
> 文澗瀉潺潺，德峰來壘壘。(〈荊南贈別李肇著作轉韻詩〉)
>
> 長長南山松，短短北澗楊。(〈山中寄及第故人〉)
>
> 妾思常懸懸，君行復綿綿。(〈思遠人〉)
>
> 溫泉決決出宮流，宮使年年修玉樓。(〈溫泉宮行〉)
>
> 長長絲繩紫復碧，嫋嫋橫枝高百尺。(〈鞦韆詞〉)
>
> 戀戀春恨結，綿綿淮草深。(〈淮南使迴留別竇侍御〉)
>
> 白毛家家織，紅蕉處處栽。(〈送鄭權尚書南海〉)
>
> 斜對寺樓分寂寂，遠從溪路借潺潺。(〈昭應官舍〉)
>
> 雲山且喜重重見，親故應須得得來。(〈洛中張籍新居〉)
>
> 春圃紫芹長卓卓，暖泉青草一叢叢。(〈題裴處士碧虛溪居〉)
>
> 長長絲繩紫復碧，嫋嫋橫枝高百尺。(〈鞦韆詞〉)
>
> 歌頭舞遍回回別，鬢樣眉心日日新。(〈閒說〉)

「城頭山雞鳴角角，洛陽家家學胡樂」此聯中出現一組「角角」入聲對「家家」平聲的疊字，所以稱為對句疊字。從以上所舉例子中，除了〈思遠人〉所使用「懸懸」「綿綿」是平聲對平聲外，其餘皆平仄交替相對，諸如「長長」平聲對「短短」仄聲〈山中寄及第故人〉；「決決」入聲對「年年」平聲〈溫泉宮行〉；「寂寂」入聲對「潺潺」平聲〈昭應官舍〉；「回回」平聲對「日日」入聲〈閒說〉……等等。由此

〔註50〕《歷代詩話》，頁349。

可見王建使用疊字時，也注意聲律技巧的運用。

　　王建詩中除了短篇絕句較少使用疊字外，如「向壁暖悠悠，羅幃寒寂寂。」〈秋燈〉「啾啾雀滿樹，靄靄東坡雨。」〈田家〉，其餘幾乎篇篇都有疊字出現。甚至尚有些詩，句句用疊字，如〈宛轉詞〉、〈兩頭纖纖〉。由於疊字的使用已成為王建作詩習慣，為了不使疊字成為負擔，少數句子本可用疊字，他卻迴避自如。如：「寂寞空餘歌舞地，玉簫聲絕鳳歸天。」〈故梁國公主池亭〉「寂寞」本可作「寂寂」，兩字皆屬入聲字，短促之聲響效果，完全相同，可是王建卻不用疊字。由此可見，他對用字的謹慎用心。以上數例若反覆誦讀，不難發現疊字在音響上有極微妙的功用，既可以使語氣完足，意義完整，又可使聲調動聽。〔註51〕

四、王建詩之語言節奏安排

　　對於五言，正常詩歌的語言節奏是二二一；對於七言是二二二一。如果詩人一味接受標準格式的安排，有時會失去詩人感情之自然表達。故王建偶在正統之外，玩些花樣，使內心之豐富情感，得以充分藉由詩歌宣洩出來。先看一三一節奏：

（一）五言詩方面

　　　髮緣多病落，力為不行衰。（〈照鏡〉）

　　　家每因窮散，官多為直移。（〈送吳郎中赴忠州〉）

「髮緣多病落」的結構是「髮落」、「緣多病」，因為王建多病，導致髮落現象，所以是一三一節奏；「家每因窮散」，拆開為「家散」、「每因窮」的結構，節奏亦為一三一。又有三二節奏，如：

　　　不剃頭多日，禪來白髮長。（〈題法雲禪院僧〉）

還有一三一節奏的：

〔註51〕參黃永武《中國詩學——設計篇》，頁191，台北：巨流出版社，1996年12月。

欣欣還切切，<u>又二千里別</u>。（〈荊南贈別李肇著作轉韻詩〉）

（二）七言詩方面

三四節奏，有：

<u>逍遙翁在此徘徊</u>，帝改溪名起石臺。（〈逍遙翁溪亭〉）

<u>簷前著熟衣裳坐</u>，風冷渾無撲火蛾。（〈新晴〉）

<u>撫背恩雖同骨肉</u>，擁旄名未敵功勳。（〈送振武張尚書〉）

尚有一類很特別，節奏雖符合二二二一結構，句法卻有所變化。如：

初移古寺正南方，<u>靜是浮山遠是莊</u>。（〈寄楊十二祕書〉）

<u>多在蓬萊少在家</u>，越緋衫上有紅霞。（〈贈人二首〉）

雨中溪破無乾地，<u>浸著牀頭濕著書</u>。（〈雨中寄東溪韋處士〉）

<u>玉作車轅蒲作輪</u>，當初不起潁陽人。（〈留別張廣文〉）

此句型較為特殊，句中第二和六字相同，餘五字不同。如上四例即是。王建使用不同之節奏變化使我們生理和心理都產生影響，誠如朱光潛所說：「節奏是傳達情緒的最直接而且最有力的媒介，因為它本身就是情緒的一個重要部分。我們生理、心理方面都有一種自然節奏，起於筋肉的伸縮以及注意力的張弛。」〔註52〕

綜上所述，王建在體式上之創新有：七絕形式之宮詞百首、偶言式之詞體和樂府句式上之求變；此正好體現中唐詩人的求變心理，如韓愈是「摛章繪句，聱牙崛奇」，在字句上求變化，而王建則在體式上之求變，各盡所能。而他所使用疑問句法、大量疊字、結句韻轉、用韻獨特和語言節奏等五種創作技巧，使詩歌「句質而實巧」〔註53〕在無形中產生了極大的藝術感染力。

〔註52〕朱光潛《詩論》，頁115，合肥：安徽教育出版社，1999年1月。

〔註53〕參葉矯然《龍性堂詩話初集》。《清詩話續編》，頁952。其云：「王仲初句質而實巧，李長吉文奇而調合，皆樂府妙手也。」

第七章　中唐社會寫實詩人——
王建與張籍社會詩之比較

　　嚴羽《滄浪詩話・詩體》云：「張籍王建體。」〔註1〕辛文房《唐才子傳》亦云：「與張籍契厚，唱答尤多。」〔註2〕此蓋爲二人並稱「張王樂府」之故。遍閱王張之詩集後，不難發現二人既爲摯友，且詩歌觀念亦相互影響。其樂府內容皆呈現「唯歌生民病」之共同傾向，他們詩歌有共同之「風雅」觀念；在語言風格上，也顯出口語俚俗之特色；在表現手法上，又極爲雷同。而本章即要探討兩人在詩歌上異同之比較，期能對王張詩歌有更深層之認識。

第一節　風雅觀念相同

　　欲探求二人之詩歌觀念，必先從其間往來之酬作談起，再透過其詩歌內容之訴求以互爲印證。張籍〈逢王建有贈〉云：「使君座下朝聽易，處士庭中夜會詩。新作句成相借問，閑求義盡共尋思。」張籍回憶與王建在三十年前互相切磋詩藝之情景。又〈喜王六同宿〉云：「十八年來恨別離，唯共一宿咏新詩。更相借問詩中語，共說如今勝舊時。」亦談及二人促膝長談，共同研究詩歌內容之疑問。既然二人

────────────────

〔註1〕參何文煥《歷代詩話》，頁689，北京：中華書局，2001年11月。
〔註2〕參《唐才子傳校箋》，頁159。

常相互請教詩歌義理，必有相通之詩歌主張，而此共同主張即是「風雅」觀念。王建〈送張籍歸江東〉云：「君詩發大雅，正氣迴我腸」明確指出張籍詩歌中之大雅正氣深深影響王建詩歌內容。而風雅觀念之源頭是從詩經開始，經由漢魏六朝樂府，直到元白新樂府詩運動，其精神可謂一脈相承。故胡震亨《唐音癸籤》卷七「評匯」三云：「張籍祖國風，宗漢樂府，思難辭易。王建似張籍，古少今多。」〔註3〕又李調元《雨村詩話》云：「王建、張籍樂府，何曾一字險怪，而讀之入情入理，與漢、魏樂府並傳。」〔註4〕把王建和張籍樂府之詩歌觀念和詩經國風、漢魏樂府之精神貫通起來。

張王樂府採用「即事名篇，無所依傍」之寫作方式，依當時時事之需要，賦予新的題目，反映民生疾苦，揭露政治黑暗，揭發社會不平之內容，希能下情上達，安定社稷。而以新題寫時事之樂府寫作，自杜甫即有佳作，如〈三吏〉、〈三別〉，陳僅《竹林答問》云：「樂府音節不傳，唐人每借舊題自標新義。至少陵，並不襲舊題，如〈三吏〉、〈三別〉等詩，乃真樂府也。其他如元道州之〈繫樂府元微之之〈樂府新題〉，香山、張、王之〈新樂府〉，溫飛卿之〈樂府倚曲〉，皮日休之〈正樂府〉皆是。」〔註5〕說明張王樂府具有杜甫〈三吏〉、〈三別〉之新樂府精神。

白居易〈讀張籍古樂府〉云：「張君何為者，業文三十春。尤工樂府詩，舉代少其倫。為詩意如何，六義互鋪陳。風雅比興外，未嘗著空文。讀君學仙詩，可諷放佚君。讀君董公詩，可誨貪暴臣。讀君商女詩，可感悍婦仁。讀君勤齊詩，可勸薄夫敦（一作淳）。上可裨教化，舒之濟萬民。下可理情性，卷之善一身。」（《全唐詩》卷424，頁4654），張籍樂府詩受到白居易推崇之最大原因在於：「為詩意如何，六義互鋪陳。風雅比興外，未嘗著空文」之風雅觀念，

〔註3〕胡震亨《唐音癸籤》，頁66，台北：木鐸，71年7月。
〔註4〕《清詩話續編》，頁1531。
〔註5〕《清詩話續編》，頁2225。

不僅理論如此，表現在詩歌創作上亦是如此。故白居易在讀張籍詩之後，認爲他的詩可諷放佚君、可誨貪暴臣、可感悍婦仁、可勸薄夫敦、上可裨教化、下可理情性。而風雅觀念，對於王建而言，亦非僅是詩歌口號，他和張籍一樣，在中唐樂府詩運動之發展上，具有促進之功。故《唐音癸籤》卷七「評匯」三云：「大曆以還，樂府不作。獨張籍、王建二家體制相近，稍復古意。或舊曲新聲，或新題古義，詞旨通暢，悲歡窮泰，慨然有古歌謠之遺，亦唐世流風之變，而不失其正者。」〔註6〕無論張王樂府詩是舊曲新聲，或新題古義，同樣有古歌謠之遺風，在變化中不失其正。

以上藉由張王詩作及白居易和詩話等資料，以探索二人樂府詩歌之觀念同樣是出自詩經之風雅觀念，反映民生疾苦，具有寫實之色彩，諷刺意味濃厚，富有民歌風味，此觀念在中唐白居易之樂府詩運動上，發揮很大功用。

第二節　風格之比較

張王二人在風雅觀念相同外，他們在詩歌之表現風格上亦極爲相近，辛文房《唐才子傳》張籍條云：「公於樂府古風，與王司馬自成機軸，絕世獨立。」〔註7〕可見二人詩風相近，本節欲從詩話的討論中，歸納出二人同具有「古質」和「天然清削」之風格，並舉詩例探討。

一、「古質──淺俚」風格

《唐音癸籤》卷七「評匯」三云：「大曆以還，樂府不作。獨張籍、王建二家體制相近，<u>稍復古意</u>。或舊曲新聲，或新題古義，詞旨通暢，悲歡窮泰，<u>慨然有古歌謠之遺</u>，亦唐世流風之變，而不失其正者。」〔註8〕揭示二人有古意，亦有古歌謠之特色，又《讀雪山房唐

〔註6〕胡震亨《唐音癸籤》，頁66，台北：木鐸，71年7月。
〔註7〕見《唐才傳校箋》，頁567。
〔註8〕胡震亨《唐音癸籤》，頁66，台北：木鐸，71年7月。

詩序例》云：「樂府古詞，陳陳相因，易于取厭。張文昌、王仲初創為新制，<u>文今意古</u>，言淺諷深，頗合《三百篇》興、觀、群、怨之旨。……至<u>張、王尚有古音</u>，元、白始全今調，則又可為知者道也。」〔註9〕亦強調二人古意，且言淺諷深。「言淺諷深」即為「古質」之風格。故宋人曾季貍《艇齋詩話》云：「張籍樂府甚古，如〈永嘉行〉尤高妙。<u>唐人樂府惟張籍、王建古質</u>。」〔註10〕已揭示張王二人樂府詩同具有古質之風。所謂「古質」是相對於典雅雕飾而言，此蓋指二人詩中含有語言平俗、樸直之特質，予人一種親切近人之感，且透現諷刺之旨。我們舉詩例來說明古質之風格：張籍〈寄衣曲〉和王建〈送衣曲〉、〈擣衣曲〉同寫征婦為郎君縫衣之甜蜜心情。用語平易，韻味高雅有古風，先看張籍〈寄衣曲〉：

> 織素縫衣獨苦辛，遠因回使寄征人。官家亦自寄衣去，貴從妾手著君身。高堂姑老無侍子，不得自到邊城裏。殷勤為看初著時，征夫身上宜不宜？

宋·郭茂倩《樂府詩集》收入第九十四卷《新樂府辭五·樂府雜題五》之中。〔註11〕與〈擣衣曲〉、〈送衣曲〉同為擣素裁衣，緘封送遠之作。唐初行府兵制，兵器、鞍馬、衣服例由征屬自備。中唐行募兵制，軍衣已由朝廷供應，然而民間仍有寄衣之習。末句寫征婦體貼入微，不知夫君是否穿得合適？明·陸時雍《唐詩鏡》謂此詩：「高風雅韻。」〔註12〕清·邢昉《唐風定》則評曰：「意婉辭雅，似非仲初所及。」〔註13〕皆說明張籍有古風雅韻，全詩讀來口語平實。再比較王建〈送衣曲〉和〈擣衣曲〉：

〈送衣曲〉

> 去秋送衣渡黃河，今秋送衣上隴坂，婦人不知道徑處，但

〔註 9〕　《清詩話續編》，頁 1549。
〔註10〕　《歷代詩話續編》，頁 295。
〔註11〕　《樂府詩集》，頁 1318。
〔註12〕　《唐詩彙評》，頁 1896。
〔註13〕　《唐詩彙評》，頁 1896。

問新移軍近遠，半年著道經雨淫，開籠見風衣領急，舊來十月初點衣，與郎著向營中集，絮時厚厚綿纂纂，貴欲征人身上暖，願身莫著裹屍歸，願妾不死長送衣。

〈擣衣曲〉

月明中庭擣衣石，掩帷下堂來擣帛，婦姑相對神力生，雙擡白腕調杵聲，高樓敲玉節會成，家家不睡皆起聽，秋天丁丁復凍凍，玉釵低昂衣帶動，夜深月落冷如刀，淫著一雙纖手痛，回編易裂看生熟，鴛鴦紋成水波曲，重燒熨斗帖兩頭，與郎裁作迎寒裘。

〈送衣曲〉末二句寫出征婦對夫君從軍事業之支持，並願想能常送衣至軍營給夫君。〈擣衣曲〉也不寫怨，反而接受男人必從軍之事實，即使夜深纖手痛，但想到「與郎裁作迎寒裘」也就心甘情願了。

以上所舉三詩，語言平俗淺顯，字句略無雕琢，幾乎脫口而出，顯示詩歌古質之風格。我們再比較二人同題〈別鶴〉之內容：[註14]

王建〈別鶴曲〉

主人一去池水絕，池鶴散飛不相別，青天漫漫碧水重，知向何山風雪中，萬里雖然音影在，兩心終是死生同，池邊巢破松樹死，樹頭年年烏生子。

張籍〈別鶴〉

雙鶴出雲谿，分飛各自迷。空巢在松頂，折羽落紅泥。尋水終不飲，逢林亦未栖。別離應易老，萬里兩淒淒。

此二首為古題樂府。據《樂府詩集》引崔豹《古今注》曰：「〈別鶴操〉，商陵牧子所作也。娶妻五年而無子，父兄將為之改娶。妻聞之，中夜起，倚戶而悲嘯，牧子聞之，愴然而悲，乃援琴而歌。後人因為樂章焉。」[註15]可見張王二人同用古意，抒發男女相離之悲情。二人用借詠物以示少婦因未生子而遭休離之意。此可見禮教之摧殘人性之自由意志，「池鶴散飛不相別」、「分飛各自迷」寫夫妻二人「無後為大」

[註14]　《樂府詩集》，頁846。
[註15]　《樂府詩集》，頁844。

之禮教迫害而分離，分離後，生活之困苦，「知向何山風雪中」、「折羽落紅泥」，但「兩心終是死生同」，所詠愛情之堅貞，令人動容。兩詩讀來，平易清新，頗有古意。

王張二人同樣有以民間信仰，描寫女性對愛情之心理，語言平直，襲用民間傳說，頗有古直之味。先看張籍〈烏啼引〉：

> 秦烏啼啞啞，夜啼長安吏人家。吏人得罪囚在獄，傾家賣產將自贖。少婦起聽夜啼烏，知是官家有赦書。下床心喜不重寐，未明上堂賀舅姑。少婦語啼烏，汝啼慎勿虛；借汝庭樹作高窠，年年不令傷爾雛。

宋·郭茂倩收入第六十卷《琴曲歌辭·四》之中。引李勉《琴說》曰：「〈烏夜啼〉者，何晏之女所造也。初，晏繫獄，有二烏止於舍上。女曰：『烏有喜聲，父必免。』遂撰此操。」〔註16〕又《樂府詩集》按曰：「清商曲亦有〈烏夜蹄〉，宋臨川王所作，與此義同而事異。」〔註17〕此詩借女子聽到烏啼報喜而期待夫能出獄。「下床」以下六句，寫少婦欣喜到睡不著，深夜即將好事稟報公婆，可是內心又怕期待落空，故把欣喜之情轉爲回報之實際作爲，若夫婿能出獄，必爲庭烏築高巢。王建〈鏡聽詞〉亦寫女性迷信心理，漸將雀悅心情化爲報答鏡神之「重繡錦囊磨鏡面」實際動作。其云：

> 重重摩挲嫁時鏡，夫壻遠行憑鏡聽，回身不遣別人知，人意丁寧鏡神聖，懷中收拾雙錦帶，恐畏街頭見驚怪，嗟嗟際際下堂階，獨自竈前來跪拜，出門願不聞悲哀，郎在任郎回未回，月明地上人過盡，好語多同皆道來，卷帷上床喜不定，與郎裁衣失翻正，可中三日得相見，重繡錦囊磨鏡面。

張王二人同樣以民間信仰爲主題，在描寫婦女聽聞夫君將歸好消息後，「下床心喜不重寐」、「卷帷上床喜不定」皆著意於她們因狂喜而睡不著，全詩具有古樸直爽之風格，刻畫女性心理入微。

〔註16〕《樂府詩集》，頁 872。
〔註17〕《樂府詩集》，頁 872。

　　由以上詩例顯示，在民間信仰、婦女勞動之主題選擇上，皆與民間親近，頗有俚俗風味。故《唐音癸籤》卷九《評匯》五云：「文章窮于用古，矯而用俗，如《史》、《漢》後六朝史之入方言俗語是也。籍、建詩之用俗亦然。王荊公題籍集云：「看是尋常最奇崛，成如容易卻艱辛。」凡俗言俗事入詩，較用古更難。知兩家詩體，大費鑄合在。」〔註18〕提出兩人用俗之特色。

　　綜上所述，張王二人樂府詩具有樸直，淺俗及諷刺之古質風格，是從主題、語言上來歸納的。《唐音癸籤》卷九《評匯》五又云：「籍、建、長吉之不能追李、杜，固也。但在少陵後仍詠見事諷刺，則詩為謗訕時政之具矣。此白氏諷諫，愈多愈不足珍也。所以張文昌只得就世俗俚淺事做題目，不敢及其他。仲初亦然」〔註19〕說明張王二人在俗俚淺事中，自然含有諷刺之旨，其他樂府詩皆然，如〈涼州行〉、〈刺促詞〉、〈古釵行〉、〈精衛詞〉、〈老婦嘆鏡〉、〈短歌行〉、〈渡遼水〉等篇，反復致意，有古作者之風，一失於俗則俚矣。

二、天然清削

　　清人翁方綱《石州詩話》卷二說：「張王樂府，天然清削，不取聲音之大，亦不求格調之高，此真善於紹古者。」〔註20〕「天然清削」即是張王樂府之另一風格概括。所謂「不取聲音之大，不求格調之高」似指不重格律束縛，語言天然，脫口而出，而「清削」二字，蓋指語言清新而諷意犀利，如刀尖削而出奇。沈德潛《說詩晬語》：「惟張文昌、王仲初樂府，專以口齒利便勝人，雅非貴品。」〔註21〕所謂「口齒利」，簡言之，即指張王樂府詩皆對政治或社會不良現象提出一種嚴厲之批判及譴責。諷意犀利，此所謂「清削」之風格。先看張籍〈楚

〔註18〕明・胡震亨《唐音癸籤》卷七，（上海古籍出版社，1984年8月），頁66。
〔註19〕《唐音癸籤》，頁87。
〔註20〕《清詩話續編》，頁1390。
〔註21〕《清詩話》，頁538。

妃怨〉：

> 湘雲初起江沉沉，君王遙在雲夢林。江南雨多旌戟暗，臺
> 下朝朝春水深。章華殿前朝下國，君心獨自無終極。楚兵
> 滿地兼逐禽，誰用一生騁筋力？西江若翻雲夢中，麋鹿死
> 盡應還宮！

此借楚襄王與巫山神女交歡及楚兵逐禽之事，以暗諷唐朝君王之沉溺美色畋獵。詩題《全唐詩》卷三八二作：「楚妃歎」。宋・郭茂倩《樂府詩集》收入第二十九卷《相和歌辭》四中。〔註22〕一二句失對，三句非律句，全詩夾敘夾議，用語因情實而自然脫出，末句諷意深刻，暗指唐君王打獵和美色之錯誤。末句「麋鹿死盡應還宮」尤見語言一針見血，犀利醒目。

再看〈涼州詞〉其二：

> 鳳林關裏水東流，白草黃榆六十秋。邊將皆承主恩澤，無
> 人解道取涼州。

明・楊愼《升菴詩話》卷十一「鳳林」條云：「鳳林，《水經》：『河水又東，歷鳳林北。』注：『鳳林，山名，五巒俱峙。』杜詩：『鳳林戈不息，魚海路常難。』張籍詩『鳳林關裏水東流，⋯⋯無人解道取涼州。』」〔註23〕末兩句寫邊將雖承君王榮恩，然無能力戍守邊域，於此可見諷意。故明・黃克纘、衛一鳳輯《全唐風雅》評此詩云：「黃云：譏刺時事而意不淺露，可以風矣。」〔註24〕又清・黃叔燦《唐詩箋注》：「此篇言邊將安坐居奇，不以立功報主為念，自開元中，王君㚟等先後突吐蕃取涼州，後復陷吐蕃，經今已六十年，邊將空邀主恩，無人出力。言之深切著明。」〔註25〕此詩雖格律謹嚴，然語言天然，無刻意雕琢。

又如〈董逃行〉：

〔註22〕《樂府詩集》，頁 436。
〔註23〕《歷代詩話續編》，頁 871。
〔註24〕《唐詩彙評》，頁 1920。
〔註25〕《唐詩彙評》，頁 1920。

洛陽城頭火瞳瞳，亂兵燒我天子宮。宮城南面有深山，盡
將老幼藏其間。重巖爲屋橡爲食，丁男夜行候消息。聞道
官軍猶掠人，舊里如今歸未得。董逃行，漢家幾時重太平！

宋・郭茂倩《樂府詩集》收入第三十四卷《相和歌辭》九中。〔註26〕

> 崔豹《古今注》曰：「〈董逃歌〉，後漢游童所作也。終有董
> 卓作亂，卒以逃亡。後人習之爲歌章，樂府奏之以爲警誡
> 焉。」《後漢書・五行志》曰：「靈帝中平中，京都歌曰：『承
> 樂事，董逃，遊四郭，董逃。蒙天恩，董逃，帶金紫，董
> 逃。行謝恩，董逃，整車騎，董逃。垂欲發，董逃，與中
> 辭，董逃。出西門，董逃，瞻宮殿，董逃。望京城，董逃，
> 日夜絕，董逃。心摧傷，董逃。』按：董謂董卓也，言欲
> 跋扈，縱有殘暴，終歸逃竄，至於滅族也。」〔註27〕

此詩以漢代唐，寫兵災亂象，反映當時內亂頻仍，人民苦不堪言，紛
紛到深山避亂，無家可歸。張籍以天然無雕飾之語言，諷刺唐代政府
之無力平亂。清削之意，即謂此，不重格律，諷意犀利已透隱其中。

　　而王建亦有同樣之題材反映。如〈銅雀臺〉：

> 嬌愛更何日，高臺空數層，含啼映雙袖，不忍看西陵，漳
> 水東流無復來，百花輦路爲蒼苔，青樓月夜長寂寞，碧雲
> 日暮空裴回。君不見鄴中萬事非昔時，古人不在今人悲，
> 春風不逐君王去，草色年年舊宮路，宮中歌舞已浮雲，空
> 指行人往來處。

此詩借三國曹操築銅雀臺一事，以諷刺封建皇帝之腐化和愚昧。「古
人不在今人悲」句，已見內心極深怨嘆，語言平直，如同口語，末兩
句諷意極深。又如〈古宮怨〉：

> 乳烏啞啞飛復啼，城頭晨夕宮中棲，吳王別殿繞江水，後
> 宮不開美人死。

此詩亦借三國史事說明宮女入宮如入地獄，側面指刺君王爲享樂而不
顧平民之生死。語言平舖直敘，用字不避俗，「死」字用之適所，令

〔註26〕《樂府詩集》，頁508。
〔註27〕《樂府詩集》，頁504。

人聯想宮女生活如地獄般之慘悽。用字犀利,毫不避諱,直指唐宮制度之要害。

由上分析得知,張王二人樂府詩在「古質」和「清削」兩種表現風格之相近,語言淺俚易懂,富有民歌風味,且諷意委婉,清新可喜。而此種風格之呈現,自然與其二人之風雅觀念相近,及情感眞切有關。故胡應麟《詩藪》內編卷五云:「唐七言律自杜審言、沈佺期首創工密,至崔顥、李白時出古意,一變也。……張籍、王建略去葩藻,求取情實,又一變也。」即強調二人「求取情實」之創作特質。儘管或有稱張籍勝王建之論點,〔註28〕然其僅就某部份之詩歌而論,因王建確有宮詞一百首勝張籍處,平心而論,張王在詩歌表現上大同小異,各有千秋。故方世舉《蘭叢詩話》云:「詩有齊名者,幸也,亦不幸也。凡事與其同能,不如獨勝。若元、白,若張、王,若溫、李、若皮、陸,一見如伯諧、仲諧之不可辨,令子產「不如同面」之言或爽然;久對亦自有異,讀者不可循名而不責實。張、王、皮、陸,其辨也微,在矉頻笑動靜間。」〔註29〕齊名之詩人,其辨也微,高下之別,全在如人飲水,冷暖自知。

第三節　表現手法之比較

張籍和王建爲了突顯關心民瘼、反映社會現實之主題,往往在詩歌之表現手法上,使用對比、託物喻意、卒章顯其志和敍述等四種方式呈現。雖然二人使用同樣手法,揭發相同主題,然而,在細心揣磨二人樂府詩,又可見張籍重敍事,而王建重心理之細微差別。

一、對比手法

「對比」一詞係指把兩種不同事物安排在一起,以強調顯露它們

〔註28〕毛先舒云:「文昌樂府與仲初齊名,然王促薄而調急,張風流而情永,張爲勝矣。」(《詩辨坻》卷第三,上海古籍出版社《清詩話續編》本)
〔註29〕《清詩話續編》,頁779。

彼此之間的差異，故有比較之意。〔註30〕諷刺效果若要強烈，則非用對比手法不可。在貧和富，在弱和強，在苦和樂的社會相反不合理現象中，在詩中對列起來，兩相對照下，更可見諷刺之意味。高適〈燕歌行〉：「戰士軍前半死生，美人帳下猶歌舞。」（《全唐詩》卷213，頁2218）即是苦和樂之對比；杜甫〈自京赴奉先詠懷五百字〉：「朱門酒肉臭，路有凍死骨。」《全唐詩》卷216，頁2266）即是貧和富之對比，此所謂對比手法。而張王二人社會詩中亦同樣使用對比手法，使諷刺之意更加深刻。張籍〈野老歌〉、〈賈客樂〉兩詩呈現農商之貧富不均，王建〈失釵怨〉、〈織錦曲〉呈現婦女之貧富心理，二人皆使用對比手法，令人感受更為深刻。先看張籍〈野老歌〉：

> 老翁家貧在山住，耕種山田三四畝。苗疏稅多不得食，輸入官倉化為土。歲暮鋤犁倚空室，呼兒登山收橡實。西江賈客珠百斛，船中養犬長食肉。

此篇為哀農之作。此詩前六句寫農民之貧困生活，後二句則述賈客之富裕生活，兩者形成強烈對比。首句破題引出一位貧窮老農住在深山裏，接著「耕種」以下五句，描述老農處境之悲憐，首先是田地不大，才三四畝，再者是禾苗稀疏，收穫的果實還要繳官倉，自己卻「不得食」。如果收成不好，便呼兒一同上山採收橡的果實。詩的結句通常是發發感歎，呼呼天地即可，但使用對比手法，更使人加強內心之悲歎。張籍將「西江賈客珠百斛」之富裕生活來作強烈對比，這些商人在船中所養的狗，常常有肉可吃，言外可見老農比犬還不如。元·范梈《木天禁語》〈樂府篇法〉：「張籍為第一，王建近體次之，長吉虛妄不必效，岑參有氣，惜語硬，又次之。張王最古……要訣在反本題結，如〈山農詞〉，結卻用『西山賈客珠百斛，船中養犬皆食肉。』是也。」〔註31〕所謂「反本題結」，即是對比手法。

〔註30〕請參姚一葦《藝術的粵妙》，頁189。
〔註31〕《歷代詩話》，頁746～747。

再看〈賈客樂〉：

> 金陵向西賈客多，船中生長樂風波。欲發移船近江口，船
> 頭祭神各澆酒。停杯共說遠行期，入蜀經蠻誰別離。金多
> 眾中爲上客，夜夜箟緝眠獨遲。秋江初月猩猩語，孤帆夜
> 發瀟湘渚。水工持檝防暗灘，直過山邊及前侶。年年逐利
> 西復東，姓名不在縣籍中。農夫稅多長辛苦，棄業長（一
> 作寧）爲販寶翁。

此詩亦寫農商生活之極大落差。首二句先寫金陵有很多商人，他們
生長在狹小的船中，並喜愛征服海洋之快感，出航前，商人會在船
頭澆酒祭神，保佑船隻平安。多金的商人各自比較，誰最多金，誰
就爲上客。此詩前十四句著重寫商人逐利暴富的情形，而且姓名不
在縣籍中，說明商人又可逃漏稅，最後兩句則以對比手法出之，集
中凸顯農夫辛苦又多稅，寧願放棄本業從商，尖銳地反映了社會貧
富不均的現象。

張籍爲老農吐不平之言，而王建則爲貧女發不公之語。先看王建
〈失釵怨〉：

> 貧女銅釵惜於玉，失卻來尋一日哭，嫁時女伴與作妝，頭
> 戴此釵如鳳凰，雙杯行酒六親喜，我家新婦宜拜堂，鏡中
> 乍無失髻樣，初起猶疑在床上，高樓翠鈿飄舞塵，明日從
> 頭一遍新。

由女子對髮飾之珍惜態度，即可看出婦女在生活之貧富落差。玉石對
貧女來說似乎是絕緣體，反而銅釵對她們更有一份特殊之情，由二句
失卻銅釵而一日哭，即可說明貧女對它的重視，因銅釵爲婚姻之嫁
妝，所以頭戴此釵就猶如麻雀變鳳凰之喜悅。由於太珍惜銅釵，故著
急而失去分寸，懷疑應掉在床上。詩至此，已描述貧女愛釵心切而亂
了方寸。末二句則把鏡頭移至富家之少女，她們把翠鈿當作塵土一
般，今天壞了，明日再重新換上一副。貧女視銅釵如鳳凰，而富女卻
視翠鈿如塵土，兩者對髮飾之態度，實有天壤之別。以對比手法呈現，
使人更能瞭然兩種社會階層生活之極大差異。

再看〈織錦曲〉：

> 大女身爲織錦戶，名在縣家供進簿，長頭起樣呈作官，聞
> 道官家中苦難，回花側葉與人別，唯恐秋天絲線乾，紅縷
> 葳蕤紫茸軟，蝶飛參差花宛轉，一梭聲盡重一梭，玉腕不
> 停羅袖卷，窗中夜久睡鬢偏，橫釵欲墮垂著肩，合衣臥時
> 參沒後，停燈起在雞鳴前，一匹千金亦不賣，限日未成官
> 裏怪，錦江水涸貢轉多，宮中盡著單絲羅，莫言山積無盡
> 日，百尺高樓一曲歌。

此詩亦用對比手法來反映貧富不均之社會問題。「一梭聲盡」以下六
句，是寫平民女性爲朝廷日夜趕工織衣的辛勞。不過，單寫織衣過程
中的手磨破，在寒天裏熬夜的情形還不足以讓人感到同情和氣憤。反
而在最後四句把宮中貴族不知人民死活，依然夜夜笙歌的醜惡狀態揭
發出來，這才充分展現此詩的諷諭精神。王建在敘事之外，尚不忘女
子心理之呈現，如「唯恐秋天絲線乾」，「限日未成官裏怪」二句，將
女子惶恐不安之勞作心理，表露無遺。

二、託物喻意手法

　　元人楊載《詩法家數》云：「古人凡欲諷諫，多借此以喻彼，臣
不得於君，多借妻以思其夫，或託物陳喻，以通其意。」〔註32〕說明
詩歌中借用某物或人，或以古諷今來揭示諷諭之旨，此所謂託物喻意
手法。張王樂府詩亦用同樣手法出之，使詩意委婉曲折，餘味無窮。
張籍〈猛虎行〉詩云：

> 南山北山樹冥冥，猛虎白日繞村行。向晚一身當道食，山
> 中麋鹿盡無聲。年年養子在空谷，雌雄上山不相逐。谷中
> 近窟有山村，長向村家取黃犢。五陵年少不敢射，空來林
> 下看行跡。

此詩以虎比喻社會上強權惡霸，專欺壓弱勢團體。起二句寫猛虎在山
頭裏稱霸，白日繞村之橫行，接著寫猛虎恃其驕大，向晚恣意奪食，

───────────────
〔註32〕參〔清〕何文煥《歷代詩話》，頁733。

山中麋鹿嚇得不敢發聲。再寫猛虎在空谷養子，一公一母在山上留守。「谷中」以下兩句，再揭露另一罪行，長向村家奪取小黃牛，以滿足其口腹之慾。結二句，連身強力壯的少年漢子竟不敢射殺，只是到林下看看老虎行跡。清‧賀裳《載酒園詩話又編》云：「張咏猛虎，故摹寫罷弱以見負嵎之威。王咏〈射虎〉曲盡狡獪之態，用意不同，俱爲酷肖。黃白山評：『張詩亦似爲權門勢要傾害朝士之喻，非徒咏猛虎而已』。」〔註33〕說明張王二人同樣寫虎而有所喻意，皆用托物喻意之法，但用意不同。我們來比較王建〈射虎行〉：

> 自去射虎得虎歸，官差射虎得虎遲，獨行以死當虎命，兩
> 人因疑終不定，朝朝暮暮空手回，山下綠苗成道徑，遠立
> 不敢污箭鏃，聞死還來分虎肉，惜留猛虎著深山，射殺恐
> 畏終身閒。

所謂「曲盡狡獪之態」，蓋指末二句惜留猛虎在深山，恐畏強敵死去，而己亦無生存目的。與張詩所寫不敢射虎之心理相異。此又可見王建所刻畫之心理之深刻。

再看張籍〈古釵嘆〉：

> 古釵墮井無顏色，百尺泥中今復得。鳳凰宛轉有古儀，欲
> 爲首飾不稱時。女伴傳看不知主，羅袖拂拭生光輝。蘭膏
> 已盡股半折，雕文刻樣無年月。雖離井底入匣中，不用還
> 與墜時同。（《全唐詩》卷382，頁4282）

此詩以古釵比喻爲一個深具才華而無處發揮的志士，似爲己而發之牢騷。寶釵是暗喻己如寶之珍貴，依常理思之，應有良好待遇，然事實並非如此，寶釵竟「墮井無顏色」，掉到井裏，而面色無光。雖然復得之後，女子時時拂拭使其生光輝。末二句感嘆依舊深沈，把寶釵放在匣中，猶如墮井一般，因其並未獲得重用。清‧邢昉《唐風定》：「與仲初〈鞦韆〉結語同一法。」〔註34〕王建〈鞦韆〉結語云：「回回若與高樹齊，頭上寶釵從墮地，眼前爭勝難爲休，足踏平地看始愁。」

〔註33〕見《唐詩彙評》，頁1898。
〔註34〕見《唐詩彙評》，頁1899。

言王建所寫之寶釵與張籍之寶釵，分明不同，一爲實指，一爲暗指，邢昉之語失當矣！而王建亦有類題之作，清人曾作比較。清‧賀裳《載酒園詩話》又編云：

> 張〈古釵嘆〉曰：「寶釵墮井無顏色，百尺泥中今復得。鳳凰宛轉有古儀，欲爲首飾不稱時。女伴傳看不知主，羅袖拂拭生光輝。蘭膏已盡股半折，雕文刻樣無年月。」王〈開池得古釵〉曰：「美人開池北堂下，拾得寶釵金未化。鳳凰半在雙股齊，鈿花落處生黃泥。當時墮地覓不得，暗想窗中還夜啼。可知將來對夫婿，鏡前學梳古時髻。莫言至死亦不遺，還似前人初得時。」王詩作驚喜之意，亦佳。尤妙在暗想墮地時啼，思路周折。至學梳古髻，尤肖嬌憨之態。然意盡於得釵。張所寄託便在絃指之外，令人想見淮陰典連教，鳳雛治未陽時也。〔註35〕

王建此詩雖實寫美人拾釵之堅貞情感，然美人「可知將來對夫婿」之深層心理，卻表露無遺。而張籍咏古釵之寄託，言外可知。

再看張籍以男女情事喻君臣之志的〈節婦吟寄東平李司空師道〉，詩云：

> 君知妾有夫，贈妾雙明珠。感君纏綿意，繫在紅羅襦。妾家高樓連苑起，良人執戟明光裏。知君用心如日月，事夫誓擬同生死。還君明珠雙淚垂，何不相逢未嫁時。（《全唐詩》卷382，頁4282）

宋‧洪邁《容齋隨筆》三筆〈張籍〉條說明此詩原由：

> 張籍在他鎮幕府，鄆帥李師古又以書幣辟之，籍卻而不納，而作〈節婦吟〉一章寄之……。陳無己爲穎州教授，東坡領郡，而陳賦〈薄命妾〉篇，言爲曾南豐作，其首章云：「主家十二樓，一身當三千。古來妾薄命，事主不盡年。起舞爲主壽，相送南陽阡。忍著主衣裳，爲人作春妍。有聲當徹天，有淚當徹泉。死者恐無知，妾身長自憐。」全用籍意。〔註36〕

〔註35〕參《唐詩彙評》，頁1899。
〔註36〕參《唐詩彙評》，頁1900。

張籍自比爲節婦，雖受男子「用心如日月」之獻慇懃，但仍「事夫誓擬同生死」，心已在夫君，不另作他想。末句以安慰之詞婉拒：若能及早相逢，我一定會追隨你的。清‧黃周星《唐詩快》：「雙珠繫而復還，不難於繫，而難於還。繫者知己之感，還者從一之義也。此詩爲文昌卻聘之作，乃假托節婦言之。徒令千載之下，增才人無限悲感。」〔註37〕全詩即以託物喻意手法，將張籍婉拒李師古徵辟之意，藉由節婦之口無奈說出。故清‧王士禎《唐賢小三昧集》云：「婉而直，得風人寫托之旨。」〔註38〕

再看王建〈宮詞〉：

　　樹頭樹底覓殘紅，一片西飛一片東。自是桃花貪結子，錯
　　教人恨五更風。

宋人王安石獨鍾此詩，愛不釋手。《陳輔之詩話》云：「王建宮詞，荊公獨愛其『樹頭樹底覓殘紅……』謂其意味深婉而悠長也。」〔註39〕詩以「桃花」喻宮女，「貪結子」指宮女爭寵得幸，末句則寫五更風起，她們有如殘紅墜地。王建以托物喻意手法，將宮女之遭遇描述出來。故《唐詩摘鈔》云：「語兼比興，宮人必有先幸而後棄者，故用此體影其事。」〔註40〕可謂深得其旨。

借古諷今亦是託物喻意手法之一，張籍有〈求仙行〉、〈永嘉行〉、〈吳宮怨〉、〈楚宮行〉，而王建則有〈白紵歌〉、〈烏棲曲〉、〈涼州行〉等詩。張籍「漢皇欲作飛仙子，年年採藥東海裏」（求仙行）借漢皇迷信採藥長生之說，而譏刺唐帝王爲荒淫生活而求仙之愚妄。王建「新縫白紵舞衣成，來遲邀得吳王迎」（白紵歌）借吳王夫差沈迷西施之美色，而對唐朝君王在宮中耽於歌舞之腐化生活加以諷刺。

由以上分析比較可知，張王詩中處處可見的諷諭意旨，並未出之

〔註37〕參《唐詩彙評》，頁1900。
〔註38〕參《唐詩彙評》，頁1901。
〔註39〕參《唐詩彙評》，頁1538。
〔註40〕參《唐詩彙評》，頁1538。

以說教的口吻，而是通過具體的實在的人物形象的描劃、事件過程的記敘，將諷諭之旨不著痕跡地融透其中。〔註41〕

三、「卒章顯其志」手法

白居易在〈新樂府詩序〉云：「首句標其目，卒章顯其志，詩三百之義也。」〔註42〕他認爲新樂府詩繼承了詩經在首句題目下標明主旨，而最後兩句表達教化之志的寫作精神。也就是說，新樂府詩的主旨在諷諭，而諷諭的重點放在最後幾句，讓上位者能明白其用意，以利仁政之施行。張王二人同樣在結尾會使用警句，使詩義和盤托出，猶如暮鼓晨鐘，發人深省。若再深入考察，不難看出結尾二句同押一韻之特殊之處。

且看張籍〈牧童詞〉：

遠牧牛，遠村四面禾黍稠。陂中飢烏啄牛背，令我不得戲壟頭。入陂草多牛散行，白犢時向蘆中鳴。隔堤吹葉應同伴，還鼓長鞭三四聲。牛群食草莫相觸，官家截爾頭上角。

（《全唐詩》卷382，頁4281）

此詩可作二層分析，前八句是一部分，後二句是另一部分。詩從牧童到禾黍濃稠之牧場牧牛寫起，接著牧童爲了驅趕牛背上的飢烏，而使其無心在壟頭嬉戲。進入草多之山坡後，牛爲競食而分散行走，若走太遠，牧童就會吹葉或揮長鞭來招喚牠們。詩前段寫牧童之牧牛情況，結二句竟以「官家截爾頭上角」之暴行來威脅，無疑是暗諷政府階級平日之惡行。末句是本詩重心所在，在結尾突出主題，引出諷諭之旨，此爲張籍專擅之處。結二句韻腳「觸」「角」同屬「沃、覺」韻，古通。〔註43〕結二句用同韻，即此詩重心所在。

再看〈白頭吟〉：

請君膝上琴，彈我白頭吟。憶昔君前嬌笑語，兩情宛轉如

〔註41〕參許總《唐詩史》下冊，頁255。
〔註42〕《白居易全集》卷三，頁41，珠海出版社，1996年11月。
〔註43〕參《詩韻集成》，頁219，221。

縈素。宮中爲我起高樓，更開花池種芳樹。春天百草秋始
衰，棄我不待白頭時。羅襦玉珥色未暗，今朝已道不相宜。
揚州青銅作明鏡，暗中持照不見影。人心回互自無窮，眼
前好惡那能定？君恩已去若再返，菖蒲花開月長滿。

此詩似以宮女口吻，感歎君王之性情不定，即使承恩也是一時，全詩
對於君恩之期待和失望，不斷咏歎。「憶昔」以下四句，寫宮女依偎
在君王身旁之宛轉甜蜜。「春天」以下八句，寫君恩難測，已遭君王
喜新厭舊，失去情感依恃。末二句才是警句所在，以假設語氣出之，
強調君恩已難挽回，因爲菖莆花不常開，月亦不常滿，令人不勝唏噓！
結句才引出君恩難憑之主題。韻腳「返」「滿」同押「阮旱」韻，古
通，﹝註44﹞與前句韻腳「鏡」「影」「窮」「定」不同。明人謝榛《四
溟詩話》云：「太白曰：『蒼梧山崩湘水竭。』張籍曰：『菖蒲花開月
長滿。』李賀曰：『七月貫斷嫦娥死。』同一機軸。」﹝註45﹞可想見
此詩結句，入木三分，深有力道。

王建樂府詩也同樣結尾用重筆手法，將主題在結尾處，托然而
出，令人驚喜。

先看〈田家行〉：

男聲欣欣女顏悦，人家不怨言語別，五月雖熱麥風清，簷
頭索索繰車鳴，野蠶作繭人不取，葉間撲撲秋蛾生，麥收
上場絹在軸，的知輸得官家足，不望入口復上身，且免向
城賣黃犢，回家衣身無厚薄，不見縣門身即樂。

詩開頭先渲染男欣女悅之歡樂氣氛，後寫麥收蠶織之好景況，然成果
不能自享，卻「輸得官家足」，將果實輸給官家。末兩句以幽默語氣，
咏出內心之樂，竟非出自一年豐收，而是「不見縣門」，不想看到官
府的人。再看〈送衣曲〉：

去秋送衣渡黃河，今秋送衣上隴坂，婦人不知道徑處，但
問新移軍近遠，半年著道經雨浥，開籠見風衣領急，舊來

﹝註44﹞參《詩韻集成》，頁143，144。
﹝註45﹞《唐詩彙評》，頁1902。

十月初點衣，與郎著向營中集，絮時厚厚綿纂纂，貴欲征
人身上暖，願身莫著裹屍歸，願妾不死長送衣。

詩從婦女回憶去秋送衣之情景寫起，再把時序拉回今秋送衣之情意綿
綿，「絮時厚厚」兩句，寫婦人對征夫之情是寄託在厚厚的毛衣。至
末二句，始將妾之心願，沈重說出，希望征人勿死於戰場，婦女亦歡
喜常織衣送衣。「歸」「衣」為結句韻腳，屬「微」韻。〔註46〕

再如〈當窗織〉：

歎息復歎息，園中有棗行人食，貧家女為富家織，翁母隔
牆不得力，水寒手澀絲脆斷，續來續去心腸爛，草蟲促促
機下啼，兩日催成一匹半，輸官上頂有零落，姑未得衣身
不著，當窗卻羨青樓倡，十指不動衣盈箱。

歎息疊用，加強貧家婦女內心之不平。次句用比興，主人園中所種的棗
子，卻被行人奪食。接著才進入主題，描述貧家女織衣之勞作苦況。末
兩句作婦女內心之細緻刻畫，她們竟羨慕「十指不動」之青樓倡，可見
勞作之苦已到了極點。「倡」和「箱」為結句韻腳，屬「陽」韻。〔註47〕
末句深入女性深層心理之揣摩，已顯示張王在結尾處之極大差異。

四、敘述手法

　　張籍、王建的社會詩，若就詩歌整體的結構寫作而論，詩中發議
論的很少，多是以敘述為主。〔註48〕而張王二人在社會詩中，以「第
一人稱敘述」和「第三人稱敘述」之敘述手法亦相同。所謂「第一人
稱敘述」，是指詩中以「我」之口吻來敘述整個社會事件，詩中之我，
其實是作者之化身。詩中所呈述之社會現象，是作者親身所感、所見
聞，而借由某一主角說出，概括了整個時代之普遍情感。如張籍〈別

〔註46〕參《詩韻集成》，頁23。
〔註47〕參《詩韻集成》，頁88。
〔註48〕張籍社會詩五十八首中只有五首，王建社會詩四十五首中只有兩首，
　　　　是以「先敘述後議論」的手法寫作的。本節大都採用金卿東的
　　　　研究方法。請參金卿東《張籍王建社會詩研究》，頁190，台大碩論，
　　　　民國79年。

離曲〉、〈離婦〉；王建〈思遠人〉、〈祝鵲〉、〈水夫謠〉：

張籍〈別離曲〉

行人結束出門去，幾時更踏門前路？憶昔君初納采時，不言身屬遼陽戍早知今日當別離，成君家計良爲誰？男兒生身自有役，那得誤我少年時。不如逐君征戰死，誰能獨老空閨裏。

張籍〈離婦〉

十載來夫家，閨門無瑕疵。薄命不生子，古制有分離。託身言同穴，今日事乖違。念君終棄捐，誰能強在茲？堂上謝姑嫜，長跪請離辭；姑嫜見我往，將決復沉疑。與我古時釧，留我嫁時衣。高堂抁我身，哭我於路陲。昔日初爲婦，當君貧賤時；晝夜常紡績，不得事蛾眉。辛勤積黃金，濟君寒與饑。洛陽買大宅，邯鄲買侍兒，夫婿乘龍馬，出入有光儀。將爲富家婦，永爲子孫資。誰謂出君門，一身上車歸。有子未必榮，無子坐生悲。爲人莫作女，作女實難爲。

王建〈思遠人〉

妾思常懸懸，君行復綿綿，征途向何處，碧海與青天，歲久自有念，誰令長在邊，少年若不歸，蘭室如黃泉。

王建〈祝鵲〉

神鵲神鵲好言語，行人早回多利賂，我今庭中栽好樹，與汝作巢當報汝。

王建〈水夫謠〉

苦哉生長當驛邊，官家使我牽驛船，辛苦日多樂日少，水宿沙行如海鳥，逆風上水萬斛重，前驛迢迢後淼淼，半夜緣堤雪和雨，受他驅遣還復去，衣寒衣溼披短蓑，臆穿足裂忍痛何，到明辛苦無處說，齊聲騰踏牽船出，一間茆屋何所直，父母之鄉去不得，我願此水作平田，長使水夫不怨天。

所舉五詩中，詩人或假託爲一征婦；或假託爲一離婦；或假託爲一商

婦；或假託爲一繅夫，詩人以一代千萬，借由典型人物之經驗、遭遇，說出當時一般人物之悲痛心聲；非指一人之特殊經驗，而是千萬人之普遍情感。如張籍〈別離曲〉和王建〈思遠人〉所描寫的並不是某一特定婦女，而是代表許多當時夫君出征而獨守空閨之婦女心理狀態。張籍〈離婦〉和王建〈祝鵲〉、〈水夫謠〉亦是如此，由詩中主角之個別境遇，可聯想起千萬人之共同經驗。重點不在「一」婦人對夫婿思念之悲傷或「一」水夫對行役者之勞騷，或對神鵲之個別祝禱，而是代表「整個時代」所含蘊出之底層問題和文化信仰，詩中令我們聯想起千萬人的普遍遭遇，引發千萬人之普遍共鳴。張籍〈妾薄命〉、〈遠別離〉、〈寄衣曲〉、〈憶遠曲〉、〈春江曲〉與王建〈送衣曲〉、〈贈離曲〉、〈促刺詞〉等詩篇都是同樣用第一人稱之敘述手法。

　　張王在「第三人稱敘述」手法亦極爲類似。所謂「第三人稱敘述」，乃指第三人稱「他」之口吻所作之敘述，表面看來沒有作者自我的成份，蓋此時作者已隱身幕後，未直接出現，成爲一個純淨的記錄者。因此這一類詩較第一人稱的形式爲客觀。〔註49〕如張籍〈傷歌行〉、〈永嘉行〉；王建〈舊宮人〉、〈飲馬長城窟行〉等詩，茲抄錄如下：

　　張籍〈傷歌行〉

　　　黃門詔下促收捕，京兆尹繫御史府。出門無復部曲隨，親戚相逢不容語。辭成謫尉南海州，受命不得須臾留。身著青衫騎惡馬，東門之外無送者。郵夫防吏急誼驅，往往驚墮馬蹄下。長安里中荒大宅，朱門已除十二戟。高堂舞榭鏤管絃，美人遙望西南天。

　　張籍〈永嘉行〉

　　　黃頭鮮卑入洛陽，胡兒執戟升明堂。晉家天子作降虜，公卿奔走如牛羊。紫陌旌旛暗相觸，家家雞犬驚上屋。婦人出門隨亂兵，夫死眼前不敢哭。九州諸侯自顧土，無人領兵來護主。北人避胡皆在南，南人至今能晉語。

────────────

〔註49〕姚一葦《中國詩中的人稱問題芻論》，《華岡學報》第五期，頁64。

王建〈舊宮人〉

先帝舊宮宮女在，亂絲猶挂鳳皇釵，霓裳法曲渾拋卻，獨
自花間掃玉階。

王建〈飲馬長城窟行〉

長城窟，長城窟邊多馬骨，古來此地無井泉，賴得秦家築
城卒，征人飲馬愁不回，長城變作望鄉堆，蹄蹤未乾人去
近，續後馬來泥污盡，枕弓睡著待水生，不見陰山在前陣，
馬蹄足脫裝馬頭，健兒戰死誰封侯。

我們不難發現，在上述所舉四首詩中，作者猶如古之史官，亦如今之
記者，他們不直接露面，只客觀地記述或報導事件之過程、原委和狀
態。張籍〈傷歌行〉客觀描述京兆尹被收捕之經過；〈永嘉行〉真實
描述永嘉之亂之整個狀況；王建〈舊宮人〉則呈現失寵宮女在宮中無
趣寂寥的生活。〈飲馬長城窟行〉描繪戰場白骨遍地之慘境。借由第
三者之客觀呈現整個事件之手法，目的是要讀者能在腦中浮現某些經
驗畫面，引起深刻情緒之反應。而第一人稱之敘述，主要訴諸情感，
讓讀者能因詩中之假作者之發言，而引發普遍之共鳴。

王建和張籍樂府詩在使用對比、托物喻意和卒章顯其志、敘述等
四種表現手法極為相似，將諷諭之旨，自然引出。然而，若再細加品
味，又可見出王建重心理，而張籍重敘事。明人王世貞《藝苑巵言》
卷四：「樂府之所貴者，事與情而已。張籍善言情，王建善徵事，而
境皆不佳。」〔註50〕王氏比較王張之異，恐非正論。由上引詩分析，
王建在敘事外，不忘揣摩主角心聲，如〈送衣曲〉、〈當窗織〉、〈織錦
曲〉；而張籍雖善敘事，如〈離婦〉、〈白頭吟〉，然於人物心理較少著
墨。此點為張王樂府詩之小差異。

綜上所述，張王在風雅觀念、詩歌「古質」、「清削」風格和表現
手法皆呈現大同小異之現象，唯不同者，乃王建多心理呼喊，而張籍
則多敘事感諷。

〔註50〕《歷代詩話續編》，頁 1015。

第八章　王建詩之評價

第一節　王建創新詩歌體制

一、偶言詞體之建立

　　王建在詞體之建立有很大促進之功。王國維在《宋元戲曲史·序》提及：「一代有一代之文學：楚之騷，漢之賦，六代之駢語，唐之詩，宋之詞，元之曲，皆所謂一代之文學，而後世莫能繼焉者也。」〔註1〕說明唐代所盛行的文體是詩歌，但並非指唐代沒有詞或賦等其他文體。而文體之建立也並非一夕竟成的，它需歷經萌芽，發展，成熟和衰亡等四個時期。就詞體而言，它在宋代是處於成熟階段，不過，早在中唐已默默在發展，王建在此時扮演相當重要的角色，但許多學者卻只注意劉禹錫和白居易等民間詞，卻忽略王建亦在詞體上，建立了偶言之形式。此為學者在研究文學史之餘，所不得不注意的一項關於詞的議題。

　　詞的起源和詞體的建立是兩個不同的議題。詞的起源是起自隋唐的一個階段，而詞體的建立則始自中唐時期。〔註2〕而在詞體的建立

────────────────────

〔註1〕請參王國維《宋元戲曲史》，頁1，北京：東方出版社，1996年3月。
〔註2〕以上關於詞的起源和詞體的建立之問題，歷來學者多有討論，卻難

過程中，劉禹錫和白居易的〈憶江南〉、〈竹枝〉、〈楊柳枝〉、〈浪淘沙〉
等詞的句式皆爲 7 言或 357 言奇言句式，其他詞家也多爲 357 言奇言
句式，但王建所作的詞卻走偶言句式的道路，開闢詞體在形式上的另
一種風貌，韋應物和五代馮延已等著名詞家也隨之起舞，提昇王建在
詞體貢獻上之地位。

在劉尊明等編著《全唐五代詞》中共收錄王建詞十首，〔註3〕今
逐錄於下：

〈宮中三臺詞〉二首

魚藻池邊射鴨，芙蓉園裏看花，日色柘袍相似，不著紅鸞
扇遮。

池北池南草綠，殿前殿後花紅，天子千年萬歲，未央明月
清風。

〈江南三臺詞〉四首

揚州橋邊少婦，長安城裏商人，二年不得消息，各自拜鬼
求神。

青草湖邊草色，飛猿嶺上猿聲，萬里湘江客到，有風有雨
人行。

樹頭花落花開，道上人去人來，朝愁暮愁即老，百年幾度
三臺。

聞身強健且爲，頭白齒落難追，準擬百年千歲，能得幾許
多時。

〈宮中調笑〉四首

團扇，團扇。美人病來遮面，玉顏憔悴三年。誰復商量管
弦。弦管，弦管，春草昭陽路斷。

胡蝶，胡蝶。飛上金花枝葉，君前對舞春風。百葉桃花樹

得統一的結論。本論文採劉尊明說法，請參《全唐五代詞》前言，
頁 1～16。

〔註 3〕請參曾昭岷、劉尊明等編著《全唐五代詞》上下冊，頁 34～36，北
京：中華書局，1999 年 12 月。

紅。紅樹，紅樹，燕語鶯啼日暮。

羅袖，羅袖。暗舞春風依舊，遙看歌舞玉樓。好日新妝坐
愁。愁坐，愁坐，一世虛生虛過。

楊柳，楊柳。日暮白沙渡口，船頭江水茫茫。商人少婦斷
腸。腸斷，腸斷，鷓鴣夜飛失伴。

若從形式上看，前六首〈宮中三臺詞〉和〈江南三臺詞〉皆爲六言四
句。此種六言齊言體句式在《全唐五代詞》中幾乎是不常見的。除了
初唐沈佺期創〈迴波樂〉﹝註4﹞詞調和韋應物〈三臺〉亦是六言四句
齊言體之外，全唐已找不到六言四句之詞體。再從內容題材的選擇上
來看，王建詞內容不僅侷限在宮廷之狹小範圍，而是擴及到商婦相思
之情和人生哲理之感懷等實際內涵。

　　後四首〈宮中調笑〉之「22666226」句式，在《全唐五代詞》中，
相當罕見。除了中唐韋應物〈調笑〉二首、戴叔倫〈轉應詞〉一首和
五代馮延巳〈三臺令〉三首之外，已找不到同此形式之詞作。今將韋
應物和馮延巳詞作，抄錄於下：

韋應物〈調笑〉二首

胡馬，胡馬，遠放燕支山下。咆沙咆雪獨嘶，東望西望路
迷。迷路，迷路，邊草無窮日暮。

河漢，河漢，曉挂秋城漫漫。愁人起望相思，江南塞北別
離。離別，離別，河漢雖同路絕。

戴叔倫〈轉應詞〉一首

邊草，邊草，邊草盡來兵老。山南山北雪晴，千里萬里月
明。明月，明月，胡笳一聲愁絕。

馮延巳〈三臺令〉三首

春色，春色，依舊青門紫陌。日斜柳暗花蔫，醉臥誰定少
年。年少，年少，行樂直須及早。

────────────

﹝註4﹞《全唐五代詞》尚有收錄三首迴波詞，皆爲六言四句齊言體，分別
　　　爲初唐楊廷玉、李景伯和中宗朝優人。

明月，明月，照得離人愁絕。更深影入空牀，不道幃屏夜長。長夜，長夜，夢到庭花陰下。

南浦，南浦，翠鬢離人何處。當時攜手高樓，依舊樓前水流。水流，水流，中有傷心雙淚。

每首詞皆分三部份，前三句一韻，中二句一韻，後三句又一韻。如王建第一首前三句「扇扇面」一韻，中二句「年弦」一韻，後三句「管管斷」又一韻。而且十首皆有規律的押「仄平仄」韻。王建在形體和聲律上，不僅與漢代以後的古體詩、樂府詩及唐代近體詩多用五七言奇言句式形成鮮明對比，而且極盡參差跌宕、回環婉轉之美。〔註5〕再從內容之範圍分析，「商人少婦斷腸」所表現之離別情緒，在初期文人詞中是很少見的。

由上分析得知，若從《全唐五代詞》句式考察，六言四句齊言之詞作僅有十二首，而26句式之詞作僅有十首，其他多為357之奇言句式，而26言或6言句式，王建就佔了全數22首中之10首，佔2分之1弱，可見其在詞體之偶言句式之貢獻。再看內容題材，王建已從初唐宮廷之狹小範圍，擴及到社會離婦之思緒和人生哲理之省思等內容。故現代學者劉尊明指出：「從內容題材的表現上來看，中唐文人詞的創作正逐步突破宮廷娛樂的狹小圈子，開始走向抒情言志的道路。」〔註6〕今從王建詞考察，確是如此。

二、百首宮詞之首創與價值

關於宮詞自宋後之流傳散佚情形，在此不予討論。〔註7〕張王樂

〔註5〕 參劉尊明《唐五代詞史論稿》，頁129，北京：文華藝術出版社，2000年10月。

〔註6〕 參《唐五代詞史論稿》，頁124。

〔註7〕 《問花樓詩話》卷一所云：「唐人好為宮詞，王建《宮詞》多至百首，宋南渡後，失去七首，好事者取唐詩七絕句補之。余次第考之：『淚盡羅巾』，花蕊夫人詩；『寶帳平明』，王少伯詩；『日晚長秋』，樂府〈銅雀臺〉詩；『銀燭秋光』，杜牧之詩。余家藏舊本，七首特全，先廣文擬重付梓，力未遑也。」

府並稱，地位難分軒輊，而宋人又有主張王略遜於張之言論，如周紫芝《竹坡詩話》所稱：「唐人作樂府者甚多，當以張文昌爲第一。」〔註8〕但王建以七絕形式創立百首宮詞，描寫宮中各項生活內容，明顯更勝一疇。王建詩以樂府詩和宮詞爲最出色，而宮詞的創作，影響於詩壇者更大，後來花蕊夫人、宋徽宗都仿他作有宮詞。元楊允孚撰〈灤京雜詠〉，張昱作〈宮詞〉，都以他爲藍本。〔註9〕

當然亦有學者認爲宮詞之價值不大。如宋人胡仔《苕溪漁隱叢話》：「王建〈宮詞〉，選其佳者，亦自少得，只世所膾者數詞而已。」以及《新篇中國文學史》所云：「王建又以〈宮詞〉百首出名。以宮女爲題材，內容貧乏，雖然在個別詩篇裏也出了一些宮女的哀怨之情，但十分微薄，其中某些藝術技巧比較高明，但總的說來沒多大價值。」〔註10〕又如《中國古代文學理論辭典》亦云：「唐詩人王建寫有〈宮詞〉一百首，也是反映宮女愁怨的詩，但有不少是渲染帝王侈靡生活的，藝術上多無可取之處。」〔註11〕此乃粗讀〈宮詞〉之初步印象，而未深入詞中之文化意蘊去探求。

《文獻通考》卷二百四十二說：「凡百絕，天下傳播，效此體者雖有數家，而建爲之祖。」〔註12〕此種以百絕形式寫宮詞，在五代有花蕊夫人效法。其實王建不僅在〈宮詞〉百首組詩形式上，創新體例；在內容上亦有相當高的價值。〈宮詞〉內容廣泛，正如《中國古代文學史長編》所云：「王建以〈宮詞〉百首著稱。他的〈宮詞〉突破了宮怨的窠臼，盡道宮中殿宇樓閣之盛，競渡、行獵、巡幸、節慶嘉賞之事及宮女嬪妃之春思閨情，有認識價值。」〔註13〕在本論文第四五章之內涵探究

〔註 8〕《歷代詩話》，頁 354。
〔註 9〕參《四庫全書總目》卷 168，頁 3355 及 3365。
〔註 10〕參《新編中國文學史》第二冊，頁 241，高雄：復文書局。
〔註 11〕參趙則誠等主編《中國古代文學理論辭典》，頁 318，吉林文史出版社，1985 年 7 月 1 版。
〔註 12〕〔元〕馬端臨撰《文獻通考》，頁 1917，台北：新興書局。
〔註 13〕參郭預衡主編《中國古代文學史長編——隋唐五代卷》，頁 382，北

時，也將其分類為皇帝奢淫、宮女哀歌、游藝民俗等三大內容。基本上說，宮詞約有三大價值：史料、民俗和藝術價值。先談史料價值，歐陽修說王建〈宮詞〉可補史傳小說之不足。他在《六一詩話》提到：

> 王建〈宮詞〉一百首，多言唐宮禁中事，皆史傳小說所不載者，往往見於其詩，如「內中數日無呼喚，傳得滕王蛺蝶圖。」滕王元嬰，高祖子，新、舊《唐書》皆不著其所能，惟《名畫錄》略言其善畫，亦不云其工蛺蝶也。又《畫斷》云：「工於蛺蝶。」及見於建詩爾。或聞今人家亦有得其圖者。唐世一藝之善，如公孫大娘舞劍器，曹剛彈琵琶，米嘉榮歌，皆見於唐賢詩句，遂知名於後世。當時山林田畝，潛德隱行君子，不聞於後世多矣，而賤工末藝得所附託，乃垂於不朽，蓋其各有幸不幸也。〔註14〕

說明滕王其人在唐書中，關於才華的記述不詳。然在王建詩中描述滕王工蛺蝶之才，可補史書之不足。

> 《苕溪漁隱叢話》前集卷第二十二（王建）載《西村詩話》云：
> 又建《宮詞》云：「魚藻宮中鎖翠娥，先皇行處不曾過。如今池底休鋪錦，菱角雞頭積漸多。」事見李石《開成承詔錄》。文宗論德宗奢靡云：「聞得禁中老宮人，每引流泉，先於池底鋪錦。」則知建詩皆摭實，非鑿空語也。

王建所描述的皇帝在池底鋪錦之奢靡情形與史書所記，恰可互證。「入月」一詞，《全唐詩》四萬八千多首無人提及，〔註15〕只有王建〈宮詞〉提到。詩云：

京：師範學院出版社，1993 年 11 月。

〔註14〕《歷代詩話》，頁 268。
〔註15〕在全唐詩電子版，輸入「入月」一詞檢索，可得七筆資料如下：
　　　　1. 李白〈相和歌辭〉：「太白入月敵可摧」。
　　　　2. 李白〈胡無人〉：「太白入月敵可摧」；
　　　　3. 崔膺〈別佳人〉：「嫦娥一入月中去」；
　　　　4. 王建〈宮詞一百首〉：「密奏君王知（一作和）入月（一作用）」；
　　　　5. 崔涯〈別妻〉：「嫦娥一入月中去」
　　　　6. 鄭嵎〈津陽門詩〉：「葉法善引上入月宮」
　　　　7. 任翻〈葛仙井〉：「圓入月輪淨」

御池（一作波）水色春來好，處處分流白玉渠，密奏君王
知（一作和）入月（一作用），喚人相伴洗裙裾。

在唐代「入月」一詞是指女子一月之生理血紅反應。女性私密之事，
王建亦深切關懷。

　　再者是民俗價值，〈宮詞〉尚記錄一種流傳於現今的舞蹈，《苕溪
漁隱叢話》後集卷第十四「王建」載《復齋漫錄》云：

「羅衫葉葉繡重重，金鳳銀鵝各一叢。每遍舞頭分兩向，太
平萬歲字當中。」王建《宮詞》也。按《樂府雜錄》云：「舞
有健舞、軟舞、字舞、花舞、雁舞。」字舞者，以舞人亞身
於地，布成字也。故建有「太平萬歲字當中」之句。〔註16〕

總之，我們今日常見的舞蹈擺成「中華民國萬歲」等字形，還是從古
代傳下來的，至少是古已有之。〔註17〕〈宮詞〉也談到游藝習俗，如
打毬、射生、擲盧、簸錢、彈棋、投壺等活動，又提及七夕、中和節
和中元節等節慶習俗，使我們瞭解當時唐代宮中之娛樂生活。

　　關於宮詞的藝術價值，賀貽孫《詩筏》云：

伯敬云：「王建〈宮詞〉，非宮怨也。惟『樹頭樹底覓殘紅，
一片西飛一片東。自是桃花貪結子，錯教人恨五更風。』一
首，頗有怨意。」余謂怨之深者必渾，無論宮詞宮怨，俱以
深渾為妙，且宮詞亦何妨帶怨。如王建云：「私縫黃帔舍釵梳，
欲得金仙觀內居。近被君王知識字，收來案上檢文書。」此
非宮詞中宮怨乎？然急讀不覺其怨，惟詠諷數過，方從言外
得之。此真深于怨者，不獨「樹頭樹底」一首也。〔註18〕

此說明王建〈宮詞〉所描述的宮女心理，詩中雖無一怨字，然怨意極
深，藝術手法相當幽婉和高明。如「覓殘紅」和「私縫黃帔」已從宮
女失寵時，無聊及無奈的動作，隱微地表達內心之怨意。故《石洲詩
話》卷二云：「其詞之妙，則自在委曲深摯處，別有頓挫，如僅以就

〔註16〕《苕溪漁隱叢話》，頁105。
〔註17〕參楊仲揆《文史趣談》，頁10，台北：黎明文化事業公司，民國76
　　　　年5月初版。
〔註18〕《清詩話續編》上，頁176。

事直寫觀之，淺矣！」〔註19〕

　　在〈宮詞〉又揭露帝王一些奢靡之生活，如「金殿當頭紫閣重，仙人掌上玉芙蓉。太平天子朝迎（今作元）日，五色雲車（一作中）駕六龍。」金殿紫閣和雲車六龍，可見皇帝生活之華麗高級。

　　如果宮詞眞如某些學者所言毫無價值，後人就不會紛紛流傳刻本。如吳騫《拜經樓詩話》卷三所云：「宮詞始著于唐王仲初，繼之者不一而足，如三家、五家、十家之刻，昔人論之詳矣。」〔註20〕當我們綜看〈宮詞〉百首，在其百絕形式之驚嘆外，尚須更加深入其內涵，以掌握其史料、民俗和藝術等價值。許總《唐詩體派論》總結宮詞價值說：「因此，這一組詩不僅具有補史傳闕略之價值，而且成爲以實事寓諷諭的有計劃的大規模的創作實踐。」〔註21〕所謂「實事寓諷諭」可用明人李九五《歷代宮詞》一段話作補充：「唐人稱宮詞之善者，必曰王建，以其能形容宮掖之事，而寓臣不忘君之意焉。」〔註22〕臣不忘君，即有諷諭之意。

第二節　王建在詩史上之地位

一、杜甫之後，元白新樂府詩之先導

　　如果說中國詩歌有兩大主流，那就是以個人情志爲主的楚辭浪漫主義，和以反映社會爲著眼的詩經現實主義。而王建正是繼承詩經現實主義系統下來，一直到杜甫和元白。以線條符號來說明：〔註23〕

　　「緣事而發」（漢樂府）→「借古題寫時事」（建安曹氏父子）→「因事命題，無所倚傍」（杜甫）→「歌詩合爲事而

〔註19〕《清詩話續編》上，頁1390。
〔註20〕《清詩話》，頁758。
〔註21〕參許總《唐詩體派論》，頁539。
〔註22〕參李九我等輯《歷代宮詞》，頁214。
〔註23〕此簡圖參蕭滌非《蕭滌非說樂府》，頁144，上海：上海古籍出版社，2002年6月。

作」（白居易）

自詩經以來，樂府詩的發展，歷來很受重視。綜而論之，由兩漢之里
巷風謠，一變而爲魏晉文人之咏懷詩，再變而爲南朝兒女之相思曲，
三變而爲有唐作者不入樂之諷刺樂府。〔註24〕儘管如此，其寫實精神
仍舊一致，只是寫作方式卻隨時代環境而有所進展。最大之明顯標
誌，即是詩題之選擇。所以，大致說來，唐代新樂府詩是相對於漢魏
舊題樂府而言；在漢魏時代，詩人依題作詩，而在唐代杜甫之後，詩
人創題作詩。此牽涉到唐代的特殊時代背景。

　　唐代到了天寶年間，社會經濟等種種問題已十分嚴重，天寶十四
年所發生的「安史之亂」是這一切問題的總爆發。此後，唐朝國勢逆
轉，藩鎮割據，戰禍連綿，使整個社會爲之瓦解，給百姓帶來極大的
痛苦。因而許多的詩人紛紛把眼光投注到現實的社會問題上，唐代詩
歌也就從此進入了社會寫實的蓬勃發展階段。但是，張籍、王建之前，
以詩歌反映動亂時代的政治社會狀況，及民間疾苦最有代表性的詩人
是杜甫，故其詩有「詩史」之稱。〔註25〕換言之，唐自安史之亂後，
那些戰亂生活與顛沛流離的詩人，再也唱不出充滿浪漫情調的歡歌，
在文學史上的關注焦點是由理想主義文學轉折到反映戰亂社會與民
生疾苦的寫實主義創作主流。

　　在中唐，一方面由於安史之亂，一方面由於處於盛唐顛峰創作之
壓力下，其詩派基本上區分爲，一是以元白爲核心的寫實詩派，一是
以韓孟爲主帥的奇險詩派。兩大詩派皆在求變心理之驅使下，各自發
展各有特色，而其間又有互滲互容之關係，如張籍曾與韓孟詩派交往
密切。雖然王建歸屬於元白的寫實詩派，但他的樂府詩確是元白樂府
詩的先導。

　　由上圖可明白王建之詩史地位正處於杜甫和白居易之間，我們將
借由作品之說明來確立王建之樂府地位。元稹〈樂府古題序〉云：「近

〔註24〕見蕭滌非《漢魏六朝樂府文學史》，頁26。
〔註25〕參金卿東《張籍王建社會詩研究》，頁68。

代唯詩人杜甫悲陳陶、哀江頭、兵車、麗人等，凡所歌行。率皆即事名篇，無復倚傍。余少時與友人樂天、李公垂輩，謂是為當。遂不復擬賦古題。」（註26）此說明元稹在閱讀杜甫〈悲陳陶〉等「即事名篇，無復倚傍」之新樂府詩之後，便與白居易李紳等好友共同效法。而王建的樂府詩的作風，也是走杜甫路線，撫時感事，善於諷諭，而格調詞采，卻多學古歌謠，和漢魏六朝樂府。他寫作著重淺明流暢，近乎今日所謂白話詩，這又和白居易的能令老嫗都解的作風相似。（註27）在《樂府詩集》所收錄三十六首中，計有十二首新樂府詩，佔全數三分之一，大都反映民間婦女之勞動。如〈當窗織〉、〈擣衣曲〉、〈織錦曲〉等詩。杜甫「野曠天清無戰聲，四萬義軍同日死」〈悲陳陶〉，「少陵野老吞聲哭，春日潛行曲江曲」（〈哀江頭〉），「牽衣頓足攔道哭，哭聲直上千雲霄」（〈兵車行〉），以樂府新題呈述唐代戰爭和野老之可憐。而王建「父母親結束，回首不見家」（〈古從軍來〉），「來時父母知隔生，重著衣裳如送死」（〈渡遼水〉）；「陳輪當磧光悠悠，照見三堆兩堆骨」（〈關山月〉）。杜甫和王建在反映戰爭題材上，皆可見其樂府精神之一脈相承。

再看王建懷古題材之〈溫泉宮行〉，詩前段先描繪昔日之繁華榮景：「十月一日天子來，青繩御路無塵埃，宮前內裏湯各別，每箇白玉芙蓉開」，後段即轉入「武皇得仙王母去，山雞晝鳴宮中樹，溫泉決決出宮流，宮使年年修玉樓，禁兵去盡無射獵，日西麋鹿登城頭，梨園弟子偷曲譜，頭白人間教歌舞」之衰落淒景，全詩藉由今昔之鮮明對比，令人印象深刻，此作意顯然與杜甫「梨園弟子散如煙，女樂餘姿映寒日」、「此曲只應天上有，人間能得幾回聞」如出一轍。

若再考索王建〈羽林行〉和白居易〈宿紫閣山北村〉、〈賣炭翁〉之詩作內容，亦可清楚看出王建已是白居易樂府詩之先導。王建〈羽林行〉一詩中，「長安惡少出名字，樓下劫商樓上醉，天明下直明光

〔註26〕〔唐〕元稹：《元稹集》，頁 255，四部刊要，集部，別集類，台北縣：漢京文化，民國 72 年 10 月。

〔註27〕參馬楊萬運《中晚唐詩研究》，頁 279，台大博論，民國 63 年。

宮，散入五陵松柏中」揭露皇帝禁禦軍之軍紀散漫，不守法律，而白
居易亦同樣揭發禁兵之驕暴、官軍之不重人權，如〈宿紫閣山北村〉
所說：「舉杯未及飲，暴卒來入門。紫衣挾刀斧，草草十餘人。奪我
席上酒，掣我盤中飧。主人退後立，斂手反如賓。」〔註 28〕又〈賣
炭翁〉所述：「翩翩兩騎來是誰，黃衣使者白衫兒。手把文書口稱敕，
迴車叱牛牽向北。一車炭，千餘斤，官使驅將惜不得。半匹紅紗一丈
綾，繫向牛頭充炭直。」〔註 29〕

　　王白二人除了在內容寫實主張相同外，在表現手法亦有些略同。
如王建〈行見月〉與白居易〈初與元九別、後忽夢見之、及寤而書忽
至〉、〈江樓月〉、〈望驛臺〉、〈至夜思親〉、〈客上守歲在柳家莊〉，似
遠行者思親，因想親亦方思己之口吻爾。其揣測對方亦同樣在思念之
寫法，二人表達方式相同。今舉三首比較即可：

王建〈行見月〉

　　……不緣衣食相驅遣，此身誰願長奔波，篋中有帛倉有粟，
　　豈向天涯走碌碌，家人見月望我歸，正是道上思家時。

白居易〈江樓月〉

　　嘉陵江曲曲江池，明月雖同人別離。一宵光景潛相憶，兩
　　地陰晴遠不知。誰料江邊懷我夜，正當池畔望君時。今朝
　　共語方同悔，不解多情先寄詩。（全唐詩，卷 437，頁 4850）

白居易〈望驛臺〉

　　靖安宅裏當窗柳，望驛臺前撲地花。兩處春光同日盡，居
　　人思客客思家。（全唐詩，卷 437，頁 4851）

王建「家人見月望我歸，正是道上思家時」和白居易「誰料江邊懷我
夜，正當池畔望君時」、「兩處春光同日盡，居人思客客思家」諸句，
所表達人我雙方之互為思念方式頗同，一實（我想）一虛（他應想），
顯示二者之情感溝通無礙，令讀者感動更深一層；與杜甫（月夜）：「今

〔註 28〕《全唐詩》，卷 424，頁 4659。
〔註 29〕《全唐詩》，卷 427，頁 4704。

夜鄜州月，閨中只獨看。遙憐小兒女，未解憶長安」（《全唐詩》卷
225，頁 2419）之表現方式，不謀而合。

再者，王建的其他抒情詩亦不乏佳作。其五律〈原上新居十三
首〉、〈林居〉等與賈島、姚合風格相近，胡震亨《唐音癸籤》認爲姚
合受其影響。〈南中〉寫嶺南風物，新穎生動，爲唐詩增添色彩。〈七
夕曲〉奇情異想，色彩斑斕，近於李賀風格。五古寄李益、贈張籍、
和錢徽盆景詩風格頗類韓、孟。近體清新有味，接近元、白、劉禹錫
詩。〔註30〕

值得注意的是，王建學習杜甫即事名篇之寫詩方法，這種自創新
題的辦法，決不僅是一個形式上的問題，它同時還影響到作家的創作
方向。因爲通過這種辦法，無形中無異於指示詩人們要到那豐富的文
學泉源中、到那社會現實和人民生活中去汲取詩的主題。〔註31〕所以
清人王士禎：「元、白、張、王諸作，不襲前人樂府之貌而能得其神
者，乃眞樂府也」的評價將其與張、元白樂府融爲一體的同時，又指
出「草堂樂府擅驚奇，杜老衰時托興微。元白張王皆古意，不曾辛苦
學妃豨」進而在自杜甫到元、白的發展進程與環節上把握張、王樂府
的價值地位以及樂府詩創作的總體流向。〔註32〕

而從另一角度來看，宋人王安石〈題張司業集〉所稱王建樂府云：
「看似尋常最奇崛，成如容易卻艱辛。」〔註33〕其中所揭示「尋常」
和「奇崛」兩種藝術風格，似可理解爲：王建樂府爲韓孟詩派之「奇
險化」和元白詩派之「通俗化」之中介呈現。

二、對五代及宋以後詩壇之影響

在詞體建構上，王建宮中調笑 26 句式，得到五代馮延已〈三臺

〔註30〕參吳庚舜《唐代文學史》，頁 238。
〔註31〕見蕭滌非《蕭滌非說樂府》，頁 245。
〔註32〕參許總《唐詩史》下冊，頁 251，南京：江蘇教育出版社，1994 年 6
月第 1 版。
〔註33〕王安石《王臨川全集》，頁 171，台北：世界書局，民國 50 年 2 月。

令）之效法。無論句式、句法、押韻平仄皆呈現相同手法，已如前述，顯見馮延巳受王建之啓發。若我們確立馮延巳在詞史上之偉大地位，即可進一步確定王建詞之地位。清人馮煦編《唐五代詞選敘》云：「吾家正中翁，鼓吹南唐，上翼二主，下啓歐、晏，實正變之樞貫，短長之流別。」〔註34〕已明確指出馮延巳在詞史上的「上翼二主，下啓歐陽修和晏殊」，承先啓後的重要地位。王國維亦在《人間詞話》云：「馮正中詞雖不失五代風格而堂廡特大，開北宋一代風氣。」〔註35〕葉嘉瑩更補充說：「至其同者，則馮、晏、歐陽皆能於小詞中傳達出一種感情之境界，此種境界之具有，爲詞之體式自歌筵酒席之豔歌轉入士大夫手中之後，與作者之學識襟抱相結合所達致之一種特殊成就，爲詞史之一大進展，而馮延巳正爲此種演進中承先啓後之一重要作者。」〔註36〕一位在詞史上有如此高地位的馮延巳，他必然要吸收前人的作詞經驗，而中唐王建即是他效法的對象之一。值得一提的是，馮延巳雖然也有向劉禹錫或白居易詞家學習，但詞的體式多爲奇言式的學習，而偶言式的學習僅有向王建學習。

王建此種26雜言或6言4句齊言的詞體形式，並不斷絕於五代馮延巳，在宋明也有詞家創作，如（宋）呂南公、（明）姚廣孝、（明）胡儼等。今抄錄於下：〔註37〕

宋·呂南公〈調笑令〉二首（仿王建）

行客，行客，身世東西南北。家林迢遞不歸，歲時悲感垂淚，淚垂，淚垂，兩鬢霜相似

葦草，葦草，秀發乘春更好。深心密行紛紜，妖韶隨處動

〔註34〕清光緒丁亥（十三年）冶城山館刊本，線裝書，1887年。

〔註35〕參王國維著，滕咸惠校注《人間詞語新注》，頁33，台北：里仁書局，民國76年8月。

〔註36〕參葉嘉瑩著《唐宋詞名家論稿》，頁35，河北：河北教育出版社，1997年7月。

〔註37〕參方乃斌著《唐至明千家詞》，頁85，344～345，九龍：葵廬出版社，民國57年10月。

人，人動，人動，王孫公子情重。

明・姚廣孝〈轉應曲〉

斜日，斜日，門外馬蹄聲疾。林棲鳥盡飛還，霞彩紅銜遠

山，山遠，山遠，莫怪行人歸晚

明・胡儼〈三台令〉

樓上角聲鳴咽，天邊斗柄橫斜，酒醒風驚簾窶，漏殘月在
梅花。

無論從韻腳或平仄來看，皆可看出王建詞的遺跡，可見王建詞在歷代
詞的創作上，有其一席之地。

在宮詞百首組詩創作上，王建影響更爲深遠。故管世銘《讀雪
山房唐詩序例》云：「〈竹枝〉始于劉夢得，〈宮詞〉始于王仲初，後
人仿爲之者，總無能掩出其上也。『樹頭樹底覓殘紅』，于百篇中宕
開一首，尤非淺人所解。王涯諸作，佳者幾可亂群。」〔註38〕五代
花蕊夫人在體制和內容題材上，均仿效王建宮詞創作。宋人陳師道
《後山詩話》云：「費氏，蜀之青城人，以才色入蜀宮，後主嬖之，
號花蕊夫人，效王建作《宮詞》百首。國亡，入備後宮。太祖聞之，
召使陳詩。誦其《國亡詩》云：『君王城上豎降旗，妾在深宮那得知。
十四萬人齊解甲，更無一個是男兒。』太祖悅。蓋蜀兵十四萬，而
王師數萬爾。」〔註39〕

明人李九我等輯《歷代宮詞》卷三云：「余既裒集古今宮詞賦百
篇者，自唐宋到我明，僅得得八人而已。」〔註40〕宮詞百首以上組詩，
歷代僅有八人創作。中唐王建（百首）、五代蜀花藥夫人（百首）、宋
王岐公（百首）及徽宗皇帝（三百首）、明周王（百首）、寧獻王（一
百七首）、王叔承（百首）、沈行（集古一百二十首）等八人，而以王

〔註38〕《清詩話續編》，頁 1562。

〔註39〕《歷代詩話》，頁 303。

〔註40〕參李九我等輯《歷代宮詞》，頁 247，台北：廣文書局，民國 65 年 3
月初版。

建爲開山祖師，所以喻守眞云：「王建〈宮詞〉百首，以詩紀事，爲其創格。」〔註41〕王建在宮詞七絕形式，或形容宮掖之事內容皆對五代、宋、明等後代詩人產生重大影響，今從明李九我等輯《歷代宮詞》中，各抄錄二首，以茲參考：

蜀・花蕊夫人

　　五雲樓閣鳳城間，花木長新日月閒，
　　｜－－｜｜－－　　－｜－－｜｜－
　　三十六宮連苑內，太平天子住崑山。
　　－｜｜－－｜｜　　｜－－｜｜－－
　　會眞廣殿約宮牆，樓閣相扶倚太陽，
　　｜－｜｜｜－－　　－｜－－｜｜－
　　淨瑴玉階橫水岸，御爐香氣撲龍牀。
　　｜｜｜－－｜｜　　｜－－｜｜－－

宋・王歧公

　　金鋌畫角警場開，天子南郊玉輅來，
　　－－｜｜｜－－　　－｜－－｜｜－
　　十里青城遙北望，綵雲宮殿月樓臺。
　　｜｜－－－｜｜　　｜－－｜｜－－
　　鼓角三更夜奏嚴，夕齋清廟宿重簷，
　　｜｜－－｜｜－　　｜｜－－｜｜－
　　殿前太尉橫銀仗，指點金盆御水添。
　　｜－｜｜－－｜　　｜｜－－｜｜－

宋・徽宗

　　塗丹輝暎霽煙明，四啓嚴聞曉漏清，
　　－－－｜｜－－　　｜｜｜－｜｜－
　　初御廣庭人意肅，九宮遙聽警鞭聲。
　　－｜｜｜－－｜｜　　｜－－－｜－－

〔註41〕喻守眞編《唐詩三百首詳析》，頁275，台北：台灣中華，民國80年。

春朝小雨乍新晴，祥靄勻收洞宇明，
ー一｜｜｜一一　一｜一｜｜｜一
嚴警不聞人一語，海棠構上曉鶯聲。
一｜｜一一｜｜　｜一｜｜｜｜一
偍姿婉孌玉肌膚，嬌慣心情每自娛，
一一｜一一一一　一｜一一｜｜一
不向園畦尋鬥草，定邀朋侶戲投壺。
一｜一一一｜｜　｜一一｜｜一一

明・周王

合香殿倚翠峰頭，太液波澄暑雨收，
｜一｜｜｜一一　｜｜一一｜｜一
兩岸垂楊千百尺，荷花深處戲龍舟。
｜｜一一一｜｜　一一一｜｜一一
苑內蕭墻深最幽，一方池閣正新秋，
｜｜一一一一一　｜一一｜｜一一
內臣靜掃場中地，宮裏時來步打毬。
｜一｜｜｜一｜　一｜一一｜｜一

明・寧獻王

重簾無處不春風，樓閣高低曉日中，
一一一｜｜一一　一｜一一｜｜一
萬歲聲搖山岳動，五雲繚繞大明宮。
｜｜一一一｜｜　｜一一｜｜一一
鎮日無人獨掩門，梨花月上又黃昏，
｜｜一一｜｜一　一一｜｜｜一一
空餘孤枕不成寐，撥碎琵琶彈淚痕。
一一一｜｜一｜　一一｜一一｜一

明・王叔承

披庭清曉逢神仙，爭賀青陽太子牋，
｜一一｜一一一　一｜一一｜｜一

報出閤門分內賜，滿朝皆得洗兒錢。

｜｜｜——｜｜　｜｜——｜｜｜

丹霄凝扆袖忽霑，飛龍琴髴見蒼髯，

—｜——｜｜—　——｜｜—｜—

笑來戲擲金錢卜，喜動乾爻第五占。

｜—｜｜——｜　｜｜｜——｜｜

明‧沈行

曉來樓閣更鮮明，柳帶晴煙出禁城，

｜——｜｜——　｜｜｜——｜—

日色繞臨仙掌動，九宮遙聽警鞭聲。〔註42〕

｜｜｜——｜｜　｜｜———｜—

嫩荷香撲釣魚亭，池面魚吹柳絮行，

｜———｜——　—｜｜—｜｜—

自喜恩深陪侍從，隔花催進打毬名。〔註43〕

｜｜———｜—　｜——｜｜——

　　宋人司馬光《溫公續詩話》云：「元豐初，宦者王紳，效王建作〈宮詞〉百首，獻之，頗有意思。」〔註44〕在《歷代宮詞》中，只收錄王紳二首宮詞，而其他九十八首，在宋至明間，或已散佚。今亦抄錄於下，以備參考：

太皇生日最尊嚴，獻壽宮中未五更，

｜——｜｜——　｜｜——｜｜—

天子捧觴仍再拜，寶慈侍立到天明。

—｜｜——｜｜　｜—｜｜｜——

平明綵仗幸琳宮，紫府仙童下九重，

——｜｜｜——　｜｜——｜｜—

〔註42〕此四句分別使用唐王建、唐包何、唐王維和宋徽宗的宮詞，此為聯句形式。
〔註43〕此四句分別用花蕊夫人、唐安貧、唐僧廣宣和唐王建等詩句。
〔註44〕《歷代詩話》，頁279。

整頓瓏璁時駐馬，畫工暗地貌眞容。

｜｜－－－｜｜　｜－｜｜｜－－

就格律言之，不失黏對，每句二四六字，平仄相間，符合七絕格律。

上述作家中，其身份大抵爲皇帝顯貴，皆以七絕組詩形式呈現宮中生活之寫實，如「打毬」、「洗兒錢」等等。而王建雖官小職卑，卻能開創七絕大型組詩形式來描繪宮中生活之作法，並將詩歌本質由抒情轉爲敍事，後代作家皆依同樣模式來忠實反映當時宮中生活，可見其藝術成就卓然，影響後代深遠。其實我們也可把這百首宮詞當作是長篇的敍事樂府詩，而七言的使用，則是王建創作樂府詩的習慣。〔註45〕

除了詞體和宮詞在歷代之影響外，王建詩在宋代則影響王安石。清人王士禎《漁洋詩話》卷五云：「王介甫《唐百家詩》，其書載王建詩，多至兩卷，不啻數百篇。」〔註46〕從《唐百家詩選》〔註47〕中考察，王安石把唐詩作家分二十卷，在卷十二選王建詩二十四首，在卷十三選王建六十八首，兩卷中計收錄王建詩九十二首。然而，自然田園詩派的孟浩然被選了三十三首，以及邊塞詩派的高適被選了七十一首。比較之下，可見王安石對王建詩之熱愛。王安石在詩史有其重要地位，近人梁啓超在〈王安石評傳〉稱揚云：「荊公之詩，實導江西詩派之先河。」〔註48〕江西詩派稱霸整個宋代詩壇，而王安石又爲其詩派先河，正如同王建爲元白詩派先導情形一樣。王安石政治地位又高，因此他在唐詩選集中，收錄王建近百首詩，對王建來說，具有抬高其詩史地位的價值。而王安石對王建宮詞也很喜愛，《苕溪漁隱叢話》前集卷第二十二「王建」云：「陳輔之《詩話》云：「王建〈宮詞〉，

〔註45〕王建樂府詩51首中，超過半數爲7言，可知王建喜用7言創樂府。見第六章樂府詩句式之分析。

〔註46〕參《漁洋詩話》卷中，《清詩話》，頁189。

〔註47〕參王安石《唐百家詩選》目錄，台北：世界書局，民國51年1月。

〔註48〕梁起超著《飲冰室合集》（全12冊），第7冊，〈王荊公〉，頁203，北京：中華書局，1989年。

荊公獨愛其『樹頭樹底覓殘紅，一片西飛一片東。自是桃花貪結子，錯教人恨五更風。』」〔註49〕

　　王安石〈題張司業詩〉云：「蘇州司業詩名老，樂府皆言妙入神。看似尋常最奇崛，成如容易卻艱辛。」〔註50〕再參照劉克莊之語：「張籍王建諸公，道盡人意中事，惟半山尤賞好，有看若尋常最奇崛，成如容易極艱辛之語，此十四字，唐樂府詩斷案也。」〔註51〕「看若尋常」之樂府詩口語化，已成爲王安石創作詩歌之基本意識。

　　以上從詩歌的體制創新和詩史上的承繼與影響的角度切入，就形式上，對於王建宋詞的促進貢獻、宮詞百首組詩創新，作了詳細的說明；在風雅精神上，王建遠承詩經，近繼漢魏六朝樂府，以至中唐作爲元白新樂府運動先導，王建具有承先啓後的地位。

〔註49〕《苕溪漁隱叢話》，頁149，台北：木鐸，71年8月初版。
〔註50〕參王安石《王臨川全集》，頁171，台北：世界書局，民國50年2月
〔註51〕參《後村先生大全集》卷183，頁1642。

第九章　結　論

　　王建是中唐的詩人，他與好友張籍並稱張王樂府。樂府詩風平實近人，語言淺近，富有民歌氣息。王建留傳於後世有 525 首，詩集分 10 卷。最爲後人所知者，當在樂府詩和宮詞兩大部分，其實在古律詩部分，亦有相當寶貴的研究價值。本論文解決很多關於王建的問題，在唐詩和宋詞演進上，王建都有他不可磨滅的功勞。

　　在研究文本之前，我們先探討王建生平概況和時代思潮，這些都是影響作家詩風內涵呈現之重要因素。鑑於新舊《唐書》及《文獻通考》等史書未對王建立傳，故有關王建資料相當缺乏。在《唐詩記事》和《唐才子傳》僅記錄少許王建傳記，且多有錯誤。故本論文第二章即利用近人遲乃鵬《王建年譜》爲底本，將其生平依年齡分三大時期：三十歲前之游學生活、三十一歲至四十四歲之幕府從軍經歷、四十五歲至六十幾歲之官場生涯。在人生第一時期中，王建家境貧困，必須至外地謀求衣食，生性調皮可愛，在游學中認識張籍，奠定創作大雅觀念樂府詩的基礎。又在一次旅游中，碰到一次豔遇，酒女送他雙鳳被，此有可能影響王建關心婦女生活之重要因素。在從軍的第二時期，幾乎所有的樂府詩都在此時期產生。他親歷戰場，目睹血骨之恐怖場面，寫了相當多的戰爭詩。他和平民很接近，在大雅觀念驅使下，關懷下層各行各業勞動人民，以詩經比興手法，創作許多社會詩，委

婉道得人心中事。第三時期,王建經由薦舉,得以進入長安,謀得卑小官職。不過,很幸運地,王建藉由同宗宦官王守澄透露宮廷秘聞,創作聞名的大型七絕組詩〈宮詞〉。

由個人生平再推而廣之到友朋之對待關係,影響著王建詩歌創作的走向,再推之更廣以至其所處的政經情勢及文化思潮,也或多或少,影響王建詩歌內容題材的選擇。故第三章分兩節:王建詩之政經背景及王建詩與求新求變之文化思潮。

在政經背景中,外有吐蕃叨擾邊境、內有藩鎮割據地盤、宦官權重坐大以及統治者耽迷道教、篤好佛教。在文化思潮方面,中唐瀰漫求新求變的思潮,主要論述王建與元和體、俗文學和儒學復興等思潮之內在聯繫。各個詩人欲突破盛唐詩歌的藩籬,王建躬逢其盛,走向生活化、民俗化和寫實化的詩歌道路。

在第四章和第五章即進入王建詩歌文本來分析,也算是本論文討論的重心。第四章分三節,分析王建的思想意識、諷諭色彩和生活情調。在思想意識中,王建有儒家六經思想,尤其是深受易經哲理的啟發。再者,由於曾親歷戰場,故有反戰思想,最後是愛仙求道思想。第二節的諷諭色彩是來自大雅觀念,在宮詞百首中,揭發統治階級之奢淫,另外也對上層腐朽與其橫征暴斂有所抨擊。第三節則談到王建生活情調。

第五章開闢婦女和民俗兩大主題。在婦女關注方面,道盡婦女之喜悲愛怨。有禁苑宮女之哀歌、民間婦女之苦怨、女子才德藝能之頌揚。在民俗生活方面,有遊藝民俗之展示,談到皇宮內的各項娛樂生活,或打毬,類似今日的足球;或擲盧,或投壺,或彈棋。再把視角轉到民間之生活,相當豐富而多彩。〈促刺詞〉提到新婚婦女不能長住夫家的習俗;〈新嫁娘詞〉揭示「婚後三日入廚」的婚俗,描繪小姑聰明機巧的一面。〈北邙行〉、〈寒食行〉描述貴族葬禮之華侈和寒食掃墓之概況。〈秋千詞〉寫少年兒女「頭上寶釵從墮地」熱情投入的運動場面。再者,人民對未知力量,存著一份虔敬之心,幾乎無所

不拜，舉凡樹、蠶、神、鵲、鏡等信仰之物，皆難逃人民之呼喚，而這些虔誠信徒幾乎都是以婦女為主角，或默默祝禱夫君能平安返鄉團聚，如〈鏡聽詞〉、〈祝鵲詞〉；或祈求農作豐收，以避官府上門催稅打擾，如〈神樹詞〉、〈簇蠶辭〉、〈賽神曲〉，富有極高的思想意義。〈尋橦歌〉寫到人民的體育活動，類似今日的爬竿表演。八月十五中秋賞月習俗更是流傳千古的溫馨節日，王建以細膩心思，將月圓前五日之月亮變化描繪出來。〈雨過山村〉、〈田家〉、〈晚蝶〉等詩，描述田家辛勤勞動的生活翦影。王建詩對於婦女和民俗兩大主題的關懷，已為他在詩史上立下極高的尊崇。

第六章王建詩體制及創作技巧之分析，分兩節來論述：王建詩體式之變革與創新和王建詩之創作技巧。在體式變革中，我們掌握王建三種體式的貢獻，其一是以七絕形式創作百首描繪宮廷生活的〈宮詞〉，後世有多人效倣。其二是以〈宮中三臺〉、〈江南三臺〉的 6 言 4 句形式，以及〈宮中調笑〉的 26 言 8 句形式，創立有別於劉禹錫和白居易 37 言句式的詞體，此種偶言體句式是相當少見，後世有五代馮延巳、宋呂南公、明姚廣孝、明胡儼等人創作。其三是王建對樂府詩句式之求變，同題樂府詩中，王建創作的變化是：或齊言轉雜言，如〈空城雀〉、〈烏夜啼〉、〈短歌行〉、〈飲馬長城窟行〉、〈雞鳴曲〉和〈關山月〉等詩 ；或獨用七言句式，異於他人，如〈羽林行〉。

第二節王建詩之創作技巧中，首先談到用韻之獨特。由《石園詩話》云：「王仲初……歌行諸結句，尤有餘蘊」的分析中，我們得到一些啟發，即王建詩結句有韻轉之現象，亦即王力所謂的促收韻，此現象使諷意推到極點。如〈傷韋令孔雀詞〉云：「……如今憔悴人見惡，萬里更求新孔雀，熱眠雨水飢拾蟲，翠尾盤泥金彩落，多時人養不解飛，海山風黑何處歸？」此詩韻腳：「惡」、「雀」、「落」，屬「藥」韻，結句「飛」、「歸」屬「微」韻，結句由「藥」韻轉為「微」韻。本詩主旨前寫孔雀之得寵，後又因失寵之窘境，在雨水中睡眠，飢餓只能食蟲。結二句轉韻，加深孔雀居無定所之無助。

　　再者，在王建詩的用韻方面，他也展現極高的技巧。如〈隴頭水〉和〈荊南贈別李肇著作轉韻詩〉兩首。〈隴頭水〉首聯押入聲之「屑」韻，描述征人如隴水之鳴咽聲，言外可見其疲戰之無奈。接著兩聯換為「庚」韻，帶有鼻音之哀泣。緊接又換入聲「屋」韻，說明征途多屈曲。最後則押「遇」韻，除寫漢兵之苦，也寫胡兵「無井復無泉」之困窘。此詩換了兩個入聲韻，短短十二句就用了四個韻，王建對戰爭之悲憤，顯然可知。〈荊南贈別李肇著作轉韻詩〉共有四十八句，每六句換一韻，共押「紙」「刪」「沃」「尤」「陌」「庚」「屑」「文」八個韻，其中用了三個入聲韻，可謂「促薄而調急」(《詩辨坻》卷三)達到詩歌內容和形式的完美統一。

　　王建所使用的疑問句法，詩中使用開頭和後頭兩種設問方式，目的是讓讀者借由其他語境的線索，去尋求可能的答案，增加詩歌的可讀性和神秘性。如〈簇蠶辭〉中的後頭疑問：「……去與誰人身上著？」，由前幾句的「先將新繭送縣官」線索，而使讀者猜出「誰人」應指上位統治者，極富詩歌諷諭意味。其次是他使用大量疊字，本文分為單用疊字及對句疊字兩種類型。單用疊字是指：一聯之內僅有一項疊字，如「沉沉百憂中，一日如一生。」〈將歸故山留別杜侍御〉；對句疊字是指：一聯之內使用一組疊字，如「戀戀春恨結，綿綿淮草深。」〈淮南使迴留別竇侍御〉疊字具有強調作用和聲響怡人的效果。

　　在語言節奏方面，或一三一節奏，如「髮緣多病落，力為不行衰。」〈照鏡〉；或三二節奏，如「不剃頭多日，禪來白髮長。」〈題法雲禪院僧〉；或一四節奏，如「欣欣還切切，又二千里別。」〈荊南贈別李肇著作轉韻詩〉；或三四節奏，如「逍遙翁在此徘徊，帝改溪名起石臺。」〈逍遙翁溪亭〉；或特殊結構，如「初移古寺正南方，靜是浮山遠是莊。」〈寄楊十二祕書〉不同之節奏變化使我們生理和心理都產生影響，誠如朱光潛所說：「節奏是傳達情緒的最直接而且最有力的媒介，因為它本身就是情緒的一個重要部分。我們生理、心理方面都有一種自然節奏，起於筋肉的伸縮以及注意力的張弛。」

　　第七章中唐社會寫實詩人，我們比較王建和張籍社會詩的創作觀念、風格和表現手法。我們發現兩人創作的觀念皆承襲詩經以來的風雅觀念，二人交往詩中可見觀念交流，互為影響。兩人詩歌風格很相近：古質和天然清削兩種風格。曾季貍《艇齋詩話》云：「張籍樂府甚古，如〈永嘉行〉尤高妙。唐人樂府惟張籍、王建古質。」已揭示張王二人樂府詩同具有古質之風。所謂「古質」是相對於典雅雕飾而言，此蓋指二人詩中含有語言平俗、樸直之特質，予人一種親切近人之感，且透現諷刺之旨，如張籍〈寄衣曲〉、〈別鶴〉、〈烏啼引〉和王建〈送衣曲〉、〈擣衣曲〉、〈別曲〉、〈鏡聽詞〉諸詩。清翁方綱《石州詩話》卷二說：「張王樂府，天然清削，不取聲音之大，亦不求格調之高，此真善於紹者。」「天然清削」即是張王樂府之另一風格概括。所謂「不取聲音之大，不求格調之高」似指不重格律束縛，語言天然，脫口而出，而「清削」二字，蓋指語言清新而諷意犀利，如刀尖削而出奇，如張籍〈楚妃怨〉、〈涼州詞〉、〈董逃行〉，王建〈古宮怨〉、〈銅雀臺〉諸詩。

　　在表現手法方面，就其同者言，王建和張籍社會詩皆同樣使用對比、託物喻意、卒章顯其志和敘述等四種手法，揭發社會貧富不均、反映民生疾苦，表達深層諷意。就其異而言，王建重心理；張籍重敘事。在對比手法方面，張籍〈野老歌〉、〈賈客樂〉兩詩呈現農商之貧富不均，王建〈失釵怨〉、〈織錦曲〉呈現婦女之貧富心理，二人皆使用對比手法，令人感受更為深刻。張籍〈猛虎行〉、〈古釵嘆〉、〈節婦吟寄東平李司空師道〉、〈求仙行〉、〈永嘉行〉、〈吳宮怨〉、〈楚宮行〉，王建〈射虎行〉、〈開池得古釵〉、〈宮詞——樹頭樹底〉、〈白紵歌〉、〈烏棲曲〉、〈涼州行〉諸詩，皆使用託物喻意手法，通過具體的實在的事物形象的描劃、事件過程的記敘，將諷諭之旨不著痕跡地融透其中。「卒章顯其志」手法，是指張王二人在詩歌結尾使用警句，使詩義和盤托出，猶如暮鼓晨鐘，發人深省。如張籍〈牧童詞〉、〈白頭吟〉，王建〈田家行〉、〈送衣曲〉、〈當窗織〉等詩。且結句即為轉韻之處，

如王建〈送衣曲〉末四句云：「絮時厚厚綿纂纂，貴欲征人身上暖，願身莫著裹屍歸，願妾不死長送衣。」「歸」「衣」為結句韻腳，屬「微」韻，與前句韻腳「纂」「暖」不同。

在敘述手法方面，張王二人在社會詩中，以「第一人稱敘述」和「第三人稱敘述」之敘述手法亦相同。所謂「第一人稱敘述」，是指詩中以「我」之口吻來敘述整個社會事件，詩中之我，其實是作者之化身。詩中所呈述之社會現象，是作者親身所感、所見聞，而借由某一主角說出，概括了整個時代之普遍情感。如張籍〈別離曲〉、〈離婦〉；王建〈思遠人〉、〈祝鵲〉、〈水夫謠〉。簡言之，張籍〈別離曲〉和王建〈思遠人〉所描寫的並不是某一特定婦女，而是代表許多當時夫君出征而獨守空閨之婦女心理狀態。「第三人稱敘述」是指作者不直接露面，只客觀地記述或報導事件之過程、原委和狀態。如張籍〈傷歌行〉、〈永嘉行〉和王建〈舊宮人〉、〈飲馬長城窟行〉等詩。王建在〈舊宮人〉詩中，以第三者客觀角度，呈現失寵宮女在宮中無趣寂寥的生活。明人王世貞《藝苑卮言》卷四：「樂府之所貴者，事與情而已。張籍善言情，王建善徵事，而境皆不佳。」王氏比較王張之異，恐非正論。王建在敘事外，不忘揣摩主角心聲，如〈送衣曲〉、〈當窗織〉；而張籍雖善敘事，如〈離婦〉、〈白頭吟〉，其於人物心理方面較少著墨。此點為張王樂府詩之小差異。

在第八章王建詩之評價中，分二節探討：王建創新詩歌體制、王建在詩史上之地位。關於創新詩歌體制方面，我們以〈宮中三臺〉、〈江南三臺〉和〈宮中調笑〉等十首詞之考察，可知王建確立 6 言和 26 言句式的偶言詞體變態，有別於劉禹錫和白居易詞的 357 言句式的奇言詞體常態。其次是七絕百首宮詞之創立，《文獻通考》卷十八說：「凡百絕，天下傳播，效此體者雖有數家，而建為之祖。」而宮詞具有史料、民俗和藝術等三大價值。歐陽修《六一詩話》云：「王建《宮詞》一百首，多言唐宮禁中事，皆史傳小說所不載者，往往見於其詩。」是其證。宮詞還提到打毬、射生、擲盧、簸錢、彈棋、投壺等民俗活

動。而宮詞最高明的藝術手法是寫宮女不著怨字，但怨意已深。如「樹頭樹底覓殘紅，一片西飛一片東。自是桃花貪結子，錯教人恨五更風」深入宮女之幽怨心理。

王建是介於杜甫和元白之間的詩史地位。他學習杜甫「即事名篇，無復倚傍」的樂府詩創作方法，關心民瘼，反映社會現實。杜甫「野曠天清無戰聲，四萬義軍同日死」〈悲陳陶〉，「少陵野老吞聲哭，春日潛行曲江曲」〈哀江頭〉，「牽衣頓足攔道哭，哭聲直上千雲霄」〈兵車行〉，以樂府新題呈述唐代戰爭和野老之可憐。而王建「父母親結束，回首不見家」〈古從軍〉，「來時父母知隔生，重著衣裳如送死」〈渡遼水〉；「陳輪當磧光悠悠，照見三堆兩堆骨」〈關山月〉等三詩與其對照比較，我們可看出兩人在反映戰爭題材上，其間之樂府精神是一脈相承的。考索王建〈羽林行〉和白居易〈宿紫閣山北村〉、〈賣炭翁〉之詩作內容，亦可清楚看出王建已是白居易樂府詩之先導。王白二人除了在內容寫實主張相同外，在表現手法亦有些略同。如王建〈行見月〉與白居易〈初與元九別、後忽夢見之、及寤而書忽至〉、〈江樓月〉、〈望驛臺〉、〈至夜思親〉、〈客上守歲在柳家莊〉，似遠行者思親，因想親亦方思己之口吻爾。其揣測對方亦同樣在思念之寫法，二人表達方式相同。

最後，王建不僅繼承詩經國風、漢魏六朝樂府到杜甫，一脈相承的樂府精神，他的詩歌還影響五代以後的詩壇。偶言式的詞體創作，至五代詞家馮延已、以至宋呂南公、明姚廣孝、明胡儼都有人效法學習。宮詞百首創作，至五代花蕊夫人，以至明代王紳，皆有人倣作。王安石在《唐百家詩選》中，收錄王建九十二首，孟浩然三十三首，高適七十一首，比較之下，可見王安石在詩歌創作深受王建影響。王安石曾稱揚其〈宮詞〉：「樹頭樹底覓殘紅」，謂其意味深婉而悠長也。

王建詩歌有繼承，有發揚，有創建，說他在文學史有著不可磨滅的地位，一點也不爲過。

參考書目

一、專　書

（一）工具書與索引資料類

1. 〔後晉〕劉昫等撰《舊唐書》，北京：中華書局，1975 年。

2. 〔唐〕封演《封氏聞見記》，《叢書集成初編》本，北京：中華書局，1985 年。

3. 〔唐〕李肇《國史補》，楊家駱主編，台北市：世界書局，57 年 11 月再版。

4. 〔宋〕歐陽修, 宋祁撰《新唐書》，北京：中華書局，1975 年。

5. 〔宋〕高承《事物紀原》，《叢書集成簡編》，王雲五主編，台北市：商務，民國 55 年。

6. 〔宋〕洪興祖編《韓子年譜》，王冠輯《唐宋八大家年譜》，北京市：北京圖書館， 2005 年。

7. 〔清〕彭定求編《全唐詩》二十五冊，北京：中華書局，1996 年 1 月。

8. 〔清〕吳廷燮《唐方鎮年表》，北京：中華書局，1980 年（2003 年重印）。

9. 〔清〕郭慶藩編《莊子集釋》，台北市：萬卷樓出版社，民國 82 年。

10. 李學勤主編《十三經注疏》，北京：北京大學出版社，1999 年 1 月。

11. 吳汝煜主編《唐五代人交往詩索引》張籍、王建條，上海市：上海古籍出版社 1993 年 5 月。

12. 趙德義、洪興明主編《中國歷代官稱辭典》，北京：團結出版社，1999年9月。

13. 周勛初《唐語林校證》，北京：中華書局，1997年12月

14. 周勛初主編《唐人軼事彙編》，上海：上海古籍出版社，1995年12月。

15. 羅聯添主編《隋唐五代文學批評資料彙編》，台北：成文出版社，民國67年初版

16. 陳伯海主編《唐詩彙評》，浙江：浙江教育出版社，1995年5月。

17. 北京語言學院 中國文學家辭典編委會編《中國文學家辭典》古代第二分冊，成都：四川人民出版社，1983年8月第1版。

18. 余照春亭《增廣詩韻集成》，台南：大孚書局，1999年12月。

19. 申駿編《中國歷代詩話詞話選粹》，北京：光明日報出版社，1999年4月。

20. 余金城主編《佛學辭典》，台北：五洲出版社，民國85年。

21. 張相《詩詞曲語辭匯釋》上下冊，北京：中華書局，1993年4月初版一刷。

22. 《續修四庫全書‧1590冊》，據明嘉靖刻本影印，上海市：上海古籍出版社。

23. 〔日〕青山定雄編《讀史方輿紀要索引中國歷代地名要覽》，台北：洪氏出版社，1975年。

24. 譚其驤主編《中國歷史地圖集》第五冊，北京：中國地圖出版社，1996年版重印）。

（二）詩集及批評類

1. 〔唐〕王建著《王建詩集》，上海：中華書局，1959年7月。

2. 〔唐〕元稹：《元稹集》，四部刊要，集部，別集類，台北縣：漢京文化，民國72年10月。

3. 〔唐〕韓愈《韓愈集》，長沙：岳麓書社，2000年。

4. 〔唐〕白居易《白香山詩集》，台北：世界書局，民國67年。

5. 〔唐〕元結、殷璠等選《唐人選唐詩十種》，香港：中華書局，民國47年初版。

6. 〔宋〕劉克莊撰《後村先生大全集》，台北市：商務印書館，民國64年。

7. 〔宋〕王安石《唐百家詩選》，台北：世界書局，民國51年1月。

8. 〔宋〕吳曾《能改齋漫錄》,台北:木鐸出版社,71 年 5 月初版。

9. 〔元〕辛文房撰、李立樸譯注《唐才子傳全譯》,貴陽:貴州人民出版社,1995 年 2 月 1 版 1 刷。

10. 〔元〕陶宗儀《南村輟耕錄》,北京:中華書局,1959 年 2 月（2004 年 4 月重印）。

11. 〔明〕王世貞著《全唐詩說》,台北市:台灣商務,民國 55 年。

12. 〔明〕胡應麟撰《詩藪》,北京:中華書局,民國 51 年。

13. 〔明〕胡震亨《唐音癸籤》,上海:上海古籍出版社,民國 70 年。

14. 〔明〕胡震亨《唐音癸籤》,台北市:木鐸出版社,71 年 7 月。

15. 〔明〕李九我等輯《歷代宮詞》,台北:廣文書局,民國 65 年 3 月初版。

16. 〔清〕紀昀等纂《四庫全書總目》,台北:藝文印書館,民國 53 年。

17. 〔清〕王士禎著《漁洋詩話》,嘉義市:建國書店,民國 54 年。

18. （清）何文煥《歷代詩話》,北京:中華書局,1981 年。

19. （清）王夫之《清詩話》,上海:上海古籍出版社,1999 年。

20. （清）康熙《全唐詩》,北京:中華書局,1996 年。

21. 〔清〕王國維《宋元戲曲史》,北京:東方出版社,1996 年 3 月。

22. 〔清〕王國維著,滕咸惠校注《人間詞語新注》,台北里仁書局,民國 76 年 8 月。

23. 遲乃鵬《王建研究叢稿》,四川:巴蜀書社,1997 年 5 月。

24. 許總《唐詩體派論》,台北:文津出版社,民國 83 年 10 月初版。

25. 許總《唐詩史》下冊,南京:江蘇教育出版社,1994 年 6 月第 1 版。

26. 羅宗強《隋唐五代文學思想史》,上海:上海古籍出版社,1986 年 8 月。

27. 傅璇琮《唐才子傳校箋》,北京:中華書局,2000 年 2 月第 2 次印刷。

28. 周振甫注《文心雕龍注釋》,台北:里仁書局,民國 83 年 7 月再版。

29. 蔣寅《大曆詩人研究上編》,北京:中華書局,1995 年 8 月。

30. 孫昌武《道教與唐代文學》,北京:人民出版社,2001 年 3 月。

31. 陳寅恪著、唐振常導讀《唐代政治史述論稿》,上海:上海古籍出版社,2001 年 12 月 4 次印刷。

32. 胡可先《中唐政治與文學——以永貞革新為研究中心》,合肥:安徽大學出版社,2000 年 10 月。

33. 胡適撰、駱玉明導讀《白話文學史》,上海:上海古籍出版社,1999

年 12 月。

34. 陳平原著《中國婦女生活史》，北京：商務印書館，1998 年 4 月。

35. 李斌城等著《隋唐五代社會生活史》，北京：中國社科院，1998 年 7 月。

36. 李樹政選注《張籍王建詩選》，台北：遠流出版社，2000 年。

37. 康正果《風騷與豔情》，台北：雲龍出版社，1991 年 2 月。

38. 惠西成，石子編《中國民俗大觀》，廣州：廣東旅遊出版社，1997 年 7 月。

39. 向達《唐代長安與西域文明》，石家庄：河北教育出版社，2001 年 6 月。

40. 尚秉和《歷代社會風俗事物考》，北京：中國書店，2001 年 1 月。

41. 王文生主編，李敬一、熊禮匯編著《中國文學史》上冊，北京：高等教育出版社，1989 年 8 月。

42. 金啓華著《中國文學簡史》，河南：中州古籍出版社，1989 年 1 月。

43. 吳文治編《韓愈資料彙編‧王建》，台北市：學海出版社，民國 73 年 4 月版。

44. 吳庚舜、董乃斌主編《唐代文學史》，北京：人民文學出版社，1995 年 12 月 1 版 1 刷。

45. 郭預衡主編《中國古代文學史長編—隋唐五代卷》，北京：師範學院出版社，1993 年 11 月。

46. 丁福保編《清詩話》，臺北：木鐸出版社，民國 77 年 9 月。

47. 郭紹虞：《清詩話續編》上冊。上海：上海古籍出版社，1983 年。

48. 游國恩等人主編《中國文學史》，台北：五南圖書出版公司，1990 年 11 月。

49. 洪讚《唐代戰爭詩研究》，台北：文史哲出版社，1987 年 10 月。

50. 中國文學史編寫組《中國文學史》，北京：人民文學出版社，1991 年。

51. 錢鍾書著《管錐編》，九龍：中華書局（香港分局），1980 年 3 月。

52. 許仁圖主編《新編中國文學史》第二冊，高雄：復文書局，民國 78 年。

53. 趙則誠等主編《中國古代文學理論辭典》，吉林文史出版社，1985 年 7 月 1 版。

54. 袁行霈編著《中國文學史綱要》，台北：曉園出版社，1991 年。

55. 顧俊《唐詩通論》，台北：木鐸出版社，1983 年 4 月。

56. 楊仲揆《文史趣談》，台北：黎明文化事業公司，民國 76 年 5 月初版。

57. 黃永武《中國詩學——設計篇》，台北：巨流出版社，1996 年 12 月。

58. 富壽蓀注《千首唐人絕句》，上海：上海古籍出版社，1985 年 6 月。

59. 朱光潛《詩論》，頁 115，合肥：安徽教育出版社，1999 年 1 月。

60. 金開誠《文藝心理學概論》，北京：北京大學出版社，民國 88 年初版。

61. 蕭滌非《蕭滌非說樂府》，上海：上海古籍出版社，2002 年 6 月。

62. 曾昭岷、劉尊明等編著《全唐五代詞》上下冊，北京：中華書局，1999 年 12 月。

63. 劉尊明《唐五代詞史論稿》，北京：文華藝術出版社，2000 年 10 月。

64. 劉大杰《中國文學發展史》，台北：華正書局，民國 80 年 7 月。

65. 程薔、董乃斌《唐帝國的精神文明》，北京：中國社會科學出版社，1996 年 8 月。

66. 郭紹虞主編《中國歷代文論選》，上海古籍出版社，1990 年。

67. 陳弘治《唐五代詞研究》，台北：文津出版社，民國 69 年。

68. 楊成鑒《中國詩詞風格研究》，台北：洪葉出版社，1995 年 12 月初版。

69. 錢穆《國史大綱》台北：台灣商務印書館，民國 57 年 10 月版。

70. 何立智《唐代民俗和民俗詩》，語文出版社，1995 年 12 月。

71. 李春祥主編《樂府詩鑑賞辭典》，中州古籍出版社，1990 年。

72. 吳汝鈞編《佛教思想大辭典》，台北：商務出版社，民國 81 年 7 月初版。

73. 謝明輝《國學與現代生活》，台北市：秀威資訊，民國 95 年 6 月。

74. 郭振選析《古代詩人詠海》，海洋出版社，1993 年。

75. 張新吾編著《唐詩四百首注釋賞析》，北京：中國工人出版社，1995。

76. 姚一葦《藝術的粵妙》，臺北市：開明，民國 58 年。

77. 新陸書局編《歷代詩詞論叢》，台北市：新陸書局，民國 45 年。

78. 曹海東注譯，《新譯西京雜記》，台北市：三民書局，民國 84 年 8 月。

79. 許清雲《近體詩創作理論》，台北市，洪葉文化，1997 年初版。

80. 黃慶萱：《修辭學》，台北市：三民，2004 年增訂三版二刷。

二、論　文

（一）期刊論文

1. 朱炯遠〈論張王樂府中的唱和現象〉,《上海大學學報》第 4 卷第 5 期,1997 年 10 月。

2. 羅香林〈大顛、惟儼與韓愈、李翱關係考〉載《唐代文化史》,台北：商務印書館,民國 57 年。

3. 曾廣開〈「元和體」概說〉,《河南大學學報》,第 34 卷,第 2 期,1994 年 3 月。

4. 鄭華達〈唐代宮人釋放問題初探〉,《中華文史論叢》第五十三輯。

5. 吳險峰〈王建幕府生涯考辨〉,湖北：湖北大學,《成人教育學院學報》19 卷 2 期,2001 年 4 月。

6. 長田夏樹〈王建詩伝繫年筆記〉,《神戶外大論叢》12 卷 3 期,1961 年 8 月。

7. 游適宏〈試論〈怨歌行〉〉,《中華學苑》第 42 期,81 年 3 月。

8. 李立信〈論杜甫奇數句詩〉,台北：中國唐代學會《唐代文化研討會論文集》,台北：文史哲出版社 民國 80 年 7 月。

9. 王宗堂〈王建生平軌跡及其詩歌藝術〉,河南：中州學刊 1998 年第 6 期。

10. 朱炯遠〈王建〈促刺詞〉與「長住娘家」的民俗〉,《瀋陽師範學院學報》,1989 年第 2 期。

11. 李賀平〈試論王建的〈宮詞〉〉,《許昌師專學報》,1988 年第 3 期。

12. 吳企明〈王建〈宮詞〉校識〉收錄於《唐音質疑錄》,上海：上海古籍出版社,1985 年。

13. 劉玉紅〈王建〈宮詞〉與唐代宮廷游藝習俗〉,《文史雜志》,1999 年第 4 期。

14. 謝明輝〈姓名學與儒家精神〉,台北：《國文天地》,第 18 卷第 8 期,民國 92 年 1 月。

15. 謝明輝：〈論王建詩之新奇〉。《長榮大學學報》,第八卷第二期,民國 93 年 12 月。

（二）博碩士論文

1. 李師建崑《韓愈詩探析》,師大博論,民國 80 年。

2. 馬楊萬運《中晚唐詩研究》,台大博論,民國 63 年。

3. 金卿東《張籍王建社會詩研究》,台大碩論,民國 79 年。

4. 廖美雲《元白新樂府詩研究》,師大碩論,民國 77 年。

5. 張國相《唐代樂府詩研究》，東海碩論，民國 69 年。

6. 沈志方《漢魏文人樂府研究》，東海碩論，民國 71 年。

7. 陳坤祥撰《唐人選唐詩研究》，文化博論，1986 年 6 月。

三、王建研究論著集目（未引用之書目）

（一）書　籍

1. 〔唐〕王建著，王宗堂校注，《王建诗集校注》，鄭州市：中州古籍出版社，2006 年。

2. 〔唐〕王建著，尹占華校注，《王建诗集校注》，成都市：巴蜀書社，2006 年。

3. 〔唐〕王建等撰；〔明〕毛晉輯，《二三家宮詞》，民國間上海掃葉山房石印本，線裝書。

4. 〔唐〕王建撰《王司馬集》八卷本，台北市：台灣商務，1980 年。

5. 〔宋〕魏慶之《詩人玉屑》，台北：世界書局，民國 81 年 9 月 6 版。

6. 〔宋〕晁公武撰《郡齋讀書志》，日本株式會社：中文出版社，1978 年。

7. 〔宋〕陳振孫撰《直齋書錄解題》，上海：上海古籍出版社，1987 年第 1 版。

8. 〔元〕辛文房撰，周本淳校正《唐才子傳校正》，台北：文津出版社，民國 77 年 3 月。

9. 〔明〕楊慎撰，王仲鏞箋注，《絕句衍義箋注》，四川人民出版社，1986 年 9 月。

10. 〔清〕汪薇輯《詩倫》，叢書集成初編，北京：中華書局，1785 年北京新一版。

11. 譚優學《唐詩人行年考》（續編），成都：巴蜀書社，1987 年 8 月第 1 版。

12. 王士菁《唐代詩歌》，北京：人民文學出版社，1959 年 4 月。

13. 徐英《詩法通微》，台北國立編譯館，民國 76 年 10 月再版。

14. 朱昌雲、黃緯堂編著《詩詞人述評中國歷代文藝理論家》，台北：莊嚴出版社，民國 68 年 3 月初版。

15. 正中書局編審委員會《唐代詩學》，台北：正中書局，1973 年 10 月。

16. 呂慧鵑、劉波、盧達等編《中國歷代著名文學家評傳·續編》，濟南市：山東教育出版社，1989 年 12 月第 1 版。

17. 〔日〕赤井益久《中唐詩壇の研究》，日本：創文社，2004 年。

18. 楊生枝著《樂府詩史》，西寧市：青海人民出版社，1985 年。

19. 馬積高、黃鈞主編《中國古代文學史》，長沙：湖南文藝出版社，1992
    年 5 月。

20. 黃益田編《農詩選粹》，台中：農世股份有限公司，民國 86 年 7 月。

21. 胡漢生編《唐樂府詩譯析》，北京：北京大學出版社，1997 年 7 月。

22. 常振國等編《歷代詩話論作家》，長沙：湖南文藝出版社，1984 年。

23. 歐麗娟《唐詩選注》，台北：里仁書局。

24. 楊文生著《楊慎詩話校箋》，四川：四川人民出版社，1990 年 7 月。

25. 楊世明《唐詩史》，重慶出版社，1996 年 10 月。

26. 富壽蓀選注《千首唐人絕句》，劉拜山、富壽蓀評解，上海：上海古
    籍出版社，1985 年 6 月。

27. 黃振民評註《歷代詩評註》，台北：大中國圖書公司，1994 年 1 月。

28. 陳伯海主編《唐詩論評類編》，濟南：山東教育出版社，1993 年 1 月。

29. 馬大品選注《歷代贈別詩選》，北京：書目文獻出版社，民國 80 年。

30. 朱自力撰《說詩晬語論歷代詩》，台北：里仁書局，民國 83 年 10 月
    30 日初版。

31. 蘇文擢《說詩晬語詮評》，台北：文史哲出版社，民國 74 年 10 月修
    訂再版。

32. 張明非《新唐詩三百首賞析》，南海出版社公司，1995 年 2 月第 1
    版。

33. 中國社會科學院文學研究所編《唐詩選》，北京：人民文學出版社，
    民國 67 年。

34. 張新吾《唐詩四百詩注釋賞析》，中國工人出版社，民國 84 年。

35. 徐元選注《歷代諷諭詩選》，台北：木鐸出版社，1988 年初版。

36. 孫琴安《唐人七絕選》，西安：陝西人民出版社，1992 年 7 月第 1 版
    第一次印刷。

37. 上海古籍出版社編《古詩觀止》，臺北：台灣古籍出版，五南圖書總
    經銷，1997 年。

38. 張葆全主編《中國古代詩話詞話辭典・詩話卷》，廣西師範大學出版
    社，1992 年 3 月第 1 版。

39. 《中國歷代文學辭典》，江蘇：廣陵古籍刻印社影印發行，1992 年
    10 月第 1 版。

40. 王文生主編《中國文學史》上冊，北京：高等教育出版社，1989 年 8 月。

41. 吳企明《唐音質疑錄》，上海古籍出版社，1985 年 2 月 1 版 1 刷。

42. 陳玉剛《中國文學通簡編》上冊，北京：大眾文藝出版社，1992 年 10 月。

43. 王仲鏞著《唐詩紀事校箋》，成都：巴蜀書社，1992 年 3 月第 2 次印刷。

44. 周祖譔主編《中國文學家大辭典》唐五代卷，北京：中華書局，1992 年 9 月第 1 版。

45. 楊建國編著《全唐詩「一作」校證集稿》，山東：山東教育出版社，1997 年 2 月。

46. 關勛吾、顏中其主編《中國古代文學家傳記選注》上冊，哈爾濱：黑龍江教育出版社，1993 年 2 月。

47. 褚斌傑、公木等著《中國文學史百題》上，台北：萬卷樓圖有限公司.

48. 王竟時著《中國古代詩歌史》，瀋陽：遼寧教育出版社，1994 年 8 月。

49. 陳玉剛著《中國古代詩詞曲史》，江西：百花洲文藝出版社，1995 年 2 月。

50. 李曰剛《中國詩歌流變史》，台北：文津出版社，1987 年 2 月。

51. 黃浴沂《唐代新樂府詩人及其代表作品》，台北：學海出版社，1988 年 6 月。

52. 楊子堅《古代文學史簡編》，南京：南京大學出版社，1993 年 7 月。

53. 傅增湘撰《藏園群書題記》，上海：上海古籍出版社，1989 年 6 月第 1 版。

54. 李慶、武蓉著《中國詩史漫筆》，北京：中國文聯出版公司，1988 年 6 月。

55. 喻朝剛主編《中國古代詩歌辭典》，成都：四川人民出版社，1989 年 9 月。

56. 陶敏編撰《全唐詩人名考證》，西安：陝西人民教育出版社，1996 年 8 月 1 版 1 刷。

57. 吳汝煜、胡可先《全唐詩人名考》，江蘇：江蘇教育出版社，1990 年 8 月。

58. 《虞初志》，北京：中國書店出版，1986 年 8 月第 1 版。

59. 張修蓉《中唐樂府詩研究》，台北：文津出版社，民國 74 年 10 月。

60. 傅璇琮主編《唐五代文學編年史》，沈陽：遼海出版社，1998 年 12 月。

（二）論　文

1. 卞孝萱〈關於王建的幾個問題〉，《文學遺產增刊八輯》，文學遺產編輯部編，北京：作家出版社，1958 年。

2. 王錫九〈「張王樂府」與宋詩〉，《鐵道師院學報》，第 15 卷第 6 期，1998 年 12 月。

3. 申章文〈略述唐代河南詩人在詩壇上的地位〉，《河南大學學報》，1987 年第 5 期。

4. 趙西堯〈聞道西涼州，家家婦人哭—讀中唐詩人王建詩歌札記〉，《許昌師專學報》，1988 年第 2 期。

5. 張立英〈觀點反動注釋錯誤的「張王樂府」選注〉，《學術月刊》，1958 年第 8 期。

6. 韓理洲〈三千宮女胭脂面，幾個春來無淚痕—簡說唐代的「宮怨詩」〉，《人文雜誌》，1985 年第 6 期。

7. 張浩遜〈唐代宮怨詩綜論〉，《陰山學刊》，1989 年第 1 期。

8. 蘇者聰〈論唐代宮女詩及宮女命運〉，《武漢大學學報》，1989 年第 5 期。

9. 吳企明〈王建〈宮詞〉辨證稿〉，《文學遺產增刊十四輯》，《文學遺產》編輯部編，中華書局出版，1982 年第 1 版，第一次印刷。

10. 陳節〈中唐民俗氛圍中的王建樂府〉，《福建師範大學學報》，1990 年第 2 期。

11. 傅滿倉〈論王建〈宮詞〉的價值〉，《天水師範學院學報》，第 21 卷第 1 期，2001 年 2 月。

12. 丘良任〈論宮詞〉，CHINESE CULTURE RESEARCH（中國文化研究），2000 年秋之卷。

13. 武復興〈唐代詩人筆下的長安節日風俗（上）——讀唐詩札記〉，《人文雜誌》，1982 年第 6 期。

14. 武復興〈唐代詩人筆下的長安節日風俗（下）——讀唐詩札記〉，《人文雜誌》，1983 年第 1 期。

15. 庾光蓉〈清修《四川通志經籍志集部》考論三篇〉，《四川師範大學學報》，第 25 卷第 3 期，1998 年 7 月。

16. 張明非〈論唐代樂詩的價值〉，《唐代文學研究》第五輯，桂林：廣西師範大學出版社，1994 年 10 月 1 版 1 刷。

17. 吳肅森〈論敦煌歌辭與詞的源流〉，文學遺產編，敦煌文物研究所，甘肅人民出版社，1987 年 4 月第 1 版。

18. 寧業高〈王建的生卒年〉，《江海學刊》，1984 年第 6 期（總第 96 期）。

19. 鄭騫〈永嘉室札記〉，《書目季刊》，第 7 卷第 1 期，民國 61 年出版。